# Une Pucelle de Bretagne

## Une Romance

Mabel Winifred Knowles

**Writat**

Cette édition parue en 2023

ISBN : 9789358810936

Publié par
Writat
email : info@writat.com

# Contenu

# CHAPITRE I

"Un espion... un espion français ! tiens , monsieur ! mais c'est assuré." L'orateur, un homme d'une trentaine d'années, vêtu d'un costume de chasse, se tenait debout à côté de son cheval, regardant, le visage rouge et les sourcils froncés, une silhouette étendue à terre devant lui, la figure d'un homme également jeune, mais même inconscient d'une apparence bien plus avenante que celui qui se tenait debout devant lui, les sourcils froncés. Rassemblés à une courte distance et observant la scène avec un vif intérêt se tenait un groupe de colporteurs, fraîchement sorti de leur chasse, et composé d'un beau vieillard aux larges épaules, d'environ soixante-dix étés, une jeune fille, dont le beau visage portait un air compatissant comme elle se pencha sur son palefroi pour apercevoir l'étranger inconscient et plusieurs serviteurs portant des trophées de chasse et portant des faucons encapuchonnés à leurs poignets.

"Non, Guillaume," interrompit la jeune fille avant que son père puisse répondre, "mais pourquoi une telle assurance ? Ce n'est sûrement pas un espion, car voyez, les éperons d'or sur ses talons proclament son titre de chevalier."

"Oui", répondit son cousin d'un ton moqueur, en désignant un cheval debout, la tête penchée et les narines distendues, à côté de l'homme prosterné. "Aussi clairement, belle cousine, que les oreilles et la crinière de ce coursier le proclament l'ennemi de la Bretagne."[#]

[#] C'était la mode à l'époque pour les chevaliers français de couper les oreilles et la crinière de leurs chevaux, ainsi que de ne jamais monter de juments.

Il y avait une étincelle d'indignation dans les yeux de la jeune fille alors qu'elle se tournait vers son père.

"Au moins", insista-t-elle, comme pour plaider contre quelque verdict tacite, "nous ne jugeons aucun homme sans l'avoir entendu. Voyez, mon père, il peut y avoir de nombreuses explications à sa présence ici ; c'est sûrement le cas, car je suis assuré qu'il est pas d'espion. Non, cousin, votre esprit est trop vif dans ce cas, car un espion ne proclamerait pas ainsi sa nationalité, si la crinière d'un cheval parle si clairement.

"Buc, Gwennola !" réprimanda son père en souriant. "Ce n'est pas l'intervention d'une femme qui te fait raisonner comme un érudit errant. Pourtant, il y a de l'équité dans ce que tu dis, et j'offrirais une tendre miséricorde avec justice même à un Français, bien que, s'il est un espion, par le os de Saint Yves, il sera suspendu aussi vite qu'un gland au chêne le plus proche.

cela , et malgré la désapprobation évidente de son parent, il ordonna à deux de ses domestiques de descendre de cheval et de relever l'objet inconscient de leur dispute.

Il était clair qu'une chute de cheval avait assommé l'étranger, et la cause n'était pas loin d'être recherchée dans les racines tordues des arbres en partie cachées par l'herbe et les fougères, qui pourraient bien se révéler dangereuses pour un cavalier imprudent.

Tandis qu'ils le relevaient, le jeune homme gémit, ouvrant à moitié ses yeux sombres, puis les refermant dans un nouvel évanouissement.

"Il est blessé", dit Gwennola avec compassion. "Regarde, il gémit encore : fais attention à la façon dont tu le soulèves , Job. Oui - sur tes épaules - ainsi, et dis-leur de préparer la salle orientale pour sa réception : je soignerai moi-même ses blessures à mon retour. "

« Une bonne Samaritaine, une belle maîtresse », observa son cousin avec un ricanement, en se remettant en selle. "Mais attention, la main qui la nourrit ne sera pas mordue par la vipère de la trahison."

« Non, » dit son père en souriant à sa fille, « Gwennola a raison, quoique trop imprudente pour une servante, à cause, je le crains, du fait que son vieux père l'a gâté. N'est-il pas vrai, ma Nola ? Il vaudrait mieux laisser les étrangers aux soins du père Ambroise, afin qu'on craigne moins la vérité des mauvaises prophéties de Guillaume.

Gwennola permit à son palefroi de se rapprocher encore plus du cheval de son père alors qu'elle levait un visage souriant vers le sien.

"Non, mon père," dit-elle tendrement. " C'est que j'aime la justice comme toi, et d'ailleurs mon cœur me dit que ton pauvre chevalier, même s'il est Français, n'est pas un espion. "

"Néanmoins," dit sévèrement son père, "un Français est l'ennemi du Breton ; il ne vient pas par hasard dans la forêt d' Artéze , mon enfant, et, bien que je ne manque pas d'hospitalité envers un malade, il y a peu de bienvenue. la servante du Roi de France retrouve sous le toit d'un soldat de la Duchesse Anne."

"Mieux vaut l'accueil du licou pour l'espion, sans plus attendre", dit Guillaume de Coray avec un sourire malicieux. - Souvenez-vous de St Aubin du Cormier, monsieur, et soyez prévenu par celui qui vous dira que ce faux-caïd est un espion, malgré tous ses éperons d'or et sa belle mine, ajouta-t-il avec un autre regard significatif vers son cousin, qui sont partis. jusqu'ici pour adoucir le cœur de ma douce maîtresse ici.

"Non," dit sévèrement le vieil homme, "je m'en tiendrai à ce que j'ai dit. Le Français aura justice, mais pas plus : l'arbre le plus proche pour l'espion, et une petite somme aussi, s'il ne peut pas rendre compte de son affaire. présence ici. »

Gwennola soupira. "Ce n'est pas un espion", se murmura-t-elle, mais à son père elle n'osa répondre aucune réponse, et se pencha sur le bel oiseau attaché à son poignet par une fine chaîne d'or, pour cacher peut-être les larmes dans ses yeux bleus plutôt que de de toute envie de contempler le plumage éclatant de son animal ou de compter les petites clochettes dorées sur son capuchon. Ainsi, en silence, ils traversèrent les clairières de la forêt et remontèrent la longue allée de chênes chuchotant où le soleil d'une soirée de juin jetait des rayons obliques de gloire dorée à travers le bruissement du feuillage au-dessus.

Le château de Méréac se dressait à l'orée de la forêt d' Arteze , à quelques lieues de la petite ville bretonne de Martigue . Le pays situé de l'autre côté de Rennes était depuis des temps immémoriaux le terrain de débat entre la Bretagne et sa grande sœur la France ; d'innombrables querelles faisaient constamment rage entre les peuples, comme cela s'est produit au Moyen Âge, et même plus tard, le long de notre propre frontière écossaise, et chaque Breton considérait son voisin français comme un ennemi naturel et implacable. Mais, en 1491, cette animosité naturelle était passée d'un antagonisme latent à une flamme active de haine amère ; depuis quelques années, l'ange rouge de la guerre se tenait entre les deux pays, une épée tachée de sang à la main. Depuis l'avènement de Charles VIII, le riche prix de Bretagne avait été convoité par son ambitieuse sœur et gouvernante, Anne de Beaujeu , aujourd'hui duchesse de Bourbon, en tout sauf maîtresse de France. Les armées françaises avaient de temps en temps dévasté le domaine, mais la Bretagne, têtue, vaillante, indomptable , avait néanmoins résisté à la main avide tendue pour s'en emparer. Avec une loyauté enthousiaste, les Bretons s'étaient ralliés à leur petite duchesse, restée orpheline à l'âge de treize ans, pour affronter seule les périls de sa haute position. Sa beauté, son impuissance, mais surtout son courage, faisaient appel à l'amour et à la chevalerie de son peuple indomptable. Il est vrai que parmi les grands nobles il y avait des traîtres à sa cause, des hésitants qui prêtaient allégeance d'un côté puis de l'autre, des prétendants déçus qui, comme le comte d'Albret, se déchaînaient devant le mépris d'un enfant en trahissant sa patrie. ; Pourtant, parmi la grande majorité de ses sujets, Anne était vénérée, et son nom inspirait des actes de chevalerie et de dévotion qui avaient jusqu'ici tenu à distance l'ennemi trop avide. Mais son cas était désespéré, et tous les Bretons le savaient ; les armées françaises pourraient à tout moment franchir leurs frontières, entraînant avec elles destruction et dévastation. Comment s'étonner que le nom d'un Français soit un poison pour l'oreille d'un Breton ? Comment s'étonner si ceux qui vivaient, pour ainsi dire, sous l'ombre du grand et puissant ennemi n'accordaient que peu de pitié à leurs ennemis lorsque l'occasion se présentait ?

Pourtant, pour le moment, une accalmie était tombée dans le conflit ; l'attitude de la France semblait, pour le moment, être calme, sinon amicale. Le bruit courait que le comte Dunois, cousin du roi de France et ami de la duchesse Anne, comme il l'avait été de son père, s'efforçait d'unir les deux pays par des liens de paix. Déjà il avait réussi à faire libérer son ami Louis d'Orléans, l'ennemi acharné de la duchesse de Bourbon, et certains disaient l'amant de la duchesse de Bretagne, pour toutes ses tendres années, et le fait qu'il était déjà le époux de Yeanne , la fille cadette difforme de Louis XI, que son royal père l'avait forcé à épouser.

L'air était, en fait, saturé de rumeurs et d'intrigues, avec le sinistre tonnerre de la guerre grondant de manière menaçante au loin. On disait que le lien proposé par Dunois était le lien sacré du mariage entre le roi de France et la duchesse de Bretagne, mais la rumeur courait vaguement et douteusement, et était à peine créditée par ceux qui se souvenaient qu'Anne était déjà mariée par procuration au roi des Romains. , dont la petite fille fut également fiancée, à l'âge de deux ans, à Charles VIII.

C'était donc une époque où les hommes allaient avec prudence, méfiance, les yeux tournés à droite et à gauche par peur des ennemis, et les oreilles ouvertes pour écouter le souffle de la trahison. C'est surtout aux frontières de la Bretagne qu'une telle vigilance s'imposait. Comment s'étonner alors que le sieur de Méréac , rentrant de la chasse avec sa fille et son parent à ses côtés, ait réfléchi d'abord aux conseils de l'un puis de l'autre, décidant finalement que le sort du Français devait être tempéré par la justice, mais par une petite miséricorde. , et que le bout de corde était le meilleur moyen pour l'ennemi de la duchesse Anne ?

# CHAPITRE II

Avec le vague émerveillement de reprendre conscience, Henri d'Estrailles s'efforçait, d'abord faiblement, puis de plus en plus clairement, de se rappeler les événements qui avaient précédé sa chute. Du fond des ombres insaisissables qui semblaient paralyser son cerveau, il se rappelait comment il était parti pour Rennes à la suite du comte Dunois, qui était allé en ambassade auprès de la jeune duchesse du roi de France ; de la façon dont il s'était égaré la veille, errant sans but à travers de vastes landes et bruyères , à travers des vallées et des forêts, jusqu'à ce que le trébuchement de son bon cheval Rollo vienne interrompre le fil de ses pensées. Puis, tandis que les brumes se dissipaient encore davantage de son cerveau fatigué, vint un nouvel émerveillement face à sa situation actuelle. Il n'était pas couché sur une pelouse moussue, avec Rollon lui faisant des caresses stupides, mais au contraire, dans un lit dont les draps fins et les riches tentures évoquaient un château de seigneur plutôt qu'une cabane de paysan, tandis que, tandis que la douleur dans son côté le prenait. sa respiration difficile , il se rendit compte qu'il n'avait été bandé par aucune main non habile. Trop faible pour se lever, il resta allongé, rusant encore vaguement sur ces dernières heures de conscience et s'efforçant en vain de les intégrer au présent, jusqu'à ce qu'enfin, épuisé, il ferme les yeux et aurait dormi s'il n'avait pas été réveillé. par le léger retrait du lourd rideau au pied du lit, et ses yeux, en s'ouvrant, tombèrent, se dit-il, sur la plus belle vision qu'ils aient jamais eue. C'était la silhouette d'une jeune fille, mince et grande ; la haute coiffe en forme de cœur, avec son long voile dépendant, encadrait un beau visage enfantin, car l'épanouissement de la première jeunesse résidait dans le doux coloris de ses joues et ses lèvres roses, et un air de pudeur innocente dans les grands yeux bleus. qui baissa les yeux, à demi souriant, sur ses yeux bruns étonnés ; l'or rouge des boucles qui ressortaient sous la coiffe raide contrastait avec le vert foncé de son corsage moulant et de ses longues manches pendantes. Pendant une bonne minute, le malade regarda avec toute l'audace de quelqu'un dont le cerveau avait encore à peine compris si c'était une vision ou une substance qu'il voyait, et alors que les yeux bleus rencontraient son regard avide, ils s'affaissaient, la couleur monta dans une vague de lumière douce. le cramoisi monta aux joues de la jeune fille, et le rideau put glisser à sa place.

d'Estrailles n'avait plus envie de dormir ; ses pouls battent encore avec les émotions créées par la vision ; plus que jamais il désirait savoir où le destin l'avait mené. « Ce n'était pas un destin méchant, se dit-il, mais en vérité l'étoile de Vénus elle-même qui l'avait si involontairement guidé. Son excitation agitée augurait mal de ses blessures, alors qu'il se tournait d'un côté à l'autre, et son visage était déjà rouge de fièvre, quand de nouveau le rideau fut écarté, et il retint son souffle de déception, comme cette fois, au lieu du beau visage de ses rêves, apparut le visage ridé et bienveillant d'un prêtre en robe noire de bénédictin.

« Ah ! mon fils, murmura-t-il doucement en tirant le rideau du côté du lit du malade et en s'asseyant à côté de lui, c'est bien. Je vois que tu as déjà bénéficié de mes pommades et de mes onguents, et peut-être, — il s'arrêta en souriant, tandis qu'il lisait les cent questions sur le visage avide qui se tournait vers lui, — vous êtes sans doute aussi soucieux, mon fils, ajouta-t-il gentiment, de savoir sous quel toit vous vous reposez, que nous le sommes. pour savoir ce qui a amené un étranger à errer sans surveillance dans notre forêt d' Arteze ?

On ne pouvait cacher l'inquiétude dans les yeux du vieil homme alors qu'il attendait la réponse à sa question, et le malade sourit en répondant :

"Peut-être m'aviez-vous pris pour un espion du roi de France ? Non, non, mon père, les d'Estrailles d' Estrailles ne se sont jamais encore abaissés à une tâche aussi vile, et, avec l'aide de Notre-Dame, jamais aussi souillé l'un des écussons les plus fiers de France ; ma mission ici en Bretagne était l'affaire du comte Dunois, car je montais dans son train à Rennes en ambassade auprès de votre duchesse de la part de mon maître, mais me perdant dans cette situation si morne et si triste. Dans un pays périlleux, j'aurais failli connaître mon sort aux mains d'une souche d'arbre indisciplinée, sans le bienfaiteur inconnu qui a joué le bon Samaritain.

Le père Ambroise poussa un soupir de soulagement. « Ce sera une bonne nouvelle pour monseigneur, dit-il chaleureusement, ainsi que pour la belle demoiselle de Méréac , qui a si joliment plaidé auprès de son père que vous n'étiez pas un espion, qu'il a voulu vous épargner la pendaison que monsieur de Coray a jugé votre fin la plus appropriée.

Une rougeur de colère s'accentua sur la joue du jeune homme.

" Parbleu ! " s'écria-t-il doucement, "La justice bretonne en effet, de pendre un homme inconscient parce que, en vérité ! il roule sans surveillance et ne peut pas parler pour lui-même ! Ce monsieur..."

"Non", interrompit le prêtre en posant une main apaisante sur le poing fermé de l'autre. " Calmez-vous, mon fils, ou je crains que vous ne souffriez de fièvre jusqu'à vos blessures. Soyez patient, et je vous raconterai comment cela s'est passé, comme me l'a dit la demoiselle elle-même, " ajouta-t-il en souriant .

"Et la demoiselle ?" » interrogeait vivement d'Estrailles , tandis que le curé terminait le récit du bref épisode qui avait failli mettre fin à sa carrière. "Elle est sans aucun doute l'ange qui m'a immédiatement regardé pendant que j'étais émerveillé, et qui a tellement embrouillé mes pensées que j'ai cru que j'avais dû atteindre le paradis lui-même?"

"C'est une bonne et une belle fille", dit le vieux prêtre avec une touche d'aspérité dans la voix. « D'ailleurs, ajouta-t-il en jetant un regard souriant et de travers à son interrogateur, elle est fiancée à son parent, monsieur Guillaume de Coray .

"De Coray ?" » répéta le jeune Français avec mépris. " Quoi ! le chien qui m'aurait attaché au premier arbre parce que, parbleu ! Je n'avais pas l' honneur de sa connaissance ? Non, mon père, une servante si douce et si douce s'accouplerait mal avec un époux si méchant ! "

Le père Ambroise soupira. "C'est la volonté de son père, monsieur", dit-il, "et c'est donc une chose qui doit être faite, bien que ce soit un choix restreint, je pense, de la part de Lady Gwennola . "

— Gwennola , murmura d'Estrailles en s'attardant tendrement sur les syllabes. " C'est un nom tout à fait adapté à une si belle… Gwennola . Ah, mon père, même si je ne l'ai vue que depuis un instant, mon cœur devient amer quand je pense à sa fiancée à quelqu'un dont les instincts de chevalerie ne peuvent bien être pas plus élevés que un marmiton de boucher ; mais dites-moi, si vous pouvez vraiment consacrer du temps à un étranger comme moi, ce sieur de Méréac n'a-t-il pas d'autre enfant que cette belle fille ?

Le prêtre secoua la tête en soupirant profondément. "Hélas!" il répondit : "Aucun maintenant, monsieur ; bien qu'il y ait à peine trois ans qu'il se réjouissait de posséder un fils aussi vaillant que son père pouvait le désirer ; beau, noble d'esprit et courageux, il semblait impossible qu'Yvon de Mereac devienne un grand chevalier . dont le nom devait résonner dans toute la Bretagne ; mais, hélas ! hélas ! les saints saints ne l'avaient pas ainsi voulu : il tomba, monsieur, ce vaillant garçon d'à peine vingt ans, dans la sanglante bataille de Saint-Aubin du Cormier, et les espoirs qui s'étaient rassemblés avec tant d'affection autour de la promesse naissante de sa noble virilité furent éteints dans l'obscurité de la tombe ; il ne fut même pas possible de retrouver son corps, bien que de longues et terribles recherches furent faites parmi les tués mutilés sur le champ de bataille, et depuis ce jour où Guillaume de Coray apporta la nouvelle de sa mort, le sieur de Méréac est un vieillard au cœur brisé, nourrissant toujours sa colère dans la colère et l'amertume contre les Français qui opéraient ainsi la ruine de ses espérances.

"C'est une triste histoire", dit d'Estrailles . " Pourtant, mon père, après tout, c'est le risque que tous les soldats doivent courir ; certains sont nés pour livrer cent batailles et en sortent indemnes, tandis qu'un autre, comme ce pauvre garçon, périt avant d'avoir teint sa première épée au combat. sang de ses ennemis. Tel est le sort, et il faut y résister . Au reste, il me semble que ce monsieur de Méréac pourrait bien pleurer son héritier vivant plutôt que son fils mort, s'il veut succéder à ce poltron. valet qui pendrait de sang-froid de nobles chevaliers.

"Oui," soupira le curé, "l'héritage revient bien à ce même Guillaume de Coray , et donc il vous apparaît clairement, mon fils, qu'il épouse nécessairement Gwennola de Mereac ; ainsi l'ancien héritage revient à l'enfant. de son père, et à leur tour ses petits-fils pourront encore régner sur les terres de Mereac ."

Mais à cela d'Estrailles ne répondit pas, voyant que c'était pour lui une chose impossible à rêver, que des lèvres de poltron touchent ces lèvres roses qui souriaient depuis si peu de temps dans son cœur. Cette simple pensée le fit se retourner fébrilement sur son lit longtemps après que le vieux prêtre l'eut quitté et qu'il resta couché dans l'obscurité.

" Gwennola ", se murmura-t-il, " Gwennola " et se demanda quand il pourrait revoir la vision de sa beauté.

# CHAPITRE III

Le château de Méréac se dressait sur une légère élévation, dominant d'un côté la forêt d' Arteze , tandis qu'au loin s'étendaient de vastes landes et landes couvertes d'ajoncs et de pleurnichards, de bruyères et de chardons, tandis que çà et là d'énormes rochers des rochers étaient éparpillés. Une véritable terre de désolation, mais grandiose et même belle dans son aspect sauvage et triste, car il y a une veine de poésie qui traverse la Bretagne, jusque dans ses parties les plus solitaires et les plus désolées, une poésie qui trouve son expression dans l'histoire de son peuple, réglé tel qu'il est sur la musique de ses vents sauvages, de ses vagues et de ses landes accidentées, une musique en mineur gémissant à travers les déserts et à travers les vallées et les forêts, une musique qui chante l'amour et la passion, l'esprit libre et indomptable des Celtes. , avec toute sa romance et son amour du surnaturel. Comme leurs frères écossais, ils se délectent, ce peuple, des légendes, du folklore et du culte des héros, sur lesquels règnent à jamais le roi Arthur et sa fée Morgane pour inspirer la chevalerie, la passion et les idéaux d'amour. L'air vif et les embruns salés de leurs rivages servent également d'inspiration à ces hommes et femmes au grand cœur, les préparant à des actes d'héroïsme et de gloire – une gloire telle que leurs ancêtres se sont battus et ont gagné autrefois.

Une rivière coulait devant l'ancien château de Méréac , avec des vergers et des jardins descendant jusqu'au bord de l'eau, et c'est ici que, ce matin de juin, se promenait la Demoiselle de Méréac avec une jeune fille qui l'accompagnait, toutes deux, semble-t-il, intentionnelles. sur leurs dévotions, voyant qu'ils ne relevaient pas la tête de leurs livres d'heures même quand une ombre d'homme traversait le chemin de la jeune châtelaine . Mais quand l'ombre devint une substance stationnaire, elle fut obligée de lever les yeux, bien qu'avec un froncement de sourcils sur son front blanc et lisse, et un regard résolument hostile dans ses yeux bleus. La jeune fille qui l'accompagnait se retira discrètement tandis que le cavalier rendait hommage à la dame.

« Je vous demande pardon, douce maîtresse, observa-t-il en souriant, d'avoir troublé vos dévotions. Il me semblait entendre le bruissement même des ailes des anges dans l'air à mesure que je m'approchais.

La demoiselle de Méréac se redressa avec raideur, lui faisant face avec des yeux brillants.

— Vous faites bien, monsieur, répliqua-t-elle froidement, de constater qu'ils sont partis à votre arrivée.

Guillaume de Coray haussa les épaules.

"Non, ma chérie," observa-t-il froidement, "je ne suis pas venu pour parler des anges, même si j'ai osé m'immiscer dans l'un d'entre eux, mais plutôt parce que j'aimerais vous parler de l'étranger qui repose si gravement malade là-bas," et il montra du doigt. vers le château.

" Mon père, monsieur, " répondit hautament Gwennola , " me semble qu'il serait le mieux placé pour répondre à toutes les questions concernant M. d'Estrailles . Sans doute il vous a déjà informé, " ajouta-t-elle avec mépris, " qu'il est convaincu qu'il n'est pas un espion, ce chevalier français, mais un noble gentilhomme de la suite du comte Dunois.

— C'est ce que j'ai entendu dire, rétorqua son parent. "Mais j'ai aussi l'habitude, douce maîtresse, de croire peu de choses qui ne soient prouvées. D'ailleurs, je suis bien assuré que cet homme a moins de droit que vous ne rêvez à la miséricorde de votre père. Si moi," ajouta-t-il à voix basse , ton menaçant, "pour lui dire tout ce que je savais, la branche la plus proche et la plus courte serait l'hospitalité que lui offrait le sieur de Méréac . "

" En effet, monsieur, " répondit la jeune fille, le visage rouge de colère, " vous êtes très sage ; mais pourquoi épargner de porter un coup si écrasant ? — pas par amour , je crois , pour le pauvre chevalier qui repose malade là-bas. "

"Non," répondit-il en essayant d'adoucir ses tons, jusqu'à ce qu'ils ressemblent au ronronnement colérique d'un chat, "mais plutôt par amour pour toi, douce Gwennola , car je sais bien à quel point ton tendre cœur serait affligé de voir ton mécréant se rencontrer. c'est juste sa perte."

"C'est juste une catastrophe !" rétorqua-t-elle, le cramoisi teignant une fois de plus ses joues. "Non, monsieur, ce n'est sûrement pas avec un honneur chevaleresque de faire allusion à ce qu'il est difficile d'affirmer ou de prouver. Non, je n'entendrai plus vos basses insinuations contre un homme courageux. Partez, monsieur, et laissez-moi à mes dévotions. ".

"Non," grogna-t-il, "sûrement, ma douce, ce n'est pas le moment de faire des dévotions lorsque l'étoile de Vénus est en haut; marchons ensemble, et, puisqu'il te plaît de ne pas parler de traîtres et d'espions malades, conversons. sur des thèmes plus doux : de notre amour, belle dame, et du jour où tu seras mon épouse.

Elle frissonna et recula de son bras tendu comme s'il l'avait piquée.

« Non, monsieur, répondit-elle, finissons-en avec la moquerie ; vous connaissez bien ma volonté quant à nos fiançailles… quant au mariage… »

Elle se retint, surprise par un changement soudain d'expression sur son visage ; au lieu du sourire suave et moqueur, il était devenu grave et dur, tandis que la bouche cruelle se resserrait sur ses gencives jusqu'à ce que ses dents soient blanches en dessous, mais dans les yeux s'était glissé un air de peur indubitable, alors qu'il regardait de l'autre côté de la rivière vers la forêt au-delà; puis, jetant un rapide coup d'œil de côté à elle et à sa jeune fille, il murmura une excuse pour les laisser à leurs prières, et avec un salut précipité, il se tourna et se dirigea rapidement vers le château.

"Qu'est-ce que ça peut être ? Tu n'as rien vu, Marie ?" demanda Gwennola , tandis que sa jeune fille, la voyant seule, se précipitait vers elle. " Qu'est-ce qui a si effrayé M. de Coray ? — il est devenu aussi pâle que s'il eût vu un esprit de l'autre monde. "

Les deux filles se signèrent, Marie ajoutant qu'elle avait cru voir une silhouette d'homme parmi les arbres, mais qu'elle avait disparu si vite qu'elle ne pouvait en être sûre.

"Au moins, cela nous a débarrassé d'un intrus indésirable", sourit Gwennola . " Vois, Marie, cueillons quelques violettes et retournons ensuite à la messe ; je voudrais bien demander au bon père comment va son malade ce matin. Hier soir, il craignait la fièvre à cause de la blessure au côté où l'épée du pauvre chevalier l'a transpercé. " seulement un cheveu de plus et il serait entré dans son poumon. Je dois en vérité offrir trois cierges au sanctuaire de Notre-Dame pour avoir épargné un si vaillant chevalier. Pensez donc, ma Marie, un cheveu et il avait été pas plus!"

La servante sourit sournoisement. "Les saints soient loués, maîtresse", répondit-elle, ajoutant dans sa barbe que l'accident aurait pu être passé si l'accident était arrivé à *quelques* chevaliers, ce qui tous deux rirent et se mirent à cueillir les violettes d'un cœur léger.

C'était en effet une belle aube, et son parfum et sa douceur semblaient être entrés dans la salle de la tourelle où reposait Henri d'Estrailles , avec la présence de la jeune châtelaine du château. Pas de vision fugitive ce matin, mais bien une vie vivante. présence majestueuse, souriante, belle alors qu'elle se tenait à ses côtés, demandant au Père Ambroise comment allait son patient.

Malgré son apparence enfantine — elle avait à peine dix-sept ans — Gwennola se comportait avec tous les airs majestueux qui conviennent à la dame d'une grande maison, car, depuis la mort de sa mère, elle occupait le poste de châtelaine à Méréac et avait grandi. , il faut l'avouer, d'une enfant gâtée à une jeune fille volontaire , dont l'importance personnelle lui était si douce que son père ne pouvait trouver aucun mot de réprimande pour sa chérie souvent capricieuse. Seulement, hélas ! dans une affaire, il s'était montré ferme, et cela concernait ses fiançailles avec son parent, et même Gwennola , indulgente comme elle l'était au-delà de l'habitude de ces jours sévères de l'autorité parentale, n'osa pas s'opposer au décret, bien que, malgré tous les efforts déployés pour le faire. force de sa féminité, elle aurait volontiers lutté contre elle, si elle l'avait osé, d'autant plus que les mois lui montraient un amant si contraire à tous ses rêves de jeune fille. Comme elle savait bien que, malgré toutes ses phrases vides de sens et ses vœux moqueurs, son parent n'avait aucun amour pour elle dans son cœur ; ses caresses mêmes étaient une insulte contre laquelle se révoltait sa jeune nature chaude et impétueuse. Les larmes étaient amères versées en secret, et personne pour la voir ou la réconforter sauf le père Ambroise et sa jeune fille, Marie Alloadec , son amie et compagne de confiance. Et après tout, il était surprenant de voir à quel point ils comprenaient mal ces deux-là. Le bon père s'efforçait de la réconforter par une homélie sur la nécessité de l'obéissance et de la soumission au Ciel, et se contentait de secouer gravement la tête lorsqu'elle répondait en pleurant que le Ciel ne pouvait avoir aucune part à briser le cœur d'une jeune fille, ou bien lui suggérait : avec une demi-hésitation, afin que peut-être son père pût écouter ses supplications pour entrer dans le cloître. Mais cette dernière suggestion trouva peu de faveur aux yeux de celle dont la jeune vie chaleureuse reculait, consternée, par la froide vocation de l'existence monotone d'une religieuse. Sûrement, se dit-elle, il y avait une autre voie, une autre échappatoire pour échapper au destin qui lui était réservé. Les consolations de Marie Alloadec étaient plus agréables que celles du digne père , mais même elles ne répondaient pas aux besoins de Gwennola ; la sympathie était tout ce que sa sœur adoptive lui offrait, espérant qu'il n'y en avait apparemment aucune. Avec toute la tragédie de la jeunesse et toutes les exagérations de malheur de la jeune fille, Gwennola se voyait condamnée à une tombe précoce ou à un cœur brisé. Mais d'une manière ou d'une autre, alors qu'elle se tenait là, regardant timidement de temps en temps vers le malade, le doigt rose de l'espoir semblait occupé à la porte verrouillée de son cœur, qui battait rapidement au coup du messager, malgré tout son calme extérieur. Et c'est ainsi qu'elle s'attarda dans la chambre de la tourelle, passant des questions sur sa blessure à parler, d'abord hésitante, mais avec une curiosité croissante, de sa lointaine demeure en belle Touraine, la Touraine ensoleillée et riante, avec ses brises langoureuses . et ses belles prairies, ses fruits et ses fleurs, et les eaux dansantes de la Loire, si différentes de leur grise Vilaine . Puis, comme si elle avait à moitié honte de son empressement, ou parce que les yeux bruns qui le regardaient lui faisaient rougir les joues et un frisson soudain et inexplicable dans son cœur battant, ou parce qu'elle avait perçu sur le visage du Père Ambroise un grave reproche qui semblait pour l'avertir de l'impudicité , elle redevint tout d'un coup la petite châtelaine étrangement raide , parlant au curé au lieu de la malade des pommades, onguents et autres, avec l'air d'une matrone de cinquante ans.

"La blessure guérit favorablement ", dit le Père Ambroise, et malgré tout son respect, il y avait une étincelle d'amusement, ou peut-être de sympathie, dans ses bons vieux yeux alors qu'il regardait le visage rouge et enfantin, avec son encadrement de rouge-or. boucles et coiffure blanche, à l'avide sur le lit, qui levait avec un regard si admiratif le visage désormais détourné de sa belle visiteuse. "Monsieur pourra sans doute continuer son voyage dans une semaine, mais il doit être prudent, car la réouverture d'une vieille blessure est toujours plus dangereuse qu'une nouvelle."

"Sauf que le nouveau soit au cœur", sourit sournoisement d'Estrailles .

Gwennola se retourna, répondant au sourire moitié timidement, moitié coquette, en répondant : " Mais le cœur de Monsieur est indemne ? L'épée...
"

" En vérité, mademoiselle a raison ; l'épée m'a épargné le cœur, mais néanmoins je crains qu'il ne soit pas resté indemne, car qu'est-ce qu'une pointe d'épée comparée aux yeux d'une jeune fille, si, ajouta-t-il doucement, ces yeux sont froids ? "

de Gwennola rougit de nouveau, et les yeux bleus en question se baissèrent, pour cacher peut-être une lumière révélatrice qui brillait en eux, mais la douce voix du Père Ambroise interrompit la conversation.

"Non, non, monsieur," insista-t-il d'un ton de reproche, "les compliments français conviennent mal aux oreilles d'une jeune fille bretonne; au reste, il n'est pas bien que vous parliez trop longtemps, de peur que la fièvre menaçante de la nuit dernière ne vous envahisse; si vous serait de nouveau en selle avant qu'une semaine ne se soit écoulée, vous devez être obéissant.

" En vérité, soupira Henri d'Estrailles avec une légère grimace, vos paroles sont sans doute d'or, mon père, quoique peu douces à l'oreille, mais je dois quand même obéir, vu que je fais mal de m'accrocher trop avidement à l'hospitalité. ce qui doit être plus de douleur que de plaisir à accorder. "

"Non, monsieur," interrompit gentiment Gwennola , "nous, Mereac , n'en voulons à personne de notre hospitalité, mais..."

"Oui, le mais", répondit d'Estrailles avec mélancolie. " Mademoiselle, croyez-moi, ma gratitude est sans bornes, et pourtant je ne peux m'empêcher de comprendre combien la présence d'un Français est désagréable pour une famille endeuillée, comme me l'a dit le bon père ici présent, et je ne m'attarderais pas un instant plus longtemps qu'il n'est nécessaire à mon mais, ajouta-t-il doucement, je dois laisser derrière moi pour toujours quelque chose que j'avais rêvé de garder pour toujours.

Elle ne répondit pas, rencontrant seulement à son regard suppliant un regard mi-étonné, mi-heureux de compréhension, le regard d'un enfant qui voit devant lui des joies jusqu'alors inimaginées, mais qui regarde en doutant qu'elles soient pour lui. Ce regard persista dans ses yeux même lorsqu'elle eut quitté la chambre du malade et descendu lentement l'escalier en colimaçon menant à la grande salle.

"Ah, ma Nola, tu es là. Ne viens -tu pas avec ton vieux père aujourd'hui pour faire du colportage ?"

Le sieur de Méréac se tenait près de la longue table, botté et éperonné, son faucon au poignet, son manteau jeté sur l'épaule, une silhouette vaillante, en tenue courageuse, ses yeux gris bons et vifs fixés d'un air interrogateur sur sa fille. Elle courut vers lui, lui faisant la révérence et souriant, et passa un bras mince autour de lui avec caresse.

"Je ne savais pas que c'était votre plaisir, monsieur mon père", répondit-elle en lui souriant avec des yeux aimants. Il caressa tendrement ses boucles rousses tout en regardant le beau visage.

"Ton père a toujours besoin de toi, petite," dit-il tendrement, "comme tu le sais bien, enfant gâtée que tu es. Alors tu ne veux pas venir me voir essayer mon nouveau faucon ! Donna Maria ? tiens ! regarde alors, quel bel oiseau elle est ! »

" Elle est tout à fait parfaite, " murmura Gwennola en caressant le doux plumage de l'oiseau, " et demain tu la reprendras colporter, mon père, et je t'accompagnerai sur ma petite Croisette . Dis, n'est-ce pas ? "

"Mais pourquoi pas aujourd'hui, petit oiseau ?" » demanda-t-il avec une certaine impatience. " Tu vois, le soleil brille et l'air est magnifique. Eh bien ! est-ce parce que Guillaume n'est pas là ? "

Une ombre tomba sur le visage brillant et elle recula avec un soupir.

« Non, mon père, » dit-elle à voix basse ; " Cela tu le sais très bien, oh, mon père ! " - et une fois de plus elle s'accrocha à lui avec une tendresse soudaine et nouveau-née - " tu sais que je ne veux que toi, - seulement toi pour toujours. "

"Non, mon enfant," répondit-il en lui tapotant gentiment la joue, "cela ne suffirait jamais; mais vois, quand tu seras marié à Guillaume , nous serons encore ensemble; il ne viendra pas de seigneur étranger pour emporter mon petit rayon de soleil loin de Mereac , laissant il fait froid et gris pour toujours ... Dis donc, petite, ça ne va pas ?... toi et Guillaume, et le vieux père ici ? Tiens ! embrasse-moi, ma Gwennola , car sa Majesté espagnole s'impatiente autant que ma bonne Barbe. dehors. Adieu, petite, et sois bonne pour le pauvre Guillaume à son retour.

Mais Gwennola ne répondit pas ; peut-être que sa voix était trop étouffée par les larmes pour répondre aux paroles de son père, mais, si c'était le cas, elle essuya rapidement les gouttes brillantes de ses yeux en rencontrant le regard curieux d'un jeune perché sur un tabouret à côté. du foyer vide : un garçon au visage étroit et de petite taille, vêtu d'un costume hétéroclite d'imbécile, ses yeux vifs et perçants s'éloignant sans relâche de sa jeune maîtresse pour observer les gambades d'un petit singe qui, vêtu d'une imitation pittoresque de son maître, bavardait et grimpait. se promenèrent, d'abord sur le sol jonché de joncs, puis sur les tapisseries sombres, pour enfin se poser entre les formes étendues de deux chiens-loups, qui rêvaient sans doute de la chasse, car, tandis que l'impudent petit bouffon sautait à leurs côtés, ils levèrent leurs têtes avec un grognement menaçant, et ils auraient pu, dans une colère endormie, mettre fin à une carrière malicieuse, si la petite créature avec un bond agile n'avait pas bondi par-dessus leurs corps sur les genoux de son maître, où il était assis, baragouinant et bavardant comme un diablotin moqueur. l'obscurité, tandis que le fou se balançait d'avant en arrière sur son tabouret en riant d'une voix stridente.

« Silence, Pierre ! » ordonna Gwennola , d'autant plus vivement qu'elle avait à peine retrouvé son calme ; " et va vite, prie Marie et Job Alloadec de venir ici ; dis-leur que je voudrais qu'ils m'accompagnent à Méréac pour voir la vieille Mère Fanchonique . Et demande à Marie d'apporter le manteau chaud que j'ai promis à la vieille.

Pierre obéit d'un air assez maussade, car cela lui déplaisait de voir son jeu ainsi interrompu, mais Gwennola ne prêta pas attention à ses sourcils froncés, mais attendit ses serviteurs avec un petit sourire flottant sur ses lèvres, mais elle n'aurait pas pu dire pourquoi elle souriait, à moins que c'est qu'elle se rappelait le visage choqué du père Ambroise lorsque le Français parlait des yeux des jeunes filles. Tiens ! quel mal y avait-il alors ? C'était vrai, du moins le supposait-elle, mais se pourrait-il aussi que ses yeux… ? Elle s'interrompit, rougissant à cette pensée indélicate, puis soupira, car, au lieu du beau visage d'Henri d'Estrailles , elle se rappelait un autre visage qui, le matin même, avait regardé le sien d'un air si moqueur, là-bas sur la terrasse, un visage cruel et méchant. , avec des joues jaunies et des yeux pâles et froids, dont le souvenir a déclenché une autre réflexion. Qu'est-ce qui avait si effrayé Guillaume de Coray ? Pourquoi avait-il été absent depuis ce moment où il s'était séparé d'elle si brusquement ? Elle se demandait encore vaguement quand l'entrée de Marie et de Job Alloadec l'interrompit dans ses méditations.

« Allons, dit-elle avec un peu d'impatience, il y a longtemps que je t'attends, ma Marie ; il se fait tard, et je voudrais bien être rentrée avant que le crépuscule ne se fasse ; mais, ma foi, qu'est-ce qu'il a, le bon Jobik ? "

Il semblait certainement que le pauvre serviteur souffrait quelque peu ; ses joues habituellement rouges étaient flasques et pâles, et ses yeux bleus regardaient d'un côté à l'autre, avec le regard nerveux de quelqu'un qui a été très effrayé. Marie se signa, pâlissant aussi en répondant :

" Ah ! mademoiselle, pardon, c'est vrai que j'ai tardé, mais le pauvre Job a d'abord été si effrayé que j'ai cru qu'il serait vraiment devenu complètement fou. "

Gwennola tapa du pied avec impatience. « Insensé ! » » cria-t-elle, même s'il y avait une ondulation de rire mêlée à la colère dans son ton. " Dites donc, que s'est-il passé ? Le pauvre Jobik a-t-il eu la même vision qui a effrayé M. de Coray ce matin ? "

"En vérité, je ne sais pas", répondit Marie à voix basse. "Mais il dit... non, madame, il dit... tiens , Job ! dis à Lady Gwennola ce que tu as vu là-bas dans la forêt."

En réponse, le pauvre Breton déversa une série de vœux et de prières marmonnés, parmi lesquels Gwennola finit par extraire le fait surprenant que, alors qu'il se tenait au bord de la rivière, il avait vu parmi les arbres, de l'autre côté, une vision de Yvon de Mereac , son jeune seigneur, qui avait péri sur le champ sanglant de St Aubin du Cormier il y a près de trois ans.

Même Gwennola pâlit tandis qu'elle se signait dévotement, murmurant une prière à son saint patron avant de s'interroger sur la manière de la vision. C'était, semble-t-il, ce qui avait tant intrigué le fidèle Jobik , qui avait vénéré son jeune maître avec toute la dévotion d'un Breton : il ne s'était pas tenu devant lui vêtu d'une armure alors qu'il était tombé, mais dans des vêtements en lambeaux et pauvres, avec des vêtements émaciés. des joues et des yeux à la fois obsédants et terribles, comme si, ainsi que Job l'affirmait, l'esprit torturé était en grand péril, dont il suppliait Job de le libérer.

En vain Gwennola s'efforçait-elle de convaincre le pauvre garçon que la vision ne pouvait être qu'une fantaisie du cerveau, ou que la silhouette vue était celle d'un fou errant qui ressemblait à son frère mort. Job s'accrochait à son récit, s'effondrant finalement complètement dans sa terreur et sa perplexité, et sanglotant en priant chaque saint du calendrier pour l'éclairer sur ce que la vision lui ferait faire.

Il fallut quelque temps avant que tous fussent assez calmes pour se mettre en route, expédition dont Marie s'efforça en vain de dissuader sa maîtresse. L'idée de pénétrer si immédiatement dans la forêt désormais hantée par l'horreur était une agonie pour la pauvre femme qui attendait ; mais malgré ses propres scrupules intérieurs, Gwennola restait ferme dans son objectif. A vrai dire, la jeune maîtresse était encline à être d'un caractère obstiné et tenace, et, après avoir décidé de son plan d'action, elle l'exécuta malgré les oppositions, de sorte que Marie, connaissant bien son caractère volontaire, dut céder . à ses souhaits et s'efforcer, même en vain, de vaincre ses peurs.

Gwennola , au contraire, ne montra aucun signe extérieur de ses inquiétudes ; une étrange exaltation semblait les avoir soudainement dominés, et son rire joyeux résonnait joyeusement dans les clairières ensoleillées tandis qu'elle défiait Marie à une course.

Simple L'humble demeure de Fanchonic fut enfin atteinte, et la gracieuse sympathie et les paroles aimables de la jeune châtelaine lui rapportèrent bien des bénédictions sur la tête de la vieille femme avant de repartir sur le chemin du retour, Mère . Fanchonic elle-même boitait lentement jusqu'à la porte pour crier des injonctions stridentes à Job de bien garder sa jeune maîtresse, car, même si le chemin était court, il y avait des périls de tous côtés.

Gwennola ne savait que trop bien que tel était le cas en ces temps d'anarchie , mais elle possédait l'esprit audacieux de sa race, et son père lui avait toujours cédé plus de licence qu'il n'était jugé convenable pour une jeune fille à cette époque. Donc Gwennola avait été habituée depuis son enfance à errer dans les bois autour de Mereac , accompagnée uniquement des fidèles Job et Marie, ou peut-être de son père ou de son frère. La pensée de ce frère si cher et si longtemps pleuré rendit une nouvelle tristesse à son visage lumineux tandis qu'elle se dirigeait vers le château. Le frisson d'exaltation avait disparu, et une tristesse soudaine semblait l'avoir plongée d'une gaieté inexplicable à la mélancolie ; elle ne pouvait pas non plus expliquer complètement ce qui l'oppressait, à moins qu'il ne s'agisse en fait de l'étrange vision de Job Alloadec .

Twilight rampait à pas furtifs sur elles, malgré leur hâte, alors qu'elles passaient rapidement le long de l'étroit sentier boisé, et Marie s'était rapprochée de sa maîtresse, lorsqu'un brusque crépitement de branches dans un bosquet voisin fit s'inquiéter les deux filles. criaient de peur, alors qu'un homme sautait du bois sur le chemin devant eux. L'intrus était sans doute de chair et de sang, pas d'apparition de morts aux yeux creux, comme ils l'avaient à moitié redouté : un homme, petit, trapu, avec une barbe rousse et rase et des yeux durs et imprudents, qui fixaient maintenant les leurs. avec un défi féroce mais effrayé.

« Monsieur de Coray ? il haleta et regarda avec impatience derrière les filles vers Job, qui s'était précipité aux côtés de sa jeune maîtresse.

"De Coray ?" » questionna Gwennola , qui fut la première des trois à reprendre son sang-froid, faisant en même temps signe à Job de rester à ses côtés. "Est-ce donc M. de Coray avec qui vous désirez parler ?"

"Oui, non", balbutia l'homme en regardant de droite à gauche. " Pardon, mademoiselle, j'avais peur... non... je pensais... " Et puis, avec le souffle haletant de celui qui ne voit la sécurité que dans la fuite, il sauta de nouveau dans les broussailles et disparut, aussi soudainement qu'il était venu, parmi les arbres. .

"Non," dit doucement Gwennola de Mereac, tandis que Job, avec un grognement suspect, faisait comme s'il allait se lancer à sa poursuite, "il n'y a eu aucun mal ; le pauvre homme est à moitié fou de peur ou de quelque chose de pire. D'ailleurs , " elle ajouta en souriant, tu ne nous laisserais pas seuls, mon bon Job, pour retrouver notre chemin à travers ces bois crépusculaires. Parbleu ! c'était bien que ce pauvre coquin effrayé n'ait rien à faire avec nous, car il avait un air laid, et il est possible qu'il ait des amis, outre M. de Coray , dans cette sombre forêt. Allons, ma Marie, ne tremble pas maintenant que le danger est passé, mais revenons d'autant plus vite, voyant que peut-être même maintenant mon père s'inquiète.

« C'était un drôle de coquin », marmonna Job en suivant sa sœur et sa maîtresse en chemin. " Mais, par la barbe du saint Gildas ! J'aurais préféré en rencontrer deux comme ... " Et le vaillant Job se signa dévotement, sans achever sa phrase.

# CHAPITRE IV

Les ombres tombaient lourdement dans la grande salle du château de Méréac . Dans un coin, le fou Pierre s'était allongé sur les joncs pour dormir, serrant son petit homonyme contre sa poitrine étroite. Près de l'âtre vide, Gaspard de Méréac s'appuyait en arrière sur son grand fauteuil, à moitié somnolent après son colportage, le gai gerfaut perché sur le dossier, se lissant avec une grâce majestueuse, comme quelqu'un qui dirait : « Voyez quelqu'un qui a fait ses preuves. valait la peine et a gagné les éloges de tous ceux qui ont vu ses prouesses. Aux pieds de leur maître gisaient les chiens-loups, Gloire et Reine, le premier levant de temps en temps sa tête majestueuse pour lécher doucement la main qui pendait au-dessus de la chaise de chêne. Un pas traversant précipitamment la salle réveilla le seigneur du château dans un état de réveil soudain et irrité, car il savait bien que ce n'était pas le pas doux de sa petite Gwennola, mais plutôt, comme le lui disait un regard endormi, celui de son neveu Guillaume de Coray . . Quelque chose cependant, dans l'habillement en désordre et le visage pâle de ce dernier, le sortit de ses rêves de vaillants faucons et de hérons hurlants pour exiger brusquement ce qui s'était passé .

« C'est par hasard ? » » répéta vaguement de Coray . " Par hasard, monsieur mon oncle ? Non, rien n'est par hasard, mais... " Il s'arrêta, comme s'il s'efforçait de rassembler un train de pensées errantes, appuyant son menton sur sa main tandis qu'il s'asseyait sur un banc en face de son interrogateur.

"Où étais-tu toute la journée ?" demanda de Méréac en étendant les jambes dans un bâillement endormi et en s'arrêtant pour caresser la tête fidèle de Gloire tandis qu'il se soulevait sur son siège. "En vérité, tu as manqué une journée de sport aussi belle que j'en ai eu pendant plusieurs jours. De Plöernic n'a pas trop apprécié son bel Espagnol après tout. J'ai rarement vu un vol aussi droit; mais tu jugeras par toi-même demain, car j'ai promis d'emmener la petite Gwennola avec moi, et toi aussi, Guillaume, tu nous accompagneras sans doute ?

"Sans doute", répondit le plus jeune homme, mais son ton apathique et son visage maussade suscitèrent de nouvelles questions de la part de son oncle quant à ses activités de la journée. De Coray répondit évasivement, gardant toujours le même air sombre, tandis que son front plissé semblait parler de perplexité et d'indécision.

"Qu'est-ce qui t'arrive, mec ?" s'écria de bon cœur de Méréac , tu es aussi sombre qu'un gros abbé un jour de jeûne. Dis donc, madame t'a-t-elle bafoué ? Un fléau pour le petit coquin, elle a à peine été près de moi ce jour-là !

De Coray jeta un regard de côté vers son oncle, puis vers le bas, tandis qu'un sourire sinistre jouait sur sa bouche.

"Peut-être que les blessures du chevalier français ont trop demandé les soins de ma belle maîtresse", dit-il malicieusement, notant avec satisfaction comment le manche rentrait chez lui, à cause du sursaut soudain et du froncement de sourcils furieux du vieil homme. Puis, abandonnant son air hésitant, il se pencha en avant, parlant lentement mais avec insistance. « Monsieur, dit-il doucement, j'ai dans l'idée de vous dire clairement ce que je suis seul à connaître ; peut-être me reprocherez-vous de ne pas avoir parlé plus tôt, mais l'honneur chevaleresque me l'a interdit . la nécessité me semble plus grande encore que tout faux sentiment de magnanimité, puisque nous ne croisons pas le fer avec la vipère, mais plutôt l'écrasons sous le talon avant qu'il ne nous fasse un mal mortel, et ainsi… » Il s'arrêta, pour accorder peut-être plus de poids à l'idée. ses paroles, observant de près la poupe, placèrent le visage en face de lui, qui semblait s'être raidi en un masque de fer.

"Dis ce que tu penses, mec", demanda sèchement le vieux noble. "S'il y a quelque chose de mal à dire, dites-le-moi - les saints savent que j'en ai déjà supporté - mais cessez de bavarder sur ce qui est hors de propos, comme c'est le cas avec les femmes et les imbéciles, pas avec les hommes."

" Non, " dit de Coray en rougissant sous le reproche, " il y a quelque chose à dire qui vous sera difficile à entendre, monsieur, et je ne ferais que vous préparer à l'histoire ; comme vous pouvez bien le deviner, il s'agit de ce Français . que le destin, par une étrange ruse, a jeté à vos portes. »

De Mereac se ferma en un claquement.

"Il m'a convaincu qu'il n'est pas un espion", répondit-il sévèrement. "J'ai accepté sa parole de chevalerie, et bien qu'il soit amer pour moi d'offrir l'hospitalité à l'ennemi de mon pays et à l'un des tueurs de mon fils, néanmoins, selon toutes les lois de la chevalerie et de la chevalerie, il est libre dès qu'il est apte. voyager."

" Ainsi, " dit de Coray , " il vous a satisfait, monsieur ? Cela se peut bien, puisqu'il ne connaissait pas le nom de sa victime, et pourtant je peux me demander comment il apprend sa langue à prononcer des paroles douces à l'oreille d'un Breton. quand il se souvient de St Aubin du Cormier.

Le visage du vieil homme pâlit. "Saint Aubin du Cormier ?" murmura-t-il.

"Oui, St Aubin du Cormier", répéta de Coray en se rapprochant un peu, comme s'il craignait que ses paroles ne soient entendues. "Écoutez, monsieur, et vous comprendrez pourquoi, à la vue de ce chien couché sous le bois vert, je vous ai crié de ne lui accorder aucune pitié, mais de lui accorder la mort de chien qu'il méritait."

"Parlez", dit de Mereac d'une voix rauque, "je peux mal supporter un tel préambule."

"La bataille a été sanglante, comme vous vous en souvenez peut-être", commença de Coray . « Nous, les Bretons, avons combattu vaillamment, comme nous le faisons toujours, et les archers anglais de Lord Woodville n'ont cédé qu'aux Français avec leur vie ; pour moi, j'avais échappé pendant tout le combat, et vers le soir je me suis retrouvé repoussé, près d'un bois. , aux côtés du prince d'Orange, qui, voyant les chances du jour tourner contre nous, arracha de sa poitrine la croix noire de Bretagne, nous invitant, nous ses partisans, à faire de même, car pour cela il ne nous restait plus rien. mais la fuite. Ses paroles étaient vraies, mais, pour autant, aucun vrai Breton parmi nous n'a arraché la croix de sa tunique, bien que nous cherchions assez facilement la fuite parmi les arbres, et ce faisant, il se trouvait que je me trouvais séparé des autres, et, errant seul à travers le bois, j'aperçus tout à coup un homme vêtu de l' armure d'un Français, qui marchait furtivement ; un instant je m'arrêtai, et, hélas ! monsieur, avant de pouvoir comprendre le sens de la situation, il Il était trop tard : un chevalier breton, que je reconnus aussitôt comme mon cousin Yvon, se tenait épuisé et fatigué à côté de son cheval, tandis que l'animal buvait avidement l'eau d'un ruisseau qui coulait tout près. La visière d'Yvon était relevée et je pouvais voir qu'il était pâle d'excitation et d'épuisement, même s'il me semble qu'il n'était pas blessé. Il tournait le dos à son ennemi, et avant que je puisse crier un mot d'avertissement, le lâche traître s'était précipité en avant et l'avait fendu du front au menton, de sorte qu'il tombait mort à côté de son cheval. Je m'élançai aussi en poussant un cri, mais le Français était fidèle à ses couleurs ; pendant un instant, il me regarda, puis, craignant sans doute que mes amis et ceux du mort ne soient proches, il me lança violemment avec son épée et s'enfuit, de sorte qu'au crépuscule je le manquai, cependant, tellement j'avais soif. ma propre bonne lame pour son sang, que j'ai cherché jusqu'à ce que la nuit tombe et que tout espoir de le retrouver ait disparu.

"Et?" gémit de Méréac .

De Coray sourit pensivement. « Monsieur, ajouta-t-il, la visière du traître français était également relevée, de sorte que je lisais bien les traits que je ne revis que lorsque je les vis là-bas dans la forêt.

Avec un juron amer, le vieillard se releva avec une telle vigueur que Gloire et Reine relevèrent leurs grosses têtes avec un bref aboiement d'excitation.

"Il?" s'écria de Méréac , la voix tremblante de fureur, lui ? l'homme dont j'ai épargné la vie ? l'homme qui a eu mon hospitalité et mangé mon sel ? lui ? le vil meurtrier de mon Yvon ?… mon garçon… mon garçon ! " Malgré sa colère, sa voix se brisa sur les derniers mots ; puis une nouvelle tempête le saisit. "Idiot!" s'écria-t-il en saisissant de Coray par l'épaule, pourquoi ne m'as-tu pas dit cela quand nous l'avons trouvé là-bas ? pourquoi prolonger d'une heure la vie d'une chose si immonde ?

"Non", balbutia de Coray , pâlissant devant la tempête qu'il avait évoquée. "Je pensais—la Dame Gwennola——— "

« Gwennola ! » cria le vieil homme. "Trois double imbécile ! penses- tu qu'il y aurait un battement de pitié dans son cœur de pure jeune fille pour un meurtrier de son frère ? Oui, il est un meurtrier, et comme tel il mourra. Salut, valet, dis-moi de venir ici. sur-le-champ Job et Henri. Oui ! et dites-leur de tirer cette immonde chose de la chambre où il repose si doucement, et il apprendra ce qu'est la justice bretonne. Bah ! la corde qui devrait le pendre serait à jamais une chose déshonorée . Je préférerais le donner à mes bons chiens là-bas pour qu'ils le déchirent membre par membre, bien que, d'après les os de saint Yves, une telle mort même soit une chose trop douce et trop facile pour lui.

Pierre le fou, ainsi tiré brutalement de son sommeil pour être envoyé à la recherche de Job et de son camarade, restait bouche bée et haletant devant la colère de son maître, tandis que le singe de son épaule souriait et baragouinait en imitant moqueusement la colère de son seigneur ; mais avant que la fureur de Méréac ait pu éclater de nouveau sur la tête de son serviteur stupide, une voix à côté de lui détourna le courant rapide de ses pensées dans un autre canal. C'était sa fille Gwennola qui se tenait devant lui, pâle mais résolue, sans expression de peur dans ses yeux bleus alors qu'ils rencontraient son froncement de sourcils orageux, mais plutôt regardant regard pour regard, avec audace et courage.

« Mon père, dit-elle d'un ton ferme en posant une main blanche sur la manche de sa longue robe fourrée, j'ai entendu ce que — sa voix tremblait — ce que disait M. de Coray , et, ajouta-t-elle en se tournant vers lui. visage flamboyant d'indignation envers le jeune homme, qui se tenait adossé à la tapisserie à proximité : "Je le traite de lâche et de menteur en face !"

Il y eut une pause d'un instant, les sourcils de Mereac baissés d'un air menaçant tandis qu'il regardait tour à tour sa fille et de Coray , dont le sourire moqueur semblait piquer la jeune fille à une nouvelle colère.

"Menteur et lâche !" s'écria-t-elle en frappant son petit pied, ses yeux bleus toujours flamboyants. " Ah ! monsieur mon père, c'est incroyable que vous le croyiez. "

"Incroyable?" » dit lentement le vieillard, « et pourquoi, mon enfant ? Plus incroyable pour moi que ma fille prenne le rôle d'un ignoble meurtrier, ennemi de son pays et de sa maison, plutôt que de la parole de son fiancé.

De Coray s'approfondit. « Monsieur, » dit-il avec un salut moqueur, « vous m'avez demandé pourquoi j'ai révélé le secret d'un traître maintenant plutôt qu'hier ; peut-être qu'on a répondu à monsieur.

de Méréac cherchèrent sévèrement le visage de sa fille, mais de nouveau elle les rencontra avec un regard presque de défi, puis s'adoucissant, tandis qu'elle lisait une agonie muette derrière la colère, jusqu'à ce que ses propres yeux bleus se remplissent de larmes.

"Oh, mon père !" s'écria-t-elle en s'approchant de lui, les mains tendues, au nom de la justice, écoutez-moi et n'écoutez pas les paroles de cet homme cruel. Voyez, mon père, si M. d'Estrailles a fait cela, volontiers mon père voudrait que Les mains font le nœud qui liait la corde autour du cou de son lâche, mais, mon père, est-ce justice ? est-ce une chose d' honneur de frapper comme la vipère dans l'obscurité ? Moi, oui, moi, Gwennola de Mereac , je vous défie, Guillaume de Coray , pour répéter ton mensonge devant l'homme que tu accuses, et que mon père juge entre le vrai chevalier et le faux.

De Coray s'effaça lorsqu'il croisa son regard intrépide, puis jeta un coup d'œil de côté vers de Mereac , qui hésitait, attendant avec impatience, semblait-il, sa réponse.

— Qu'il en soit ainsi, mon plus juste législateur, dit-il enfin avec un sourire forcé. « Demain sera une journée aussi agréable que ce soir, et peut-être, comme vous le suggérez, la charge reviendra-t-elle entre vos belles mains. »

Elle ne répondit pas, mais se tourna et fit une révérence grave à son père en quittant la salle.

Pas un autre mot ne fut prononcé entre les deux hommes restés là, parmi les ombres. De Mereac , dont l'emportement de rage semblait s'être apaisé, depuis l'intervention de sa fille, en une humeur maussade, s'éloigna bientôt, laissant Guillaume seul. Les méditations du jeune homme ne semblaient peut-être guère de nature apaisante, car, jusqu'à la tombée de la nuit, il continua à arpenter le couloir, perdu dans ses pensées, jusqu'à ce qu'une main touchant la sienne le réveilla avec un juron surpris et, baissant les yeux : il aperçut avec surprise le visage maigre et astucieux de Pierre le fou qui regardait le sien avec mélancolie.

" Monsieur, " dit doucement le garçon, " je suis l'esclave de monsieur ; s'il m'est permis de servir monsieur, peut-être puis-je faire beaucoup. "

Guillaume de Coray regarda pensivement ces yeux obliques et étranges, puis il sourit. « Un ami, dit-il avec légèreté, est parfois une nécessité et ne doit pas être refusé, mon Pierre, même lorsque l'ami n'est qu'un imbécile. Oui, j'accepterai, et, ajouta-t-il en dessinant un morceau de papier. l'argent de sa poche, et le plaçant dans la paume tendue du garçon, "Je paierai le prix de la véritable amitié, mon mon ami . Voyez, il y a déjà un service que vous pouvez me rendre. » Il entraîna Pierre tout en parlant dans un renfoncement, baissant la voix, comme s'il craignait que les personnages représentés sur la tapisserie n'aient des oreilles pour entendre. « Là-bas, dans la forêt », il dit doucement, il y a un homme avec qui je voudrais parler, un homme petit, trapu, avec une barbe rousse et des yeux noirs ; dis-lui, ajouta-t -il en parlant lentement et d'une manière impressionnante, les deux mains sur les épaules de Pierre, que son *ami* , son *ami* , remarque-toi, mon garçon, Guillaume de Coray , aurait une conversation avec lui ; qu'il n'y a rien à craindre et beaucoup à gagner, et qu'à tout rendez-vous qu'il pourra me fixer, je viendrai seul.

Les yeux noirs de Pierre brillaient alors qu'il regardait le visage pâle de de Coray , hochant lentement la tête. "Pierre comprend", murmura-t-il. "Monsieur a fait confiance à Pierre le fou, qui est maintenant l'ami de monsieur, et il est donc entendu que l'homme à la barbe rouge sera retrouvé. N'est-ce pas, mon choux ?" ajouta-t-il en caressant le singe qu'il portait encore dans ses bras. " Tiens ! il est clair que Pierre le fou sera bientôt riche et grand, et la petite Gabrielle, au loin dans la forêt, ne pleurera plus de faim. " Et tandis qu'il se détournait, le garçon regardait avec amour la pièce de monnaie en cuir avec son petit centre en argent que de Coray lui avait offerte. "Sans doute, monsieur a un grand cœur", murmura-t-il doucement. " Quant à Lady Gwennola , je n'ai pas d'amour pour elle, même si elle est belle comme l'aube, car elle n'a pas d'amour pour monsieur, et pas non plus pour le petit Pierre. N'est-ce pas, mon petit ? Bah ! nous le serons. très bientôt, toi et moi, mon Pierrot, très bien.

# CHAPITRE V

" Ah, Marie, Marie, que dois-je faire ? Tiens ! petite, tu ne peux pas dire un mot pour me réconforter ? Bah ! avec tes grands yeux tu n'as pas plus de sens que les hiboux qui crient toute la nuit dans la forêt là-bas. Non ! pardonne moi, Marie, et réconforte-moi, parce que, parce que... "

"Non, madame," soupira la servante, "je crains qu'il n'y ait pas grand-chose à dire, car voyez, vous me dites que demain, monsieur de Méréac ... "

"Ah, écoute alors, Marie, et je vais tout t'expliquer", dit Gwennola en joignant les mains tout en regardant pitoyablement le visage sympathique de Marie.

" Monsieur de Coray , vipère qu'il est, a pour une raison que je ne connais pas conçu une haine pour Monsieur d'Estrailles , c'est pourquoi il a raconté à Monsieur mon père beaucoup de faux mensonges, disant que Monsieur d'Estrailles a horriblement assassiné le pauvre Yvon, dont l'âme repose en paix, à la bataille de Saint-Aubin du Cormier, il y a trois ans ; mais Marie, c'est faux, M. d'Estrailles n'a pas pu faire un acte aussi indigne, j'en suis assuré.

"Mais pourquoi, maîtresse ?" » demanda Marie avec insistance. "Nous ne savons rien de ce monsieur français ; il se peut que sa langue ne soit pas plus douce que son cœur faux. Jobik m'a souvent dit de me méfier si un Français croise mon chemin, car ce sont tous des enfants du diable dans leurs manières trompeuses."

" Jobik est un imbécile ! " » déclara acerbe sa jeune maîtresse, « et tu manques aussi de tout sens, ma Marie, de l'écouter. Voyez donc combien de nobles Français ont été de vrais amis de la Bretagne ; pensez à monsieur d'Orléans et à monsieur le comte Dunois , qui cherche même maintenant à aider notre douce duchesse ; mais tous ces discours sont des folies. Soyez assurée, Marie, que moi, votre maîtresse, je suis convaincue que M. d' Estrailles est un bon et vrai chevalier, et pourtant, hélas ! hélas ! demain matin, il se peut qu'il soit pendu comme s'il était un lâche traître ou un ignoble meurtrier ; car vois donc, Marie, c'est la parole d'un Français contre un Breton, et bien que ce dernier soit trois fois un traître et un coquin, il n'en est pas moins vrai. eh bien, je sais qu'il a le truc de mentir avec un front aussi lisse que n'importe quel bébé naïf, et ainsi… et ainsi… mon père le croira. Hélas ! hélas ! et la jeune fille fondit en larmes.

l'honneur du Français . Mais après tout, quelle jeune fille, quel que soit son âge, est à l'épreuve de la romance ? et le fait que Gwennola était profondément intéressée par le bel étranger était assez évident aux yeux de la femme de chambre. Et quoi d'étonnant, puisque le sort n'avait jusqu'alors offert qu'un amant aussi triste que M. de Coray ? Il n'y avait pas d'amour pour ce dernier dans le cœur de Marie, ce qui allait encore plus loin en faveur de son rival .

« Hélas ! ma dame, murmura-t-elle avec un sanglot, c'est pénible à penser, et qu'il meure, ce pauvre monsieur, à l'aube, sur la parole d'un tel que monsieur de Coray ! S'il n'était pas blessé, nous aurions même pu l'aider à s'échapper, mais hélas... "

"Hélas!" sanglota Gwennola , avec une telle blessure, c'était la mort qui la tenterait. Non, Marie, il mourra, et moi, peut-être, trouverai-je refuge dans un couvent, comme le père Ambroise l'a souvent suggéré, car je sais bien que je le ferais. n'épousez aucun meurtrier, menteur et lâche, tel que Guillaume de Coray ."

La passion de sa haine contre son fiancé avait momentanément tiré Gwennola de son chagrin. Maintenant elle essuya ses larmes et, se levant, se mit à arpenter lentement la pièce, la tête renversée, et une lumière naissait peu à peu dans ses yeux bleus. L'esprit d'audace sauvage et indomptable qui avait couru si follement dans les veines d'innombrables générations d'ancêtres l'avait tirée du chagrin faible et inutile de la féminité.

« Je le sauverai », dit-elle lentement en faisant face à Marie Alloadec ; "Oui, c'est possible. Vois, petite," ajouta-t-elle en désignant avec révérence une petite figure de la Madone placée sur une table voisine, "c'est la Sainte Mère elle-même qui m'a montré comment faire; mais va, ma Marie, car il y a peu de temps à perdre, même en prières, va dire au Père Ambroise que je le verrais maintenant, vite s'il est possible, à la chapelle.

Marie le regarda. "Mais, mademoiselle !" Elle haleta.

Gwennola posa fermement les deux mains sur les épaules de l'autre, baissant les yeux avec gentillesse mais autoritaire dans les yeux bruns effrayés levés vers les siens.

« Écoute, Marie, » dit-elle doucement ; "Tu dois obéir sans poser de questions. La vie d'un noble chevalier est peut-être en jeu, donc ce n'est pas le moment pour les peurs ou la faiblesse des femmes; mais ce que j'ai l'intention de faire, je ne le dis ni à toi ni à personne d'autre, vu que ce serait mauvais pour tout autre que moi seul pour refuser de répondre quand mon père me l'ordonne ; je ne te demande que cette chose : va dire au père Ambroise que je l'attends dans la chapelle, veille à ce qu'il ne me manque pas, et pour le reste, tais-toi. ajouta-t-elle tandis que les larmes montaient aux yeux de la jeune fille, ce n'est pas que je doute de ta fidélité, mon enfant, mais que je t'épargnerais la douleur, oui, et moi-même aussi, bien qu'il y ait encore une chose que je te demanderais et que je te demanderais. avait presque oublié. Dites à Job de conduire le cheval de l'étranger hors des écuries dans une heure et de l'attacher dans le bois près de la rive de la rivière ; que personne ne le voie faire, et qu'il ne parle pas non plus de ce qu'il fait. s'il croit voir passer une silhouette pendant qu'il monte la garde à la poterne extérieure, qu'il se signe et considère que c'est un esprit, tel qu'il a déjà rêvé de voir aujourd'hui, et prends garde qu'il n'aille pas s'enquérir. trop près pour savoir s'il y a quelque chose de chair et de sang là-dedans, car demain peut-être il aurait été bien qu'il ait été un peu aveugle et sourd.

Marie fit une révérence, n'osant pas répondre, voyant la détermination sur le visage de sa maîtresse. Cependant, tout en courant sa course, elle murmurait maintes ave à son saint patron, sachant bien quelle serait la fureur du seigneur du château si sa fille réussissait dans son audacieuse intention.

Il se peut que même le cœur de Gwennola lui ait à moitié fait défaut lorsqu'elle s'est agenouillée dans la chapelle faiblement éclairée du château. Enveloppée dans un long manteau à capuche, elle aurait pu passer pour une ombre parmi les ombres projetées par le clair de lune. Involontairement, la jeune fille se signa en regardant les rayons froids et clairs qui tombaient longs et pâles sur l'autel, se déversant en vagues de lumière vacillantes vers l'endroit où elle était agenouillée dans l'une des stalles ; car, si noble qu'elle fût, les superstitions de l'époque se déchaînaient dans son esprit, et elle connaissait bien l'influence funeste de la lune sur le destin du Breton, et pourtant, comme elle le disait à elle-même, le mauvais présage de la lumière fantomatique pouvait être évitée, étant donné que celui qu'elle désirait secourir n'était pas un Breton ; et avec cette pensée en vinrent d'autres, plus moqueuses et plus déconcertantes. Pourquoi a-t-elle ainsi osé braver la colère de son père et outrager sa pudeur de jeune fille pour le bien d'un étranger et d'un ennemi ? Les rougeurs brûlantes qui envahirent ses joues à la pensée du projet qu'elle avait conçu auraient pu la convaincre, mais le tourbillon fou de son esprit refusait d'être analysé de trop près. En vain elle se disputait que ce n'était que son sens aigu de la justice, tant elle était sûre que l'histoire de Guillaume de Coray était fausse. Mais pourquoi serait-ce faux ? À quoi elle ne pouvait pas répondre, sauf par le sens illogique, mais tout à fait convaincant, de son intuition de femme. Une fausse quantité que dans une salle de justice. Gwennola frémit en sentant la fragilité d'un tel argument, frémit en voyant à quelle vitesse le filet du destin avait pris cet étranger dans ses bras. Il y eut un petit sanglot dans sa gorge alors qu'elle baissa la tête entre ses mains, un sanglot que, comme ses pensées les plus profondes, elle refusait d' analyser . N'était-ce là qu'une note de pitié pour un innocent qu'une haine jalouse ou quelque passion qu'elle ne devinait pas condamnait à mort ? Une main posée sur son épaule la réveilla et, avec un petit cri d'effroi, elle se leva d'un bond, mais ce n'était que le père Ambroise, ce bon père qui la connaissait et l'aimait depuis qu'elle avait pour la première fois zoué des confessions de péchés infantiles et la méchanceté à ses genoux. Oui, c'était une pensée heureuse de l'envoyer chercher, même si, pour son propre bien, elle devait le tromper quant à ses intentions.

— Il est tard, ma fille, dit doucement le vieux curé. " Que me veux -tu, mon enfant ? Ce n'est sûrement pas le moment, " ajouta-t-il avec un sourire, " même pour les confessions ? "

"Non, mon père," dit-elle doucement, "ce n'est pas un aveu, mais peut-être davantage de pitié pour un injustement condamné à mort qui me pousse à implorer ton aide."

"À mort?" » répéta-t-il en la regardant attentivement. "Non, ma fille, mais qu'est-il arrivé ? et qui, dans le château de ton vaillant père, oserait condamner injustement ?"

"Non," répondit-elle, "écoute, mon père, et tu jugeras par toi-même", et en quelques phrases précipitées, elle raconta son histoire.

Le père Ambroise écoutait, les sourcils froncés, observant attentivement le beau visage de la narratrice pendant qu'elle parlait.

"Oui," dit-il doucement, quand elle eut fini, "moi aussi je suis de ton avis, mon enfant, car j'ai veillé aux côtés de ce malade pendant de nombreuses heures, et je pense vraiment que c'est un chevalier courageux et loyal, sans aucun doute. il y avait dans son cœur un si cruel sourire de trahison ; mais cependant, ma fille, nous le connaissons à peine depuis deux jours, et il se peut bien que nous soyons trompés, car pourquoi Guillaume de Coray aurait-il conçu une si terrible histoire de fausseté ? "

"Non, je n'en sais rien," répondit Gwennola en soupirant, "sauf qu'il est faux, père, faux jusqu'au fond du cœur, et qu'il ment aussi facilement que celui qui en est le père. Non, père, ne me réprimande pas , car il ne sera jamais mon mari, par la grâce de sainte Enora elle-même, je le jure ; je préférerais mourir, de loin, plutôt m'enterrer derrière les murs d'un couvent que d'épouser un traître et un lâche. "

« Non, ma fille, » réprimanda le père Ambroise, « ne parlez pas si sauvagement, bien que dans la vie du couvent il y ait beaucoup de paix et de bonheur pour ceux qui trouvent peu de choses au dehors ; mais toi, mon enfant, » ajouta-t-il avec un sourire astucieux, "Je ne suis pas plus née pour être religieuse que pour être la femme d'un traître. Mais vois, la nuit avance à grands pas, et je pense que nous ne faisons pas grand bien en parlant mal de ton parent; il vaudrait mieux prier pour l'âme de ce pauvre gentilhomme qui meurt avec le soleil de demain, ou plutôt que, s'il plaît aux saints saints de modifier une si triste destinée, d'envoyer du secours à celui que nous, du moins, regardons comme innocent de ce crime noir dont on l'accuse. "

"Priez pour son âme ?" murmura Gwennola avec un soupir ; puis un demi-sourire entrouvrit ses lèvres. "Non, père," murmura-t-elle, "ce sera sûrement une division plus juste entre nous si tu pries pour son âme et moi pour son corps. Mais non, ne regarde pas de manière réprobatrice, cher père, mais écoute la prière de ta petite Gwennola . , qui t'a appelé ici pour te demander une faveur , en plus de te parler de cette triste œuvre du lendemain.

"Et ça, ma fille ?" interrogea le vieux curé avec un sourire fantaisiste, connaissant bien le ton câlin avec lequel elle plaidait.

"C'est," murmura-t-elle tandis que le rouge reprenait ses joues pâles, "c'est d'amener ici M. d'Estrailles , afin que je lui fasse part moi-même de son danger et... et lui fasse mes adieux, car je ne serai pas présente sur le lendemain pour voir un noble chevalier subir une injustice aussi cruelle.

Pendant un moment, le père Ambroise resta silencieux, la regardant d'un air grave et pensif.

"Enfant," dit-il enfin, "ce chevalier n'est qu'un étranger qui te connaît à peine . Penses- tu qu'il est convenable ou virginal de ta part de solliciter ainsi une audience avec un tel homme, seul, la nuit ?"

Avec des joues cramoisies mais des yeux intrépides, Gwennola fit face au vieil homme.

"Non, père," dit-elle avec fermeté, "ne me considère pas comme impudique. As-tu déjà trouvé ta petite Gwennola autre chose que discrète et jalouse de son honneur ? Non, père, si j'avais mieux connu ce pauvre chevalier, je n'aurais pas pu désirer un tel entrevue, mais vu qu'il n'est qu'un étranger que… que je plains, il n'y a sûrement pas eu de mal ! »

"Mais où est le bien ?" interrogea le curé. " Il vaudrait sûrement mieux que je cherche la chambre de M. d'Estrailles et que je lui raconte tout ; alors, quand je l'aurai ratatiné, nous pourrons bien passer la nuit en prière pour son âme, et que les saints lui donneront du courage pour le demain."

"Non, mon père", murmura Gwennola d'un ton suppliant, "moi aussi je prie pour le corps du bon chevalier, comme tu l'as accepté, et je voudrais lui dire un mot concernant sa conservation, ce qui ne peut être que pour ses oreilles seules. Non. , cher père, ta petite Gwennola te supplie de ne pas refuser un bienfait si insignifiant. Quel mal peut arriver ? Quelques simples mots de réconfort et d'adieu à un pauvre étranger qui doit mourir demain, et puis pour le reste de la nuit. tu peux lutter seul avec lui dans une prière nécessaire pour son âme.

"Non, mon enfant, mais ce n'est guère convenable", soupira le père Ambroise. "Et si ton père en a entendu parler, je pense que ma charge de confesseur ne serait occupée que pour un bref espace. Pourtant..."

"Pourtant", insista doucement Gwennola , "tu ne me refuseras pas un si petit bienfait... mais dix minutes, mon père, et alors toi et lui pourrez passer les heures qui restent à faire la paix avec le Ciel."

"Je crains," soupira profondément le prêtre, "que tu n'aies hérité de l'esprit de notre première mère, ma fille, et que tu n'aies tenté l'homme avec de belles paroles comme elle l'a fait avec des fruits agréables. Pourtant, eh bien, je sais que tu es discret, mon enfant, et ton cœur est doux et chaud de pitié, sans aucun doute, — bien plus, il ne peut y avoir de sentiment plus chaleureux dans ton cœur pour ce pauvre chevalier. « Il était impossible que l'amour puisse trouver une entrée dans un espace si bref. Il regarda curieusement le visage rouge et souriant pendant qu'il parlait.

"Non, père," rit doucement Gwennola . "Fie à toi ! Ne suis-je pas fiancée à mon cousin ?"

Le père Ambroise soupira tandis que son oreille fine captait le ton de défi dans les derniers mots.

"Je prie Notre Sainte Dame de ne pas faire de mal", murmura-t-il en se signant dévotement. "Je pense qu'il n'y a pas grand-chose de mal dans une si bonne pensée de pitié, et il se peut que le pauvre monsieur tiendra plus compte de vos paroles que des miennes. Marie, Mère, ayez pitié de son âme !"

"Et son corps", murmura Gwennola . "Voyez, père, nous disons amen aux deux pétitions; et maintenant, dépêchez-vous, car le temps, comme vous le dites, approche à grands pas."

Secouant lentement la tête, comme s'il était encore en proie à des doutes quant à sa sagesse de céder ainsi à ce qu'il considérait comme un caprice sauvage, quoique généreux, le Père Ambroise s'en alla, laissant Gwennola arpenter la chapelle à pas pressés, pour finalement se jeter devant lui . le grand crucifix qui se tenait sur le petit autel. Mais même les prières à ce moment-là n'étaient guère meilleures qu'un cri sauvage et incohérent, tant un grand trouble faisait rage dans le cœur de la jeune fille. Maintenant, elle craignait la folie d'une entreprise aussi périlleuse qu'audacieuse ; seule la pensée du triomphe cruel de de Goray le lendemain la poussa à persévérer dans ce qui avait été l'impulsion d'un moment, et même cette pensée la retenait à peine dans un objectif qui semblait soudain devenir impraticable, inconvenant, presque inconvenant. . Entourée comme l'étaient les jeunes filles de l'époque d'une foule de restrictions et de convenances, le rôle qu'elle se proposait maintenant de jouer semblait presque impossible ; seul le sang audacieux d'une bretonne eût rendu une telle pensée concevable, et maintenant la pudeur outragée résonnait à ses oreilles une foule d'avertissements. Ce chevalier étranger, que penserait-il d'une telle suggestion

? Que penserait-il d'elle, en sollicitant ainsi hardiment une entrevue, elle-même non sollicitée ? Elle avait été folle d'avoir pensé à une telle possibilité de s'échapper, et maintenant peut-être qu'il la mépriserait pour son audace impie.

La rougeur brûlante qui balayait ses joues avait à peine eu le temps de se calmer que son oreille rapide entendit des bruits de pas, hésitants et lents, comme si leur propriétaire marchait avec difficulté, et à ce bruit la pitié de sa femme oublia le faux sentiment de honte qui l'habitait. avait agonisé en elle. Oui, et elle oublia aussi de se demander pourquoi elle s'intéressait tant à un étranger, alors qu'il se tenait devant elle, et son battement de cœur rapide lui dit rapidement que c'était plus que la pitié et l'amour de la justice qui l'avaient amenée à oser risquer autant. pour son bien.

Seulement dix minutes, et une vie qui pèse dans la balance ! Parbleu ! était-ce l'époque de la pudeur virginale et de la fausse timidité ? Il resta immobile au clair de lune, la regardant avec un regard avide et interrogateur dans ses yeux sombres. Comme il était beau et noble, et pourtant comme il était pâle ! Ah ! cette blessure non cicatrisée au côté… Sans doute il souffrait beaucoup, et pourtant…

Elle était à ses côtés maintenant, sa capuche retombant sur son visage rouge ; car même à ce moment- là , elle était une femme, et le clair de lune de mauvais augure n'avait aucune rancune contre les tresses brillantes de ses cheveux.

"Monsieur", murmura-t-elle. " Ah ! monsieur, ne me pensez pas impoliment, mais c'était votre vie qui était en danger, ce qui est... "

« Invraisemblablement ? » l'interrompit-il doucement. "Non, mademoiselle, pour moi, hélas ! Je vous connais depuis si peu de temps, vous devez toujours être l'incarnation de tout ce qu'il y a de plus beau et de plus beau chez la femme ; mais," ajouta-t-il, voyant que, malgré la couleur sur ses joues se creusèrent, elle avait trop de choses à dire pour écouter des paroles tendres, « vous auriez envie de me parler, mademoiselle, d'une question très grave, dit le bon père ?

Rapidement, elle raconta l'histoire, avec de temps en temps un souffle dans sa respiration de pure excitation, mais alors qu'elle voulait aller au plus profond de son cœur, il l'arrêta avec un petit geste d'ordre impératif.

"Non, mademoiselle," dit-il fermement, "laissez-moi avant tout me débarrasser de cette immonde calomnie. Ma foi ! que cette maudite blessure m'empêche d'enfoncer le mensonge dans la gorge du chien. Pardon, mademoiselle, mais c'est dur pour moi. un d'Estrailles d'écouter une si profonde insulte et de porter son épée au fourreau : mais non, je comprends bien comment les choses se passent, la parole d'un Français n'est rien contre celle d'un Breton dont le visage n'a pas encore été démasqué. mademoiselle, il n'y a aucun reproche à votre père, si ce n'est la cécité de la vue, peut-être à ne pas lire un traître dans de faux yeux ; mais pour vous, dont le cœur pur a lu si fidèlement, il n'était que juste de raconter l'histoire telle qu'elle est, même si je pense que c'est le cas . pas facile à lire dans toute sa noirceur. Pourtant à la bataille de St Aubin du Cormier j'ai vu ce hasard dont votre parent a fait une histoire si embrouillée ; c'est à vous de m'aider à en épeler le sens. La bataille était finie. et, comme le dit avec raison ce méchant, le prince d'Orange fut fait prisonnier dans un bois voisin , tandis que Louis d'Orléans fut trouvé blessé parmi les tués. Il se trouva par hasard, alors que nous cherchions d'autres prisonniers de moindre importance, que dans ce même bois je rencontrai un homme qui portait la croix noire de Bretagne luttant avec un soldat de France, mais comme j'approchais, le Français fut vaincu, et Le chevalier breton allait se détourner, lorsqu'un autre, portant la même croix noire que lui, se glissa rapidement derrière lui et le frappa d'un mauvais coup qui le fit tomber, me semble-t-il, cadavre, presque à mes pieds. Enragé d'une telle trahison, je luttai vigoureusement contre le meurtrier, ne lui infligeant cependant qu'une blessure de chair au bras gauche, et une autre de moindre importance qui lui fendit la lèvre inférieure, sa visière étant relevée ; mais avant que je puisse le tuer ou le faire prisonnier , il m'a porté un coup de poing qui m'a assommé un instant, et avant que j'aie pu récupérer, il s'était enfui à travers les arbres.

de Gwennola était devenu blanc jusqu'aux lèvres, à mesure que d'Estrailles racontait son histoire, mais ses yeux bleus brillaient, tandis qu'elle criait en sanglotant :

" Monsieur, c'est clair, le meurtrier était de Coray lui-même. Oh, mon Dieu ! mon Dieu ! et j'aurais même pu l'épouser. " Puis, enroulant son manteau autour d'elle, elle fit signe au jeune homme de la suivre. « Il n'y a pas de temps pour parler davantage, » murmura-t-elle doucement ; " Toutes les explications, monsieur, je dois vous les donner plus tard ; car bien qu'il soit clair pour moi que votre histoire doit être vraie, cette vipère avec sa langue tordue pourrait bien piéger l'esprit de mon père et une cruelle injustice être commise. Pourtant cela ne sera pas possible. Moi, Gwennola de Mereac , je vous sauverai, monsieur, parce que... parce que j'aime la justice et que je ne verrai plus un ignoble meurtre commis par cet homme faux et méchant.

"Mais, mademoiselle ?" dit d'Estrailles surpris. "Quelle est ta volonté ? Le bon père——"

« Le bon père ne sait pas tout, » répondit-elle impérieusement ; « Pour le reste, monsieur, vous pourrez poser des questions plus tard, mais pour le moment nous n'avons que quatre minutes avant que le père trop inquiet revienne vous emmener à la confession.

Elle sourit à son visage interrogateur, et la beauté de celui-ci, visible à peine sous la capuche désormais fermée, fit vibrer ses pouls et battre son cœur d'une manière que même le sentiment de sa position périlleuse actuelle n'avait pas réussi à atteindre. remuez-les.

Cependant, en silence, obéissant à son ordre, il suivit la silhouette élancée et masquée, bien que sa surprise s'approfondisse lorsque le soulèvement d'un morceau de lourde tapisserie révéla une petite porte-poterne.

"Ne parlez pas," lui murmura la voix douce de Gwennola à l'oreille, "jusqu'à ce que je vous le dise, et restez près de moi, monsieur, pour votre vie."

Ils se glissèrent dans le clair de lune alors qu'elle finissait de parler, une lumière déclinant maintenant alors que le grand orbe d'argent s'enfonçait vers l'ouest, jetant des traits plus inconstants de gloire pâle sur le paysage ombragé. Pourtant, si perfide et inconstante qu'elle fût, la Reine de la Nuit sourit gentiment pour une fois aux deux fugitifs et n'envoya aucun rayon scrutateur pour savoir pourquoi ces ombres les plus noires parmi les ombres se déplaçaient avec tant d'hésitation sur les larges terrasses et sur le petit pont qui enjambait la rivière. . Comme la nuit était calme et comme elle était belle !

Alloadec avait trouvé si fascinant la contemplation du ciel étoilé au-dessus de lui qu'il n'avait pas d'yeux pour les ombres, fixes ou autres, et si enchanteurs étaient les cris sourds et étranges qui remplissaient la forêt là-bas, où les oiseaux et les bêtes cherchaient leurs proies nocturnes, que les oreilles du bon Job étaient également sourdes au bruit des pas furtifs qui passaient près de lui, mais, tandis que la queue d'un œil vaguement innocent regardait de côté vers la rivière, Job se signa en murmurant : « Par Notre Sainte Dame, cela ne peut pas être que c'est la petite mademoiselle elle-même ? Et désormais ses oreilles fidèles écoutaient avec plus d'attention tout autre bruit que les cris lointains des loups et la note basse et mélancolique de la chouette qui montait de temps en temps des bois voisins .

" Tiens ! monsieur, " murmura Gwennola , alors qu'ils s'arrêtaient enfin sous l'abri sûr du bosquet. " Arrêtons-nous ; votre blessure... ah ! monsieur, elle, je le crains, vous fait beaucoup de peine. "

— Non, murmura d'Estrailles avec des lèvres blanches. " Ce n'est qu'un spasme passager ; mais, mademoiselle, la douleur n'est rien comparée à mon émerveillement, à ma gratitude, et pourtant... " Il hésita, tandis que Gwennola , rejetant sa capuche, riait joyeusement devant son visage étonné mais dubitatif.

"Vous voyez, monsieur", cria-t-elle, la lumière casse-cou du triomphe dansant dans ses yeux bleus. " Vous doutez ! vous vous étonnez ! Vous vous dites : " Elle est folle, cette demoiselle de Bretagne, qui amène un malade dans une forêt désolée, d'où il est impossible de fuir ses ennemis " ; et pourtant, monsieur, bien que sans doute il est fou, mon projet est plus sensé qu'il n'y paraît. Là-bas est donc votre cheval, dont il faut s'approcher avec précaution, car je ne voudrais pas qu'il proclame la présence de son maître. "Mais", vous dites-vous, " À quoi me sert même mon bon cheval dans la situation actuelle ? Car, si j'essayais de monter à cheval, ma blessure me ferait une telle douleur que je tomberais évanouie à terre. " Sans doute monsieur a raison. Mais voyez-vous, je ne dis pas : Montez, chevauchez, monsieur, mon projet est terminé. Non, je dis plutôt : « Hâtons-nous de parcourir un petit chemin à travers cette morne forêt, vous et moi et le bon coursier , et il se peut que nous arrivions avec le temps à un endroit plus solitaire et plus désolé qu'aucun autre dans toute la région environnante ; ici nous trouverons un abri - pauvre et étrange cela peut paraître, mais les gracieux saints auront monsieur sous leur belle garde, et il en sera ainsi qu'il sera à l'abri de ses ennemis jusqu'au moment où il sera capable de monter à cheval et de continuer sa route. sa manière.'"

— Mademoiselle, balbutia d'Estrailles en portant sa petite main à ses lèvres. " Ah, mademoiselle, je suis bouleversée par une telle bonté, une telle générosité ! C'est sûrement un ange vêtu de la plus belle femme que la Sainte Mère a envoyé pour me sortir d'un piège si noir ! "

"Non, monsieur," s'écria-t-elle doucement en souriant à travers les larmes qui remplissaient ses yeux doux, "ce n'est pas un ange, mais seulement une pauvre bretonne qui aime la justice et la bravoure, et qui déteste le mensonge et le faux lâche. Mais , " ajouta-t-elle avec un regard moitié coquette, moitié dubitatif, " monsieur me remercie trop tôt ; il se peut qu'il trouve moins son refuge que sa prison, car vraiment si monsieur a les craintes de beaucoup... " Elle s'arrêta. , souriant toujours en le regardant, hésitante ; mais lorsque son sourire rencontra le sien, l'indécision dans ses manières disparut. « Voyez, monsieur, dit-elle, je vais vous expliquer ; mais ne tardons pas, de peur que la nuit ne tombe trop tôt. Ce refuge où j'emmène Monsieur n'est qu'une ruine au mieux, une ruine de ce qui était autrefois une chapelle, très célèbre, très beau, mais depuis de nombreuses années, ah ! très nombreuses, il n'a plus été visité, sauf par les chauves-souris et les hiboux, à cause d'une très mauvaise légende, qui raconte comment un des moines d'un monastère commis à proximité là un acte très mauvais et terrible, en punition duquel, voyant qu'il a échappé à la justice des hommes, il est condamné à errer pour toujours sous une forme fantomatique autour de la chapelle où, pendant ses jours sur terre, il servait comme serviteur du bon Dieu, et ainsi terrible est la vue du pauvre frère brun, que personne n'ose passer en vue des murs de la chapelle, et même en plein jour, de peur de rencontrer un spectre si redoutable ; donc monsieur sera en sécurité si, si ... "

spectre du moine que la trahison de ton parent et la corde de ton père", sourit Henri d'Estrailles . "Non, mademoiselle, comment la vue d'un esprit si inoffensif peut-elle effrayer quand je porte une si douce amulette ?"

"Une amulette ?" » demanda-t-elle en regardant avec des yeux curieux dans les siens.

"Oui," répondit-il doucement, "l'amulette, mademoiselle, d'aide à une brave jeune fille et le tendre souvenir de doux yeux."

"Non," dit-elle précipitamment en ramenant son capuchon sur ses cheveux, avec une pudeur timide, pour cacher peut-être ses rougeurs, "monsieur doit se rappeler que je ne fais que l'aider, parce que... parce que..."

"Oui... parce que ?" » demanda-t-il avec impatience, alors qu'il se penchait pour regarder le visage abattu. "Parce que?"

« Voyez, monsieur, » dit-elle précipitamment en montrant une ouverture dans le sentier qu'ils parcouraient ; "C'est là-bas. Marie, Mère, protège-nous!" » et elle se signa rapidement tandis que, d'un air à moitié effrayé, elle montrait la silhouette accidentée d'une chapelle à moitié en ruine qui se dressait à l'extrême lisière de la forêt, abritée seulement par une épaisse ceinture d'arbres provenant d'une vaste étendue de lande qui gisaient, à peine visibles d'où ils se trouvaient, sur leur gauche. Derrière eux, dans le fourré qui s'assombrissait rapidement, s'élevaient les cris murmurants des créatures de la forêt ; mais dans l'espace ouvert autour de la ruine, les rayons vacillants de la lune décroissante brillaient clairement. L'endroit était sauvage et désolé, l'heure était fantomatique et étrange, mais Henri d'Estrailles souriait en se détournant du regard du refuge ainsi trouvé pour se tourner vers la jeune fille tremblante à ses côtés.

« Mademoiselle, dit-il, que puis-je vous dire de ma gratitude ? Comment prouver mon dévouement pour celui qui a tant risqué de chercher à me sauver de mes ennemis ? En vérité, il me semble que je peux demeurer en sécurité dans un tel abri. sans crainte d'intrus trop hardis; la présence même de monsieur le bon prêtre, mon ami, semble hanter une demeure si convenable. Bien plus, je ne plaisante pas, quoique je remercie les saints, je n'ai pas les craintes qui se révèlent si fortes . une protection contre mes ennemis, car qui pourrait craindre, je le demande encore, une amulette telle que celle que vous m'avez donnée ? »

« Non, » murmura-t-elle avec crainte, « ne parlez pas à la légère, monsieur, car même si je... j'ai peu de crainte, vu que les saints ont toujours des innocents, dit le père Ambroise, sous leur garde, c'est quand même mal de parler ainsi à minuit. des esprits des morts, qu'ils soient bons ou malades, et, et, continua-t-elle en essayant de parler plus courageusement, je ne vous ai pas encore montré votre logement, monsieur. Elle s'avança tout en parlant, jetant un coup d'œil en arrière pour qu'il la suive, avec un regard dans ses yeux bleus qui aurait très bien pu hanter ceux des temps des martyrs, tant il était courageux et si craintif.

"Tu vois," murmura-t-elle en nous dirigeant vers la ruine, "Yvon et moi avons découvert le secret dans notre enfance, et personne d'autre ne le sait, je pensais, car Yvon, toujours intrépide devant quoi que ce soit, me faisait souvent jouer. ici avec lui contre ma volonté, et c'est ainsi qu'un jour nous avons découvert une chambre sous l'autel en ruine. Ce n'est qu'un endroit étroit et mauvais, monsieur, mais au moins un endroit sûr.

"Et le cheval ?" interrogea vivement d'Estrailles , car pour la première fois l'espoir semblait vraiment lui ouvrir une issue.

« Non, » soupira Gwennola , « c'est notre plus grande difficulté ; mais il y a au-delà de la chapelle là-bas un petit hangar, monsieur, un hangar aussi en ruine, il est vrai, que la chapelle, mais qui servira d'abri, et, s'il le fallait, Si la pauvre bête soit découverte, vous pourrez néanmoins rester caché en toute sécurité. »

La chambre souterraine, peut-être autrefois la crypte de la chapelle, était, comme l'avait dit la jeune fille, un petit et mauvais logement, mais un homme dans l'extrême n'a pas besoin de s'allonger doucement, et pour Henri d'Estrailles, c'était plus bienvenu dans son besoin que une chambre de palais aurait pu l'être. Pourtant le jeune homme avait du mal, avec un cœur si plein, à balbutier sa gratitude.

"Non," sourit Gwennola , son courage revenant alors qu'il lui tenait les mains dans les siennes et elle rencontra le regard de ses yeux sombres, "c'est un petit merci dont j'ai besoin, monsieur, vu que je devais à mon père de le sauver d'un crime. mais maintenant, monsieur, je dois vous dire adieu, est-ce que je désire revenir avant que le clair de lune ne disparaisse de la forêt, » et elle fit une grimace riante d'inquiétude en montrant le sentier sombre. « Demain même, ajouta-t-elle, à manger vous sera apporté, monsieur, sinon par ma main, du moins par celle d'un fidèle serviteur ; en attendant, je crains que votre nourriture soit frugale, car Marie pourrait ne m'apporte pas plus que cela, » et avec un sourire d'excuse elle déposa par terre un petit panier contenant du pain et une gourde de vin, qu'elle avait porté sous son manteau.

« Non, » s'écria d'Estrailles avec véhémence, « mademoiselle, je ne puis permettre que vous reveniez seule et sans surveillance à travers cette sombre forêt. Ce serait honteux pour ma chevalerie et mon honneur de permettre à celui qui a déjà osé pour moi bien au-delà de mes limites. déserts pour courir un risque aussi terrible.

" En effet," plaida-t-elle, " je n'ai aucune crainte. Bien plus, monsieur, je vous ordonne de ne pas avancer d'un pas ; déjà vous vous évanouissez de la douleur de votre blessure, aussi il serait impossible que vous reveniez sur vos pas. à cet endroit. Adieu, monsieur, je serai arrivé au château avant que dix minutes se soient écoulées.

" Pardon, mademoiselle, " répondit-il doucement mais résolument, en tenant sa petite main si fermement dans la sienne qu'elle ne pouvait lui échapper, " mais ce n'est peut-être pas le cas ; si faible que je sois et si peu protégé, j'ai au moins mon épée ; quant à mon chemin, j'ai trop souvent chassé dans mes bois d' Estrailles pour ne pouvoir suivre aucune piste ; pour le reste, mademoiselle, je vous accompagnerai.

La puissance de sa volonté l'avait vaincue, mais ses lèvres rouges faisaient la moue rebelle sous sa capuche.

« Je voudrais bien revenir seule, monsieur », répéta-t-elle avec l'insistance d'un enfant volontaire . "Ce n'est qu'une courte distance, et peu de malheur est susceptible de se produire."

"Le plus court sera le retour", répondit-il froidement. " Quant au mal, il y aura, je pense, moins de chance avec moi à côté de vous, mademoiselle. "

Elle céda de mauvaise grâce, quoique heureuse, comme le sont toujours les femmes, d'être maîtrisées, malgré toute sa rébellion, et ainsi, jusqu'à ce qu'ils reviennent au bord de la rivière, il y eut un silence entre eux.

"Et maintenant, peut-être vous plaira-t-il de me laisser avancer seul, monsieur," s'écria-t-elle en secouant sa jolie tête, tandis qu'ils s'arrêtaient à l'ombre des arbres, "voyant que le bon Job m'attend là-bas près du pont. Au revoir donc, monsieur, même si je pense que je ferais mieux de dire adieu, car il y a peu de chances, je le crains, que vous ayez la chance de revenir sur vos pas en toute sécurité à travers ces ténèbres noires.

" Je n'ai aucune crainte, mademoiselle, " répondit d'Estrailles en s'inclinant sur sa main, " puisque la lumière de vos yeux guiderait un homme en toute sécurité, si sombre que soit son chemin. Non, " dit-il doucement, en lui tenant toujours la main. dans le sien, « pardonnez-moi, mademoiselle, si je laisse parler trop librement la gratitude d'un cœur trop plein, ou que je parle au fiancé d'un autre de ce qui doit rester à jamais le secret de mon cœur.

"Non," dit-elle, "monsieur a déjà trop parlé de gratitude pour un service qui après tout n'était qu'un devoir; cependant," ajouta-t-elle doucement en retirant sa main, "quant à être fiancée à monsieur de Coray , c'est une chose dont on ne parle plus ; un de Mereac ne s'accouple pas avec un meurtrier, monsieur, et encore moins avec le meurtrier d'un frère ; je pense plutôt que les murs du couvent trouveront un abri pour celui dont la vie semble destinée à être si enveloppée. beaucoup de chagrin."

--Non, dit d'Estrailles en retenant toujours sa main, très belle dame, ne parlez pas des murs du couvent; il y a trop de soleil dans ces yeux tendres pour se désaltérer dans le tombeau sombre d'une vie de couvent. Croyez-moi, les ennuis sont mais comme des nuages passagers, qui ne viennent que pour rendre le soleil plus joyeux quand il brille à nouveau, et je pense que très sûrement derrière les nuages le soleil du véritable amour attend quelqu'un de si gracieux et si beau : heureux chevalier est celui qui l'inspirera : non, si je pouvais rêver qu'un tel destin pourrait être le mien ne serait-ce qu'un instant, ce serait en vérité l'ouverture des portes du Paradis.

"Non, monsieur," rit-elle doucement, une fossette espiègle se creusant sur sa joue, même si ses yeux devinrent tendres alors qu'ils regardaient à moitié timidement les siens. "Les portes d'un tel paradis sont toujours ouvertes aux vaillants et aux courageux." Et avant qu'il ait pu répondre, elle avait retiré sa main et était partie, flottant comme une ombre sombre hors de l'ombre de la forêt et traversant le petit pont qui menait à travers le verger jusqu'à la poterne extérieure du château, où Job regardait toujours. vague fascination vers le ciel qui s'assombrit avec des oreilles attentives et un cœur anxieux.

# CHAPITRE VI

De nouveau au petit matin, Mademoiselle de Méréac se promenait dans les jardins du château avec sa jeune fille à ses côtés. C'était le même livre d'heures sur lequel sa tête était penchée avec une apparente dévotion, tandis qu'une main s'égarait nonchalamment sur le chapelet noir qu'elle portait ; mais les dévotions étaient, hélas ! mais en apparence, les mots et les illuminations qui dansaient devant ses yeux ne transmettaient pas la moindre intelligence à l'esprit du lecteur.

Comme c'était étrange qu'hier encore elle ait arpenté ce chemin, lu les mêmes mots, vu les mêmes fleurs, respiré le même air, et pourtant, entre ce jour et celui-ci, toute une vie semblait bâiller !

" Ah, Marie, " soupira la jeune fille, et, renonçant enfin à la tâche impossible, elle ferma son livre et se jeta sur la pelouse qui descendait vers la rivière, " Je ne peux pas lire, ni certainement prier, aujourd'hui, sauf si dire les mêmes paroles qui me traversent la tête comme des roues de char, et dont je crains qu'elles ne choqueront le pauvre père Ambroise quand je les confesserai. Mais venez, parlons ! chantez ! riez ! faites quelque chose ! car si vous êtes assis , avec un visage si grave que je considérerai... non, je ne sais pas ce que je considérerai, " et, dénouant ses mains, Gwennola commença à cueillir les marguerites à pointe rose dans l'herbe à côté d'elle, les enfilant dans un chapelet fantastique avec des doigts fiévreux.

Marie Alloadec regardait sa maîtresse avec des yeux solennels et curieux. D'un tempérament moins excitable et moins impétueux, le train le plus lent de son esprit cherchait en vain un indice à cette humeur excentrique et capricieuse. Elle n'avait pas osé parler des aventures nocturnes de sa maîtresse , mais depuis les allusions chuchotées de Job concernant l'ombre qui avait filé près de lui au clair de lune, elle avait été dévorée de curiosité. Mais pour une fois , Gwennola était réticente, et ne témoignait des agitations anxieuses de son esprit que par ses humeurs variables et incertaines : tantôt plongée dans la mélancolie, tantôt éclatante dans une hilarité sauvage qui surprenait, sinon choquait, sa sage servante.

"Voir!" s'écria Gwennola en levant sa chaîne pour l'admiration. "N'est-ce pas tout à fait charmant ? Il faudra que j'en fasse un autre. Cueille-moi encore quelques fleurs, oisive fille, vu que ta langue semble un peu liée ce matin gai."

"Non," soupira Marie lugubrement, "je pensais, ma maîtresse, plutôt au sort du pauvre chevalier dans cette chambre de la tourelle qu'au soleil."

"Et pourquoi devrais -tu penser à lui ?" » rit Gwennola d'un ton taquin, en se penchant en avant, soit pour ramasser une marguerite aux teintes plus foncées qui lui plaisait, soit pour cacher une soudaine vague de couleur qui lui faisait rougir les joues. " Fi sur toi, Marie ! n'as-tu pas entendu dire que c'est un ignoble traître et un meurtrier par-dessus le marché ? "

Marie resta bouche bée, mais avant qu'elle puisse ouvrir la bouche pour répondre, une ombre tombant à travers l'herbe entre elles l'avertit de la raison des paroles aiguës de reproche vertueux de sa maîtresse.

« Ah ! ma cousine, un beau lendemain pour toi », s'écria mademoiselle de Méréac en se levant légèrement pour faire face au nouveau venu. "Quoi ! encore un front sombre ? Il est certain que vous et Marie avez dû tous les deux avoir marché sur l'herbe de l'égarement hier soir et avoir eu d'autres visions importunes dans cette forêt-là."

De Coray devint plus maussade qu'auparavant à ses paroles moqueuses, alors qu'il regardait l'une après l'autre.

« Vous faites mal de plaisanter, mademoiselle, dit-il sévèrement, vu ce qui s'est passé.

« C'est par hasard ? » » répéta-t-elle innocemment, coupant court à son discours avec un petit rire gai. "Non, mon Dieu mon ami , rien n'est arrivé à ma connaissance ce matin, si ce n'est que j'ai fait ce chapelet de fleurs pour couronner la tête de la sagesse, de la justice et de la miséricorde. " Et elle fit comme si elle allait lui jeter la couronne de marguerites.

"Une trêve à une telle folie", grogna-t-il. " Vous savez bien , jeune fille, ce que j'ai à l'esprit, et vous vous efforcez donc de cacher votre connaissance derrière le masque de la sottise. "

"Non," cria-t-elle à nouveau, ses yeux bleus brillant vers lui, même si elle souriait toujours. "En vérité, j'ai oublié ma révérence pour un personnage si illustre. Marie, mon enfant, ta meilleure révérence à monsieur, le grand bourreau et bourreau de Méréac ." Et elle lui adressa un profond hommage moqueur, les yeux toujours rivés sur son visage.

"Oui," rétorqua-t-il, lui lançant un regard renfrogné cette fois sans déguisement. "Mais mieux vaut être le bourreau d'un traître et d'un meurtrier qu'un..."

Elle l'arrêta d'un geste impérieux.

— Prenez garde, monsieur, dit-elle d'une voix basse, qui tremblait néanmoins de colère en lisant l'insulte dans ses yeux. "Prenez garde que je ne raconte à mon père vos paroles, oui, et pas seulement des paroles, monsieur, mais des actes accomplis dans ce bois sombre de Saint-Aubin du Cormier."

Il éclata de rire, même s'il y avait une expression laide dans ses yeux.

"Votre opportunité est donc déjà venue, mademoiselle," répondit-il d'un ton ricanant, "car votre père m'a ordonné de vous convoquer en sa présence."

De nouveau, elle lui fit une révérence, mais cette fois avec une grâce plus majestueuse, alors qu'elle se retournait et marchait seule vers le château, ignorant complètement son bras tendu. Son visage était devenu plus pâle, mais ses yeux bleus étaient brillants et intrépides alors que son esprit s'élevait vers l'épreuve qui l'attendait ; peut-être était-il endurci alors qu'elle regardait avec mélancolie vers la forêt et se tenait une fois de plus en imagination sous ce chêne, levant avec un cœur battant rapidement des yeux sombres qui racontaient leur histoire avec beaucoup plus d'éloquence que les paroles hésitantes de leur propriétaire.

Le sieur de Méréac se tenait debout au milieu de la grande salle, sa haute silhouette s'y dressant comme une figure géante d'autrefois, tandis qu'il jetait un regard d'aigle sur le petit groupe de serviteurs qui se tenaient, effrayés et affolés, à l'arrière-plan. et qu'il écarta d'un geste impérieux tandis que sa fille, aussi droite que lui, le visage levé, pâle, mais fière, s'avançait lentement, faisant une révérence silencieuse devant lui, mais sans chercher à l'embrasser ni à lui sourire. comme elle l'avait toujours fait auparavant.

Inconsciemment, le vieil homme soupira alors que son regard sévère rencontrait le sien. Était-ce sa petite Gwennola ? — l'enfant aux boucles rouges et aux yeux rieurs, qui, il y a si peu de temps, se mettait à genoux et, posant sa tête brillante contre sa poitrine, implorait avec toute l'audace d'un enfant gâté une récit de ses batailles avec les cruels Français.

Hélas! l'enfant était parti. Dès le premier instant, il s'en rendit compte, et à sa place se tenait cette femme pâle et provocatrice, qui, se disait-il amèrement, l'avait si cruellement trompé.

Peut-être était-ce le souvenir de l'enfant aux yeux bleus courant à sa rencontre, main dans la main avec ce grand et beau garçon, son Yvon perdu, qui raidissait contre elle son cœur fier et passionné; ou peut-être était-ce parce qu'il avait lu dans ses yeux clairs le reflet de sa propre volonté indomptable et de son courage intrépide. Il lui semblait plus convenable que la femme se plie humblement et soumise à sa volonté souveraine, sans se douter que cette mince fille dès son berceau l'avait plutôt plié au sien, jusqu'à ce que les deux tempéraments impérieux se soient heurtés par hasard sur une question si terrible. un champ.

" Mon enfant, " dit le vieil homme d'une voix rauque, " qu'as-tu fait ? que toi, ma fille, as-tu osé faire ? Non, " s'écria-t-il, sa voix se brisant en un cri de supplication presque pitoyable, " " Il est impossible que tu aies agi ainsi par trahison, ma Gwennola , ma petite Gwennola ! Dis-le-moi donc, mon enfant, et je croirai ta parole, même si tous les anges du ciel, oui, et les démons de l'enfer témoignent contre toi, dis-moi que tu n'as pas fait cela, que l'évasion de ce meurtrier trois fois maudit de ton frère ne t'est pas connue, que tu n'as rien eu à voir avec un acte aussi mauvais.

"Père", s'écria la jeune fille en joignant les mains, tandis que ses yeux bleus se remplissaient de larmes au ton d'angoisse suppliante dans sa voix. "Mon père, écoute-moi. En vérité, je n'ai rien eu à voir avec la fuite du meurtrier de mon frère, puisqu'il se tient ici, mais je ne nierai pas que moi et moi seul j'ai aidé à la fuite d'un noble et vaillant. chevalier, dont la vie aurait bien pu être perdue à cause des infâmes calomnies de ses ennemis.

Tout en parlant , elle se serait rapprochée de son père, aurait pris la main tremblante qui jouait avec la ceinture de sa longue robe, s'il ne lui avait fait signe de revenir avec un geste féroce, moitié désespoir, moitié haine.

« Un noble chevalier ! cria-t-il furieusement. " Un noble chevalier en effet pour noircir l' honneur non seulement de ma fille, mais de son juste accusateur, car je peux bien deviner les mensonges dont sa langue de vipère a rempli tes oreilles insensées. Non, ma fille, ne parle plus, mais va plutôt de ma présence avant que ma main ne frappe l'enfant qui s'est baissée si bas pour sauver le meurtrier de son frère unique et un traître menteur.

"Non, monsieur," murmura doucement de Coray en s'avançant, "vous ne laisseriez sûrement pas ainsi une affaire aussi grave, si douloureuse qu'elle doive être à votre noble cœur de dévoiler une histoire si noire; mais c'est peut-être le cas." ajouta-t-il doucement, en jetant un coup d'œil vers la silhouette courbée de la jeune fille, « que la juste colère d'un parent juste a apporté des remords au cœur d'une fille ; peut-être ses yeux sont-ils ouverts sur ce qui aurait pu n'être que l'impulsion insensée d'un cœur généreux, et maintenant qu'elle voit son acte sous son vrai jour, elle pourra peut-être nous guider dans notre recherche du traître.

A ces mots, à la douceur soyeuse desquels il était facile à une oreille fine de déceler la note d'une moquerie amère, Gwennola rejeta la tête en arrière avec un geste de fierté colérique ; ses joues étaient rouges et ses yeux bleus pétillaient d'une fureur indignée.

"Menteur et traître !" s'écria-t-elle amèrement, vipère, monsieur, que vous êtes, en vous efforçant ainsi d'empoisonner la renommée d'un noble chevalier, parce que, en vérité, il a été témoin par hasard de l'acte ignoble dont vous l'accusez ; mais soyez prévenu, monsieur, le péché a des ailes. retourne chez toi jusqu'au cœur qui l'a enfanté, et périra ignoblement la main qui en voulait à la vie de ton parent et la langue qui s'efforçait de ternir le nom de sa sœur.

"Paix, femme !" grogna de Coray avec colère, même si son visage pâlit tandis que ses paroles résonnaient au rythme d'une malédiction ; puis, se tournant vers de Méréac en haussant les épaules : « Monsieur mon oncle voit, dit-il d'une voix tremblante d'une colère contenue ; " En vérité, il semblerait que ce Français ait ensorcelé la pauvre dame ; peut-être qu'un peu d'isolement cellulaire lui ferait mieux constater l'erreur de ses voies, tandis que nous, monsieur, nous efforçons de défaire ce qui, au pire, pourrait bien être la folie d'une jeune fille insensée. caprice, en cherchant là-bas dans la forêt le meurtrier, qui sans doute ne pouvait guère aller loin, s'il est vrai que sa blessure était si douloureuse.

« Va dans ta chambre, ma fille ! ordonna sévèrement de Mereac à sa fille, "et cherche la repentance de ton égarement et de ton péché dans la prière ; il se peut que si ton cœur reste encore obstiné, une cellule de couvent soit construite pour le guérir."

« Non, » interrompit de Coray avec un sourire ; "Je pense que ce serait plus sage, mec mon oncle , pour me confier cette douce tâche. Quand j'aurai le bonheur d'appeler mademoiselle ma femme, soyez assuré que je prendrai bien soin de lui apprendre combien de bêtises il y a dans de tels actes qui laissent même l'ombre d'un reproche à une si belle renommée.

Il attendait une tempête de colère ou de mépris sans doute de la part de la jeune fille à côté de lui ; mais cette fois il se trompait. Blanche jusqu'aux lèvres, Gwennola fit une révérence silencieuse à son père, et sans même un regard vers de Coray , marcha la tête haute et d'un pas fier dans le long couloir et monta l'étroit escalier en colimaçon qui menait à son propre appartement. Mais la froideur et l'orgueil s'évanouirent lorsque, dans une tempête de larmes, elle se jeta dans les bras de Marie.

"Est-ce que j'étais morte ", sanglotait-elle passionnément. "Oh, Marie, Marie, des paroles si cruelles que mon père m'a lancées, et il m'a méprisé, Marie, moi, sa petite Gwennola , jusqu'à ce que j'aie cru que mon cœur allait se briser; et oh! quelle amertume lorsque cet immonde traître, mon parent se tenait là, déversant ses mensonges venimeux aux oreilles ouvertes de mon père ; et il le croyait, Marie. Ah ! la honte, il le croyait plutôt que de se fier au bel honneur de sa fille .

" Ah ! mademoiselle, s'écria Marie, dont le visage rose était pâle aussi de peur et dont les paupières étaient gonflées des larmes de sympathie qu'elle avait déjà versées pour sa jeune maîtresse, quel terrible malheur est ici ! Mais, mademoiselle, " C'est, je le garantis, une grande partie de l'œuvre de ce diabolique lutin, Pierre le fou, car Job m'a raconté ce qui s'est passé pendant que nous étions là-bas à cueillir des pâquerettes et à ne pas rêver peu du malheur qui nous était réservé.

"Pierre le fou ?" » fit écho Gwennola , séchant ses larmes et regardant sa servante avec surprise. "Non, qu'est-ce que ce valet impertinent à faire dans la préparation d'un tel cornichon ?"

" Il aime bien monsieur de Coray , " dit Marie en hochant sagement la tête, " et il a aussi peu d'affection pour vous, douce dame, que pour tout ce qui est bon et vrai et qui ne ressemble pas à sa propre personne et à son âme tordues ; et ainsi Il se trouve que la nuit dernière, au lieu de dormir à côté de Reine et de Gloire, comme aurait dû le faire tout imbécile chrétien bien ordonné, il fouillait et fouillait ce qui ne le regardait pas, et, rampant doucement dans l'obscurité sur les marches de la chapelle, parce que, en vérité, il crut entendre des voix, il tomba si brusquement sur le Père Ambroise, qui, dans un but que seuls les saints savaient, attendait là près de la porte de la chapelle, que le pauvre prêtre tomba à la renverse, alarmé, dans les deux marches qui restaient. , et s'est tellement cassé la tête qu'il est resté inconscient depuis et ne peut être interrogé, ce qui est peut-être une bonne chose pour lui, car il se peut que la colère de mon seigneur contre lui ait le temps de se calmer, car il le soupçonne de vous aider également. , chère dame, voyant que le malicieux Pierre, non content d'avoir failli tuer le bon père, entre dans la chapelle, où, ne trouvant rien pour expliquer les voix, il fouille encore jusqu'à ce qu'il semble avoir ramassé votre foulard sur le jusqu'aux marches de l'autel, et cela avec son récit mensonger, il le porte à son maître à l'aube, sur quoi M. de Coray vous a porté ses accusations pour l'évasion du monsieur français.

"Non," dit doucement Gwennola . "C'était une histoire que j'aurais dû raconter, ne serait-ce que pour sauver le pauvre père Ambroise, dont je suis affligé d'entendre le triste sort. Je voudrais volontiers être à ses côtés, Marie, mais cela m'est même interdit, car ici dois-je rester prisonnier, tandis que, hélas ! hélas ! il se peut qu'en ce moment même ils découvrent la cachette de... de... » Elle s'arrêta en rencontrant les yeux curieux de Marie. "Non, ma fille," dit-elle brusquement, "ne faites pas attention à mes paroles insensées ; et pourtant, oh, Marie, Marie ! mon cœur se brise de peur et de chagrin. A-t-on jamais pucelle aussi malheureuse que ta pauvre maîtresse ?"

"Non, chère dame", dit affectueusement la jeune fille en posant doucement sa main sur celle de sa maîtresse. "Courage ! il se peut que tout ira bien. Voyez, nous prierons notre Sainte Dame, dont la protection et l'aide seront très sûrement accordées aux persécutés et aux innocents."

Mais dans sa détresse et son excitation, même la prière n'apportait qu'un maigre réconfort à l'esprit impatient de la malheureuse jeune fille. Elle allait et venait avec toute l'angoisse agitée d'une créature sauvage nouvellement enfermée, tantôt pleurant, tantôt criant à Marie pour l'aider, bien que dans ce qu'elle ne disait ni ne semblait savoir. Mais bientôt le paroxysme de sa passion passa, et après s'être longtemps agenouillée devant la figure sculptée de sa sainte patronne, elle se releva et sourit plus calmement au visage anxieux de Marie.

"J'étais désemparée", dit-elle simplement, "je pense avec beaucoup de lassitude autant que de chagrin. Maintenant va, Marie, laisse-moi me calmer dans le sommeil; la nuit dernière je me suis peu reposée et mes yeux sont lourds d'avoir besoin de dormir. Va alors , petit, et glane pour moi quelles nouvelles tu peux concernant le retour de mon père ; ce sera une quête infructueuse, je le sais bien, sur laquelle ils chevaucheront, puisque les saints ont celui que j'aime en leur garde.

Sa sœur adoptive, avec de grands yeux émerveillés, non dénués de consternation, fit écho à ses dernières paroles.

Gwennola sourit, et bien que ses couleurs s'éclaircissent, elle répondit doucement :

"Non, Marie, tu es trop audacieuse, fille, et pourtant, ah ! il n'y a personne d'autre à qui je puisse l'avouer, et par l'amour que nous nous portons, ma Marie, eh bien je sais que mon secret est en sécurité avec toi. ... Oui, ajouta-t-elle doucement, tandis qu'une lumière joyeuse éclairait ses yeux fatigués ; "Oui, c'est vrai, ma Marie, je l'aime, ce noble Français, qui est un vrai et noble chevalier, ni traître ni meurtrier, mais mon fidèle serviteur et amant."

— Mais, balbutia Marie, oubliant tout dans son étonnement, c'est un Français, mademoiselle ! un ennemi ! qui voudrait nous enlever la liberté de Bretagne et nous plier le cou sous le joug de la servitude.

« Tush, petit idiot ! répondit sévèrement sa maîtresse. "Tu parles de ce dont tu ne sais rien. En effet," ajouta-t-elle avec un air de connaissance qui reposait étrangement sur sa tête d'enfant, "l'amour de la servante bretonne pour le chevalier français pourrait bien être, puisque les hommes disent que notre duchesse elle- même aimerait J'aurais volontiers donné son cœur au prince d'Orléans, s'il n'avait pas été déjà marié.

— Non, murmura Marie déconcertée et persistante, mais Madame la duchesse est l'épouse du noble roi des Romains.

"Cela ne veut pas dire qu'elle l'aime", rétorqua sagement Gwennola ; " En effet, pauvre duchesse ! comment peut-elle, puisqu'elle ne l'a jamais vu ? Et mal est-il de se marier sans amour, d'être une jeune fille, une reine ou une paysanne ; et en vérité, je n'accepterai rien être tout cela à de telles conditions, même si mon père l'ordonne. moi de prendre le voile par choix. Ah, Marie ! s'écria-t-elle en tendant les mains vers la jeune fille hésitante, tu m'aideras, n'est-ce pas ? Car je l'aime, ce pauvre chevalier persécuté, tout Français qu'il soit, oui, et je l'aimerai, lui et nul autre, pour toujours. : et l'amour est doux, ma Marie, même si peut-être tu n'as pas encore goûté sa douceur ; mais quand il viendra... "

"Non," rétorqua Marie en secouant la tête, "j'ai peu d'amour pour aucun homme, sauf seulement pour mon père et mon frère Job, car je sais bien, comme ma mère me l'a souvent dit, qu'ils ne sont au mieux que de pauvres créatures, et cela ne vaut pas les larmes et les souffrances qu'ils nous ont infligées, à nous, femmes insensées. Pourtant, douce maîtresse," ajouta-t-elle en posant affectueusement sa main sur celle de Gwennola , "je *vous* aiderais de ma vie même, même si mon seigneur me mettait en vérité au péril de sa vie. torture pour cela."

"Non," murmura Gwennola , pâlissant, "que mon père ne ferait jamais, comme tu le sais bien , insensé."

-- Quant à cela, répondit Marie en haussant ses grosses épaules, je ne sais pas grand-chose de pareil, car monseigneur est un homme terrible par la passion, et pour le supplice, monseigneur de Quimperel n'a-t-il pas fait ainsi mourir quelqu'un ? des jeunes filles de sa femme qui refusaient de confesser les secrets de sa maîtresse ? »

"Non," soupira Gwennola avec un frisson, "mon seigneur de Quimperel est un homme d'humeur sanguinaire et de mauvaise réputation, aimant toujours faire souffrir; mais mon père, tout changé qu'il soit en sa petite Gwennola , par la langue empoisonnée des mensonges. , n'oublierait jamais ainsi son honneur ."

" Quoi qu'il en soit, douce maîtresse, " répondit Mané en souriant, " je suis à vous pour faire votre volonté, même jusqu'à la mort ; commandez-moi donc, et j'obéirai allègrement ! "

"Je dois y réfléchir," murmura Gwennola en posant sa main sur son front, "car je peux bien deviner qu'au moins mon parent ne laissera aucune porte d'évasion sans surveillance devant son œil vigilant. Pourtant, je pense que nous pouvons même le déjouer, ma Marie, avec prudence et audace, si toutefois les recherches de mon père sont aujourd'hui vaines.

"Alors monsieur est allongé là-bas?" » demanda Marie, désireuse, maintenant que ses scrupules et sa surprise étaient surmontés, d'assister à cette romance inattendue.

"Faire taire!" murmura sa maîtresse avec le doigt levé. " Mieux vaut ne pas parler de ces choses-là, puisque même les murs ont des oreilles ; mais salut, Marie, en bas, et vois quelles nouvelles tu peux m'apporter de la façon dont les choses se passent. "

C'était l'époque où le romantisme de l'amour régnait en effet d'une manière primordiale dans le cœur de chaque femme, depuis la dame qui, de sa fenêtre, souriait à son chevalier passant avec sa faveur dans son casque, jusqu'à la servante qui regardait son swain s'éloigner d'elle. aux guerres avec une larme aux yeux et une fierté étouffante dans la gorge à la vue de son allure vaillante et du bouquet de rubans brillants qu'elle avait elle-même épinglé sur sa poitrine. Et, seule maintenant dans sa chambre, Gwennola rêvait tendrement au roman qui avait été emporté si rapidement et si inopinément dans les ténèbres grises de sa jeune vie, la rougissant de toute l'aube rose de l'amour et de la beauté. Elle se dit, tandis que son cœur battait joyeusement à ses pensées, qu'elle l'avait aimé depuis le moment où elle l'avait vu étendu tout inconscient dans la forêt. Et quelle merveille, voyant à quel point son cœur était vide de tels rêves auparavant ? – et pourtant combien affamé d'eux, avec la soif de romantisme qui est chère aux dix-sept étés de chaque siècle ! Et elle l'avait trouvé, son chevalier, noble, beau, entouré du glamour de circonstances étranges et passionnantes, chevaleresque et dévoué. Ah ! ne se pourrait-il pas qu'un mensonge immonde et une corde de chanvre de honte mettent fin brutalement à une si douce idylle ? Son cœur semblait battre jusqu'à suffocation tandis qu'elle luttait contre cette pensée, écoutant avec inquiétude le retour de Marie.

Comme le temps lui parut long, et pourtant trop court, avant qu'elle entendît le bruit rapide des pas qui revenaient ! Était-il possible que, dès maintenant, la nouvelle soit que tout était fini et que la ruse avait triomphé dans le sang de l'innocence et de la vérité ?

« Mère de secours », gémissait-elle en s'agenouillant une fois de plus devant le petit sanctuaire : « Mère de secours, sauvez-le !

"Non, madame", murmura la voix de Marie derrière elle. "N'ayez crainte, je n'ai de nouvelles que bonnes à entendre, même si je crains que monseigneur et monsieur de Coray ne soient revenus dans un état d'esprit peu saint de leurs recherches vaines, et que la résignation à l'échec ne siège placidement sur aucun des deux fronts. " J'ai parlé avec Jobik , pauvre imbécile ! qui, semble-t-il, aurait voulu maudire ce pauvre monsieur français pour avoir tué son jeune maître, et il aurait peut-être pu dire de mauvaises paroles à votre égard, si je ne l'avais pas tweeté pendant un moment. ouf et je lui ai dit toute la vérité.

"Mère des Miséricordes, je te remercie!" s'écria doucement Gwennola en baissant la tête en signe de remerciement. Puis, levant un visage radieux vers Marie : « Maintenant, s'écria-t-elle doucement, vient le temps des cœurs courageux et des têtes sages, ma Marie, car il faudra bien trouver un moyen d'apporter à monsieur à manger et à boire, car la famine n'était guère meilleure que la corde, bien que peut-être plus honorable ."

— Non, mademoiselle, dit Marie avec sérieux ; "Vous devez laisser ce travail à Jobik ou à moi. Dites-moi mais où repose le noble chevalier, et, je vous le garantis, il ne mourra pas de faim."

Mais Gwennola secoua la tête, riant et rougissant en répondant :

"Non, Marie, ne sois pas trop prête avec tes offres, car, hélas ! que dirait le pauvre Job (elle baissa la voix jusqu'à un murmure) lui ai-je dit d'aller au clair de lune à la chapelle du Frère Brun ?"

« Saints miséricordieux ! haleta Marie, pâlissant en faisant le signe de la croix. « Non, madame, vous ne faites que plaisanter ; il n'est pas possible qu'un noble chevalier puisse trouver un lieu de repos aussi effrayant ?

"Je ne dis rien," sourit Gwennola , "parce que, petite curieuse, il vaut mieux que tu ne sois pas trop sage; mais en vérité c'est la vérité que je dois aller dans la forêt, cette nuit, seule, pour apporter de la nourriture et du vin à ce vaillant chevalier.

Marie hésita ; l'idée de sa jeune maîtresse allant seule dans la forêt sombre et solitaire était terrible, mais aussi honnête et inébranlable que l'était le dévouement de la jeune fille, elle aurait cent fois préféré affronter la mort elle-même plutôt que le sinistre spectre de la chapelle hantée .

«Je vous en supplie, douce maîtresse, murmura-t-elle en pleurant, je vous en supplie, il n'est pas possible que vous, mademoiselle de Méréac , alliez seule, à minuit, à travers cette forêt, pour le bien de... pour le bien de--"

"Celui que j'aime", murmura Gwennola , à moitié timide, à moitié provocante. "Non, jeune fille, ne me grondez pas ; le nom de Gwennola de Mereac ne perdra rien de son honneur par une telle audace ; et pour les langues cruelles, voyez-vous, ma Marie, il n'y en aura pas. Fi sur toi, mon enfant ! je ne sais pas Pourtant, ou avez-vous écouté en vain des paroles de ménestrel, que l'amour n'a pas peur tant qu'il règne dans la pureté et la vertu ? — et c'est pourquoi un tel amour sera mon amulette, le frère brun lui-même a-t-il lutté contre moi.

de nouveau , les joues pâles et les yeux effrayés, mais réduite au silence par le regard de sa maîtresse plus que par ses paroles, car elle savait bien à la compression de ces petites lèvres roses et à l'éclat de ces yeux brillants qu'il n'y avait pas moyen de résister. le jeune et fier le fera.

" Et ceci soit mon amour, " murmura la servante en se détournant, " que la sainte sainte Catherine me protège de tels sortilèges ! car en vérité ma dame est affligée de rêver à une entreprise aussi folle. Les saints nous préservent de la colère. de mon seigneur si un mauvais hasard le révélait ! »

# CHAPITRE VII

Doucement, le clair de lune se glissait à travers les branches entrelacées des arbres, comme des fées en robe blanche qui viennent vers la terre pour embrasser les fleurs endormies et leur donner une nouvelle beauté pour le soleil du lendemain. Les murs accidentés et recouverts de lierre de la chapelle forestière se détachaient sombrement sur l'éclat argenté. C'était un endroit suffisamment romantique pour les amants les plus jeunes et les plus tendres, et pourtant non sans ce frémissement de cette tristesse et de ce pressentiment qui semble hanter le pays de Bretagne, où de telles ombres austères semblent indissolublement mêlées aux beautés sauvages de la poésie et du roman.

Mais, pour le moment du moins, les ombres s'étaient enfuies dans l'obscurité de la forêt environnante, et la romance régnait claire et belle comme la Reine du Ciel, qui répandait si doucement ses rayons d'argent sur les deux amants assis là, parmi les ruines que la superstition s'était vêtu d'une telle terreur et d'une telle crainte.

C'était la troisième nuit que Gwennola réussissait à s'enfuir du château de son père, laissant battre deux cœurs fidèles dans une crainte anxieuse pour sa sécurité jusqu'à son retour. Personne n'avait si peu rêvé d'une telle entreprise que la tâche avait été moins difficile qu'elle ne l'avait supposé, et ainsi, nuit après nuit, Job avait regardé avec une sombre peur la silhouette sombre et encapuchonnée passer devant lui et disparaître comme une ombre sinistre dans le paysage plus sombre. la noirceur de la forêt, et là, partagé entre l'amour et la peur irrésistible de la superstition, il avait été obligé d'attendre son retour, tandis que les instants traînaient aux pieds de plomb, jusqu'à ce que plus d'une fois l'amour ait vaincu la peur, et il partit de son posté à la recherche de sa jeune maîtresse, pour s'arrêter à mi-chemin dans l'allée de la terrasse, tandis que des gouttes de sueur épaisses perlaient sur son front alors qu'il marmonnait des aves et des paters , et finalement avec un gémissement de terreur, il s'enfuyait à sa place alors que il se souvint de la vision effrayante qui l'avait déjà regardé, les yeux creux et suppliant, du milieu des arbres, jusqu'à ce que ses genoux se heurtent dans une parfaite frénésie de terreur.

Mais de telles craintes ne troublaient plus Gwennola , car l'amour avait dit à ces terreurs fantômes un adieu moqueur. Oui, ils étaient désormais amants, ne s'inclinant pas et ne se faisant pas la révérence, avec des yeux plus audacieux et plus éloquents que les phrases raides de leur langue ; il n'y avait plus de discours de gratitude ou de devoir, ni de nombreux subterfuges insensés par lesquels l'amour devait d'abord se cacher, mais à la place tout le glamour et la passion du premier amour, qui s'exagère lui-même et ses rêves de sentiment et trouve en lui un si doux délire. qu'il oublie tout le reste et se moque gaiement de l'âge mûr, qui secoue si sagement la tête devant des fantaisies si surannées et prêche contre sa tendre folie des truismes qui sont écoutés dans des oreilles sourdes ; car la jeunesse doit faire ce qu'elle veut et rêver ses rêves d'amour et de beaux idéaux qui l'habillent de tout son printemps de beauté, petit souvenir de l'hiver qui doit peut-être tout disperser, ou les dégriser jusqu'à des teintes plus grises.

mon cœur, murmura d'Estrailles en se penchant pour regarder les yeux bleus si joyeusement levés vers les siens ; " Que dirai-je pour te prouver le dévouement que tu m'as inspiré, ou te remercier du tendre héroïsme qui t'a amené ainsi à moi à travers de tels périls ? "

"Non," répondit-elle gaiement, "ne parle pas de remerciements, mon Henri, mais plutôt de notre amour. Qu'ai-je, ma bien-aimée, que pour ta sécurité ? Ah," s'écria-t-elle en joignant les mains avec un geste brusque de douleur, « chaque fois que mon père part à cheval, mon cœur bat de terreur de peur que par quelque malheur malheureux il ne découvre ta cachette, car son cœur est encore amer contre toi, mon Henri, car de Coray distille encore ses paroles empoisonnées dans ses oreilles ; il ne me regardera pas non plus, sa fille ; tandis que pour le pauvre père Ambroise, il a juré de le renvoyer dans son monastère en disgrâce dès que sa maladie serait guérie.

"Non, ne pleure pas, ma petite," dit doucement d'Estrailles en l'attirant dans ses bras, "mais rêvons plutôt aux jours où toutes ces souffrances et tous ces torts seront passés, et où toi, douce Gwennola, tu seras ma femme, et chevauche avec moi jusqu'à notre château sur la joyeuse Loire, où je te donnerai du soleil et de la gaieté, de la beauté et du rire au lieu de ces mornes forêts et de ces ténèbres grises, qui semblent un cadre approprié pour les cœurs traîtres et les tristes pressentiments.

"Non," dit-elle avec un soupir, "c'est de ma Bretagne que tu parles , mon cher cœur, et je ne voudrais pas que tu la trouves si mal dans un endroit, car je l'aime beaucoup, oui, si chèrement!" murmura-t-elle en s'accrochant à lui, "bien que peut-être avec le temps ton château ensoleillé sera plus cher, mon Henri, à cause de ta présence; mais je voudrais que tu aimes aussi dans une certaine mesure le château de Méréac, et avec le temps , il peut-être, mon père, qui est bon – ah ! si bon, si noble, si courageux ! – même si maintenant il semblerait que ses oreilles soient fermées et ses yeux aveuglés par un ennemi perfide.

"Non," dit tendrement son amant, "j'avais tort, ma douce, de parler d'obscurité là où j'ai trouvé un soleil tel qu'il n'a jamais éclairé auparavant le plus bel endroit de la belle Touraine. Vois donc, ce sera ce que tu aimes, j'aime . , et ce que tu détestes ———"

Il s'interrompit pour se tourner rapidement en direction de la forêt, la main sur son épée, comme s'il avait perçu un autre bruit que le murmure constant des cris d'oiseaux et de bêtes qui s'élevaient en cadences plaintives alentour.

"Qu'est-ce que c'est?" souffla Gwennola , avec un petit halètement de peur, alors qu'elle se penchait pour regarder dans la même direction que celle dans laquelle ses yeux étaient encore tournés.

« Il me semble que ce n'était qu'une fantaisie, » répondit-il doucement ; "Et pourtant... vois, ma chérie, qu'est-ce qui bouge là-bas ? Non, ce n'est rien, mais un animal, ou..."

Mais le visage de Gwennola était devenu blanc de terreur, alors qu'avec des yeux horrifiés, elle regardait à travers l'espace ouvert vers où, dans un clair de lune, était assise une petite créature desséchée perchée sur ses hanches, l'incarnation même d'un diablotin des ténèbres. , qui, après s'être arrêté un bref instant pour leur parler avec une apparente moquerie, s'enfuit agilement vers la forêt avec un cri aigu.

— Bah, murmura d'Estrailles en se signant dévotement, c'est bien un mauvais esprit, mon petit, qui s'est enfui au regard de tes doux yeux.

"Non," balbutia Gwennola en tremblant, "c'était le singe de Pierre le fou, et en vérité l'esprit du mal se cachait sans aucun doute invisible dans les ombres derrière", et en quelques mots brefs elle raconta à son amant l'histoire de Marie et la dévotion du fou à Guillaume de Coray .

"Vole, Henri, vole !" a-t-elle plaidé. "Il est sûrement encore temps ; ta blessure guérit bien, et je pense que même en cas de douleur, il vaut mieux fuir avant que la découverte ne nous surprenne. Hélas, hélas, comme notre cas grandit mal alors qu'il semblait si justement promettre !"

"Non," rit d'Estrailles sans se laisser décourager, "il vaudrait mieux d'abord s'efforcer d'enseigner aux imbéciles leurs bêtises", et sans attendre sa réponse, il s'enfonça dans la forêt, pour en ressortir quelques instants plus tard découragé et indigné. — En vérité, ce fripon est de mèche avec le propre maître de de Coray , dit-il avec une grimace de déconfiture. " Aucune trace de lui n'est visible. Mais allez, ma douce, n'ayez pas un front si troublé ; je pense que le danger est aussi peu pressant qu'avant, étant donné que personne ne connaît cette chambre confortable, où je pourrais bien me moquer de leur vigilance pour plusieurs jours."

"Non, Henri", supplia Gwennola , alors qu'elle s'accrochait à lui. " Va, je t'en supplie, pendant qu'il est encore temps. Oh, quelle agonie vais-je endurer jusqu'à ce que tu sois en sécurité ! "

Mais malgré toutes ses supplications, il refusait de se détourner de son projet de s'attarder un autre jour, et moins peut-être par des motifs égoïstes que par peur de ce qui pourrait lui arriver. L'histoire de cette idiote attira encore plus puissamment la colère de son père contre elle.

« Demain soir », s'écria-t-il en riant de ses craintes, en tenant ses deux mains blanches dans les siennes et en l'embrassant sur ses lèvres frémissantes. " Courage, petit, ce n'est qu'une terreur qui passera avec l'aube, et si tu crains la méchanceté de cet imbécile tordu, eh bien, souris-lui de tes doux yeux, et tu devras nécessairement en faire ton esclave pour toujours . "

Alors, forcément, voyant qu'il était un homme et volontaire , elle fut obligée de céder, même si ses yeux bleus le regardaient toujours avec un pressentiment nostalgique alors qu'elle le suppliait de faire attention et de rester dans l'abri sûr de sa cachette. Ils traversèrent donc la forêt ensemble jusqu'à ce qu'ils aperçussent la large silhouette de Job Alloadec, debout, raide et droite, près de la poterne extérieure du mur, où ils se dirent une fois de plus un tendre adieu.

"Adieu, petite", murmura d'Estrailles d'autant plus gaiement qu'il sentait sa joue mouillée par une larme perdue tombée de ses doux cils. " Ne crains pas, espiègle imbécile, qui a osé ainsi insolemment regarder à l'intérieur des portes du paradis ; scelle sa langue avec des regards doux, et peut-être une pièce d'argent, et demain... "

"Ah, demain", soupira-t-elle. "Hélas ! demain."

"Oui, hélas en effet", murmura-t-il, "puisque je dois , semble-t-il, faire mes adieux à ma douce dame, et pourtant pas adieu, mais seulement au revoir, cher amour, car si ton père ne cède pas et n'ouvre pas les yeux à la trahison et au mensonge, je reviendrai bien vite pour t'enlever, puisque jusqu'à ton arrivée il n'y aura pas de soleil au château d'Estrailles , et les heures passeront lentement à cause de la lassitude même de l'attente.

Elle lui sourit tristement en face.

« Ah ! mon Henri, murmura-t-elle, qu'y a-t-il entre ces jours et ceux-ci ? En vérité, mon cœur se serre en se demandant s'ils le seront jamais.

"Non," s'écria-t-il hardiment, avec toute l'insistance d'un homme et son mépris des ombres du danger, "il le faut, ma chérie, puisque l'amour l'exige."

« Notre-Dame, accordez-le », dit-elle, et elle se dirigea vers le sombre château, le laissant méditer sur ce qui les attendait si vaguement et si mystérieusement sur le chemin de la vie ; car en vérité, il semblait que le cours du véritable amour avait peu de chances de se dérouler sans heurts pour la jeune fille bretonne et le noble français en ces jours d'inimitié amère et de danger.

# CHAPITRE VIII

La journée du lendemain touchait enfin à sa fin. Pendant de longues heures, Gwennola était restée assise, attendant dans un suspense torturant les nouvelles que Marie pourrait lui apporter. Toujours prisonnière dans sa chambre, elle n'avait vu que sa sœur de lait et son frère depuis le jour de la mystérieuse disparition d'Henri d'Estrailles . Sans les suggestions insistantes de mal de Coray , le cœur du sieur de Mereac se serait depuis longtemps adouci envers sa fille bien-aimée, et il aurait peut-être, à la manière de l'amour, trouvé quelque excuse pour une conduite que son cœur lui disait le plus profondément. il avait d'autres motifs que ceux que suggérait malicieusement la mauvaise langue de de Coray ; en fait, ce dernier réussit si bien à garder en lui la chaleur de sa colère qu'il évita farouchement toute suggestion de voir ou de se réconcilier avec Gwennola , tandis que sur la tête innocente du père Ambroise étaient amoncelées les invectives les plus amères de sa fureur.

Mais même la nouvelle de la colère implacable de son père à son égard n'a pas réussi à émouvoir le cœur de Gwennola . Toutes les pensées, tous les sentiments étaient pour le moment centrés sur son amant, à la manière des jeunes filles insensées et rebelles qui, au réveil d'une telle passion, oublient l'amour qui les a abritées depuis l'enfance ; et dans le cas de Gwennola de Mereac , un tel oubli pourrait dans une certaine mesure être excusé, étant donné que l'amour était né avec sa sœur jumelle, la pitié pour un homme malade et innocent, et qu'une telle pitié éveillait jusqu'aux profondeurs les fibres les plus fines de son cœur de femme. . Le sentiment instinctif de protection envers quelqu'un qui était impuissant l'avait, encore plus que les murmures vagues et anonymes d'amour, l'avoir aidée à atteindre son objectif et lui avait inspiré du courage au mépris de ce qu'elle considérait comme une horrible injustice envers un homme innocent. Mais maintenant la pitié était oubliée, comme submergée par son amour passionné, car Gwennola était une vraie fille de Bretagne, forte à la haine comme à l'amour, intrépide, courageuse, avec cette puissante ténacité qui semble inhérente à ces gens dont tout le monde a raison. les vies sont pour ainsi dire opposées aux forces adverses de la nature, qui luttent pour la maîtrise de ce rivage gris et sombre. Elle avait donné son amour à Henri d'Estrailles , et pour cet amour tous les liens furent balayés, sauf ceux qui soutenaient sa jeune âme pure et gardaient l' honneur qui doit toujours être plus chéri que l'amour lui-même dans le cœur d'une femme noble. cœur. Pourtant l'honneur lui-même semblait l'appeler maintenant à jouer le rôle qu'elle s'était fixé, honorer non seulement le sien mais aussi celui de son père, qui ne savait pas grand-chose du rôle que le destin s'efforçait de lui imposer.

C'est donc avec une conscience tranquille que Gwennola s'est agenouillée en prière devant le petit sanctuaire de la Vierge Mère, demandant de l'aide dans son entreprise secrète.

"Et oh, Bienheureuse Mère du Ciel", s'écria-t-elle avec un sanglot en enfouissant son visage dans ses mains, "accorde que tout aille bien et que les saints le gardent sous leur bonne garde jusqu'à ce que nous nous revoyions." Mais même avec ces mots, son cœur se glaça tandis qu'elle réfléchissait à ce que pourrait être cette rencontre et comment, même s'il échappait au danger présent, eux, que les circonstances avaient appelés à l'inimitié plutôt qu'à l'amour, pourraient espérer se rencontrer pour jurer leur promesse dans des conditions plus heureuses. jours. Au lieu de cela, se dressait devant ses yeux le visage moqueur et cruel de Guillaume de Coray , et quand elle s'en détournait avec dégoût, il semblait ne lui rencontrer que l'obscurité sans soleil des murs gris du couvent.

« Au moins, murmuraient l'espérance et la jeunesse, il y a encore cette nuit ; une fois de plus ses bras te serreront dans sa tendre étreinte, et tu liras de nouveaux vœux d'amour dans ces yeux sombres qui ne parlent que de foi et de constance ; il arrivera sûrement que l'amour trouvera désormais une autre voie dans les ténèbres du futur. »

Alors elle se réconfortait et écoutait aussi les paroles de confiance encourageantes de Marie, le sourire aux lèvres ; mais le sourire s'effaça tandis que, parmi les ombres sombres des arbres, de sombres pressentiments se rassemblaient à nouveau et pressaient leur poids de triste pressentiment sur son cœur battant tandis qu'elle se précipitait le long du sentier étroit.

Comme il était insensé de s'arrêter avec un nouveau frisson de peur alors que, venant du fourré voisin, le bruissement d'un lapin qui courait lui faisait sursauter l'oreille ! Et pourquoi devrait-elle trembler si violemment quand un grand hibou blanc lui balayait presque la joue de ses ailes douces alors qu'il disparaissait dans l'obscurité avec un petit hululement mélancolique ? Les nerfs de la pauvre fille étaient si tendus qu'elle aurait dû s'enfuir chez elle, terrorisée par on ne savait quoi, si une émotion plus forte ne la poussait en avant.

Mais enfin on atteignit la lisière du bois ; là-bas, à travers les arbres, elle aperçut les murs gris couverts de lierre. Comme tout semblait calme ! Même pour le moment, les cris lointains des oiseaux et des bêtes furent étouffés ; le bruit de ses propres pas brisait à lui seul le silence – un silence qui l'opprimait depuis qu'elle avait quitté le château endormi. Son cœur fit un bond alors qu'elle se précipitait en avant, regardant, avec des yeux impatients, voir la grande silhouette debout là, les bras tendus et accueillant des murmures d'amour. C'était étrange qu'il ne l'ait pas entendu approcher et qu'il se soit précipité pour la saluer, comme il l'avait fait auparavant, mais quand même...

Cette pensée perplexe fut soudainement stoppée alors qu'elle quittait l'ombre des arbres pour se diriger vers l'espace éclairé par la lune entourant la chapelle forestière. Tout était aussi silencieux et inoccupé que cette première nuit où elle et son amant étaient restés là, regardant avec des regards à moitié effrayés vers l'étrange vieille ruine.

« Henri », s'écria-t-elle, et dans le silence sa voix semblait sonner aiguë et claire, « Henri !

Une vague note de terreur résonnait dans le cri tandis qu'elle se précipitait, haletante, vers la ruine elle-même, en se disant qu'il s'était peut-être endormi dans sa cachette. Mais non; aucune réponse ne fut donnée à ses cris ; la chambre sous l'autel était vide et déserte. Pendant un moment, elle resta là, paralysée par la peur, mais réalisant à peine ce qui aurait pu arriver. Il ne se pourrait pas qu'il ait été enlevé ? Elle a mis l'idée d'elle à l'agonie. Non, non, pas ça ! Comme elle était stupide ! Comment aurait- il pu être enlevé à l'insu de Job ou de Maric ? De toute la journée, ni son père ni de Coray n'avaient quitté le château, pas même pour leur chasse au faucon ou au sanglier préférée ; aucun murmure de suspicion n'avait été soufflé aux oreilles d'aucun de ses fidèles serviteurs ; il semblait, disait Marie, que tous pensaient – s'ils le pensaient – que le chevalier français s'était depuis longtemps éloigné de toute poursuite. Alors cent suggestions empressées lui envahirent l'esprit : il était allé à sa rencontre comme elle était venue, et s'était égaré ; ou peut-être, apprenant un nouveau danger, avait-elle été obligée de fuir sans attendre son arrivée. Mais une fouille précipitée dans le hangar voisin la convainquit au moins de la futilité de cette dernière idée, car Rollo se tenait toujours à sa place, se retournant avec un hennissement sourd pour voir si c'était son maître qui était venu avec son repas du soir. .

"Hélas ! hélas !" gémit Gwennola , de nouvelles craintes l'assaillant, alors qu'elle se tournait une fois de plus vers la sombre ruine, "que s'est-il passé ? Oh, pourquoi n'a-t-il pas tenu compte de mon avertissement de fuir hier soir ? Ah, si..." Elle s'était penchée, avec les derniers mots sur ses lèvres, et, avec la confirmation de ses craintes devant elle, souleva de terre un petit bonnet orné d'une petite clochette : c'était le bonnet du Petit Pierre, le singe du fou. « Il est pris », se murmura la jeune fille d'un ton sourd et irréaliste ; "il est pris."

Avec une compréhension naissante , elle regarda autour d'elle avec un frisson, imaginant la scène qui, comme la vision d'un observateur de cristal, commençait lentement mais clairement à s'élever devant elle.

Ici, il l'avait attendue, inconscient du danger, le sourire aux lèvres et la lumière de l'amour dans les yeux, peut-être dans sa folie fredonnant l'air d'une ballade, comme il l'avait fait hier soir. Puis, à travers les arbres, la trahison s'était emparée de lui, et là où il avait regardé pour voir l'amour, la mort elle-même était apparue sinistrement sur la scène. Elle frémit, se couvrant le visage de ses mains, comme pour cacher la vue d'un terrible fantôme. Malgré tout cela, son cerveau agité évoquait sous ses yeux malgré lui de nouvelles scènes de terreur ; son père, sévère, implacable, vengeur, comme il se souvenait du garçon blond si cruellement exécuté à mort dans ce lointain bois de St Aubin, et à côté de lui le véritable auteur du crime, souriant, triomphant, plein d'humour cruel et des suggestions et des paroles méchantes, avec à ses côtés le visage rusé et vide de Pierre le fou, jubilatoire du rôle qu'on lui avait sans doute payé pour jouer ; tandis que le fond était rempli de visages sinistres et curieux, impitoyables pour la plupart, sauf là où Job et Marie Alloadec se tenaient craintifs et peut-être pleurant, mais pas pour lui , mais pour elle. Hélas! personne n'était là pour *le plaindre, pour le* regarder avec bienveillance ; il était seul, entouré d'ennemis cruels, avec la mort debout dans l'ombre à côté de lui – la mort, dans tous ses atours hideux, sans même l'éclat doré de la gloire pour cacher ses traits moqueurs. La résolution de rentrer en toute hâte au château et de se tenir aux côtés de l'homme qu'elle aimait surmonta le sentiment de malaise qui la menaça d'abord, mais alors même qu'elle se levait, avec cette douleur douloureuse de chagrin, trop profonde pour les larmes, au cœur, un Un contact froid sur sa main fit remonter le sang avec une soudaine frénésie de peur. Le souvenir du frère impénitent qui se promenait si sombrement sur la scène terrestre de ses péchés lui revint vivement, et alors qu'elle baissait les yeux, elle s'attendait pleinement à les voir se poser sur le capuchon sombre de l'habitant fantomatique de la chapelle. Au lieu de cela , c'était la forme maigre et grise du chien-loup Gloire sur lequel ses yeux se posèrent, rencontrant le regard muet et affectueux de la bête avec le frisson que procure toujours la sympathie dans la détresse, même si cette sympathie n'est que celle d'un chien - peut-être parfois un plus vrai et plus utile que celui de son maître humain.

"Gloire", murmura-t-elle en se penchant avec une soudaine impulsion pour embrasser la tête hirsute et fidèle. " Ah, Gloire, comment es-tu venue ici ? Était-ce parce que tu savais — sage bête ! — que ta maîtresse avait cruellement besoin d'un consolateur, et seule dans cet endroit terrible, avec un cœur qui, je le crains, doit se briser avant aube?"

Le grand animal gémit en lui léchant le visage, puis recula soudainement avec un grognement sourd et menaçant alors qu'un bruissement de branches approchait de leurs oreilles. En un instant, Gloire passa du sympathisant au gardien indigné, ses cheveux gris hérissés, ses dents blanches brillantes à cause de ses gencives tirées en arrière, son aspect tout entier étant celui d'un antagonisme colérique. Mais les pas rapides, au lieu de remonter le chemin vers eux, s'étaient détournés, comme si leur propriétaire se hâtait vers la lande ouverte au-delà de la forêt. Mais Gloire n'avait pas l'intention de laisser partir même un intrus invisible sans son passeport d'approbation, et, se détachant de la main douce et retenue de sa maîtresse, se lança à sa poursuite, avec un aboyement colérique.

"Gloire, Gloire, reviens !" s'écria doucement Gwennola , très alarmée, tandis qu'elle se précipitait dans la direction que le grand chien avait prise. "Honte à toi, Gloire ! reviens immédiatement."

Mais Gloire était peu disposé à obéir à cet ordre doux, car il avait déjà atteint le terrain découvert et sa proie était en vue.

C'était une scène sauvage et pittoresque, avec une étrange tristesse qui devait rester à jamais gravée dans la mémoire de Gwennola . Le clair clair de lune brillait sur la vaste étendue de bruyère avec l'éclat du jour, des touffes de genêts et d'ajoncs projetaient ici et là des ombres noires dans la lumière blanche. Aucun signe d'habitation n'était visible, rien ne semblant prospérer dans cette région désolée, à l'exception des ronces et des chardons. Çà et là, des tas de pierres, de forme presque druidique, étaient éparpillés, ceux-là, les gens du pays affirmant être les maisons des Torrigans ou des Courils , nains lascifs, qui la nuit vous barrent la route et vous obligent à danser avec eux. jusqu'à ce qu'on meure de fatigue, tandis que d'autres prétendent que ce sont des fées qui, descendant des montagnes en filant, ont emporté ces rochers dans leurs tabliers. Pour la plupart, ces monuments informes consistaient en trois ou quatre menhirs, dont un autre était posé à plat sur le sommet, et, vus au clair de lune, présentaient un aspect fantastique, disséminés au-dessus de la bruyère aride.

De la forêt, où se tenait Gwennola , le sol s'étendait en une pente abrupte, pour remonter au-delà, formant ainsi une petite vallée. C'est dans cette vallée qu'on a vu voler la silhouette d'un homme, semble-t-il pour sa vie, comme en effet il l'était, bien que, peut-être, à peine encore s'en rendit compte, car derrière lui, rapide sur sa trace, venait Gloire, une silhouette décharnée et grise de malheur, vue ainsi au clair de lune.

Pendant un instant, Gwennola resta incertaine, pesant rapidement dans son esprit ce qu'elle devait faire de mieux, mais le péril que courait l'homme la décida, et d'un ton impérieux elle appela le chien à revenir. Au son de sa voix, l'homme et le chien s'arrêtèrent, se tournèrent un instant vers elle, et avec un frisson d'alarme, la jeune fille reconnut dans le clair clair de lune les traits de l'homme qui s'était si soudainement précipité sur son chemin le jour de son retour. à travers la forêt depuis sa visite à Mère Fanchonique .

Ce n'était pas un visage qu'on oubliait facilement, avec sa barbe rousse et rase, son nez large et plat et ses yeux audacieux et insolents, et Gwennola , avec un cri instinctif, avait reculé vers l'ombre de la forêt, lorsque Gloire, avec un cri instinctif, s'était éloignée vers l'ombre de la forêt. un soudain accès de fureur, bondit en avant, et, avant qu'il ait eu le temps de s'écarter ou de tirer son épée, il avait projeté l'homme à reculons sur le sol, avec ses puissants crocs fermement enfoncés dans sa chair.

Oubliée d'elle-même à la vue du drame inattendu qui se déroulait sous ses yeux, Gwennola dévala la vallée en courant, criant frénétiquement à Gloire de quitter sa malheureuse victime ; mais un véritable démon de rage semblait être entré dans la grande bête, et il continua furieusement à déchirer sa proie, jusqu'à ce que, à l' approche de Gwennola , il s'accroupit avec un gémissement qui était à moitié un grognement, s'écarta et resta haletant sur la bruyère. avec des mâchoires sanglantes et des yeux qui plaidaient presque avec défi l'excuse qu'il n'avait fait que son devoir en la défendant.

Pendant ce temps, avec un frisson d'horreur, Gwennola s'agenouilla à côté de la silhouette mutilée, même alors, ses pensées retournant avec angoisse vers cette salle de jugement du Château de Mereac . Mais déchirée comme elle l'était par le désir d'être à côté de l'homme qu'elle aimait, sa pitié féminine lui interdisait d'abandonner le misérable manifestement mourant qui haletait devant elle.

Avec son délicat foulard, elle essuya doucement l'écume de sang sur ses lèvres et alla en toute hâte chercher de l'eau dans une mare voisine pour lui baigner le front, car il était évident que, aussi mourant qu'était ce malheureux, il luttait obstinément pour reprendre le pouvoir. discours avant de s'évanouir dans le pays du silence et du mystère.

C'était un spectacle terrible pour la pauvre fille, à peine plus qu'une enfant, d'assister à cette lutte à mort d'un homme fort, mené ainsi rapidement à sa fin, et la terreur était renforcée par l'inquiétude du temps et du lieu. Mais Gwennola n'était pas une femme nerveuse et craintive pour s'attaquer à sa propre ombre ; née d'une race robuste et intrépide, dans les temps difficiles et guerriers, elle n'a pas reculé devant le spectacle de la mort, aussi sinistre et terrible soit-elle. Les craintes nerveuses de la superstition, qui l'avaient hantée une heure plus tôt, avaient disparu avec cette terrible réalité de la souffrance.

Bientôt, la respiration haletante de l'homme devint plus calme, et bien que la sueur mortelle ressortait abondamment sur son front, il semblait être capable à la fois de penser et de parler.

« Mademoiselle ? » haleta-t-il avec un regard interrogateur vers le haut.

"De Mereac ", dit-elle doucement, en levant la tête et en la reposant sur son genou, pendant qu'elle essuyait la sueur de son front. " Y a-t-il quelque chose que tu me dirais, pauvre garçon ? ou ne devrions-nous pas plutôt prier ensemble pour ton âme, puisqu'ici il n'y a pas de prêtre pour te châtier ? "

"Mon âme", marmonna l'homme avec un gémissement. "Il l'avait depuis longtemps... mon âme", et il sourit moqueusement au visage blond penché sur lui. "Non," continua-t-il avec un autre gémissement ; "C'est mal de plaisanter face à la mort, même si j'ai ri en le déjouant bien des fois auparavant, mais ce diable m'a finalement mis aux abois, même si je ne partirai pas sans me venger."

Il marmonna plusieurs fois les derniers mots, comme s'il essayait de se souvenir de quelque chose, puis continua à parler rapidement et haletant, comme quelqu'un qui, après avoir couru, veut transmettre son message sans délai ; et, en vérité, c'était une course sinistre qu'il a courue, avec la mort rapide sur ses talons pour couper court à l'histoire.

« Guillaume de Coray , murmura-t-il, il était mon maître, moi, son esclave, corps et âme, maîtresse, corps et âme. Ah ! je pourrais vous raconter des histoires, mais je n'ai pas le temps, il suffit de dire qu'il était l'outil - la chose - du tailleur de Vitré [ #] - et moi - enfin, peu importe, le passé est mort, mais il y a encore la vengeance..... C'était la bataille de St Aubin - le fils de Méréac était là, son héritier, mon maître était le suivant ... Il tua le jeune Yvon, comme il le pensait, dans le bois là-bas... par trahison, et vint à Méréac pour être accueilli comme héritier, et épouser la sœur du jeune assassiné. N'est-ce pas, mademoiselle ? Ah ! j'ai lu dans vos yeux que le marié ne vous plaisait pas, car vos yeux sont vrais et les siens... Eh bien, Guillaume de Coray se rendit à Méréac , mais avant de le faire, il se trouva par hasard qu'il n'avait plus besoin de mes services, c'est pourquoi il avait ordonné à un autre de hâter mon départ vers un autre pays, d'où aucune histoire ne revient pour incommoder monsieur ; mais il qui était si malin s'est trompé ... L'homme était mon ami ... Il m'a raconté sa mission ... Nous avons bu à la santé de l'autre et à la confusion de notre maître. Il arriva donc que lorsqu'il s'enfuyait de ce bois de St Aubin avec une crainte d'assassin dans le cœur, je cherchai le corps d'Yvon de Méréac . Il n'était pas mort... non, il n'était pas mort. Dieu miséricordieux ! pourquoi alors me hante-t-il avec ces yeux ? Non... n'est-ce pas moi qui l'ai sauvé et qui l'ai soigné pendant des mois ? — voire des années ? — car, pendant longtemps, le coup porté à sa tête l'avait rendu à peine meilleur qu'un imbécile. Puis, quand la compréhension revint, il exigea beaucoup de choses... Ah ! mais il était fier et impatient .... ce jeune .... peut-être que je ne lui plaisais pas comme tuteur ..... Il ordonnait d'être libéré .... il délirait parfois .... un insensé. ... disant que je l'avais gardé prisonnier pour l'assassiner .... Moi qui attendais mon heure jusqu'à ce que le fruit soit mûr pour la cueillette ..... Mais il s'est échappé de mon abri sûr. J'étais en colère.... Je l'ai suivi rapidement. Quoi, mademoiselle, après ces années, allais-je me faire voler ma récompense ? Grand-Dieu ! non, je suis arrivé alors qu'il errait encore dans la forêt, tellement désemparé qu'il s'était égaré. Je l'ai trouvé... mais avant de l'avoir fait, j'ai été moi-même vu par malheur par mon ennemi, Guillaume de Coray . Il devenait impossible que je m'enfuie trop précipitamment avec mon ami, alors nous nous sommes cachés.... de Coray et son diablotin nous cherchaient tout le temps ..... Ce soir" - le sang dans sa gorge presque l'étouffa tandis qu'il parlait : « ce soir… nous… nous… »

[#] Le surnom de Pierre Laudais , le ministre détesté et infâme de François II., duc de Bretagne. Les nobles en colère prirent enfin justice eux-mêmes et pendirent le mécréant qui avait ruiné leur pays.

Il regardait vaguement la lune ; déjà le doigt de la mort était posé sur son épaule.

"Mais mon frère... Yvon... il habite ? Oh ! où... où est-il ?" s'écria Gwennola , dont les émotions avaient à peine été contrôlées pendant la confession haletante qui semblait préfigurer une si sombre tragédie. "Parler!"

Mais déjà la mort avait scellé ces lèvres de son baiser froid, seulement, dans un effort convulsif, l'homme leva le bras et désigna un des tas de pierres empilées qui brillaient en blanc au clair de lune à mi-hauteur de la pente opposée. Puis un spasme le saisit, et il resta dans le dernier combat effroyable, avec ses yeux noirs fixés vers le haut avec horreur, comme s'il voyait autour de lui se presser les victimes de reproche d'une vie pécheresse, se rassemblant sur le point de le traduire devant le redoutable Juge qui l'attendait. lui au-delà du voile.

Tombant à genoux, Gwennola murmura une prière aux oreilles mourantes, jusqu'à ce que, avec un dernier gémissement haletant, les mâchoires se détendirent, les yeux sombres, toujours hantés par la terreur, se fixèrent, et une âme s'enfuit dans la honte et la crainte dans le silence. d'éternité.

Avec un sanglot, résultat de nerfs à rude épreuve, la jeune fille se leva et regarda, du mort à ses pieds, le grossier cairn qui semblait être un si mauvais indice pour ses recherches. Et pourtant, son cœur battait rapidement lorsqu'elle pensait à ce que cette recherche pourrait signifier, et se rappelait que non seulement la vie d'un frère mais celle d'un amant était un gage de réussite. Puis, avec une prière à voix basse, elle s'empressa de se retourner et de gravir la pente vers l'endroit indiqué par le doigt du mort.

# CHAPITRE IX

Pendant quelques minutes, le cœur de Gwennola se serra ; malgré une recherche rapide mais minutieuse, la possibilité d'une présence humaine quelque part à proximité de ce grossier amas de pierres semblait impossible. Mais une fois de plus, Gloire devait venir à son secours et retrouver son caractère perdu, dont il semblait instinctivement sentir qu'il avait gravement souffert lors de la dernière rencontre, mais pourquoi lui reprocherait-il d'avoir ainsi débarrassé le monde de quelqu'un que la sagacité canine avait reconnu ? en tant que méchant au cœur noir, il ne pouvait pas vraiment s'en rendre compte. Néanmoins, le son de la voix réprobatrice de sa maîtresse avait atténué les félicitations de la pauvre Gloire, et il l'avait suivie, la queue tombante et l'air mélancolique, vers la maison réputée des nains espiègles. Ici, cependant, son esprit d'enquête fut fraîchement éveillé, et avec un bref cri d'excitation, il se mit à enquêter sur un trou, en partie caché par des ajoncs, en partie par une dalle de pierre qui avait apparemment glissé du tas voisin.

Attirée par son excitation, Gwennola courut à ses côtés et, après quelques instants de tiraillements désespérés, réussit à faire rouler la pierre.

Oui! l'indice du mort était vrai ; l'ouverture donnait évidemment sur une de ces grottes naturelles qu'on trouve si souvent en Bretagne. Gloire, les oreilles dressées et la queue remuante, se tenait au bord de l'ouverture, n'attendant visiblement que l'ordre de sa maîtresse pour continuer ses investigations. Mais Gwennola lui fit signe de lui répondre et, se penchant, baissa les yeux avec impatience sur l'obscurité.

« Yvon », appela-t-elle doucement, sa voix tremblante alors qu'elle prononçait le nom longtemps inutilisé, « Yvon – frère – tu es là ?

Dans le silence qui suivit, elle n'entendit que le souffle haletant de Gloire près de son oreille.

« Yvon », cria-t-elle encore, « Yvon ».

Puis la réponse fut faible mais claire, de la voix d'un homme qui répond comme en transe :

" Gwennola ."

"Mère des Miséricordes, je te remercie!" s'écria la jeune fille, des larmes de joie coulant sur ses joues, alors que sans hésitation elle se précipitait rapidement par l'ouverture. Tout était sombre à l'intérieur, même si elle comprit à la faible lueur de la lune à l'entrée de la grotte qu'elle se trouvait dans une petite chambre souterraine. Dans une attente haletante, elle appela de nouveau le nom de son frère, et cette fois la réponse vint de quelque part près d'elle, presque, semble-t-il, à ses pieds. Mais la voix qui s'élevait à travers les ténèbres était celle d'un homme qui parle comme quelqu'un qui répond plutôt à un appel intérieur que de répondre à son nom venant des lèvres d'un semblable.

"Où es-tu, Yvon?" s'écria Gwennola en tombant à genoux et en écartant vaguement les mains dans l'obscurité. "Frère, frère, est-ce bien toi ?"

" Gwennola ... ma sœur. " Cette fois, la voix à côté d'elle résonnait avec une soudaine et faible exultation, comme celle de quelqu'un qui, pour la première fois, se rendait compte que son nom avait vraiment été prononcé par un habitant de la terre. " Gwennola , Gwennola ! non, c'est impossible. Par conséquent, moque-toi du démon, et ne me provoque pas dans mes dernières heures ! "

Mais déjà, tâtonnant dans l'obscurité, guidée par la voix faible, la jeune fille avait trouvé l'objet de sa recherche et se penchait sur la silhouette prostrée, pleurant et riant dans un paroxysme de joie.

"Yvon, Yvon !" cria-t-elle en s'accrochant à lui, pressant ses jeunes lèvres chaudes contre le front humide. " Ah, mon frère, que nous avons pleuré ces dernières années comme mort, est-il possible que tu vives ? Quel mystère y a-t-il ici ? quel ignoble et terrible complot ? Mais qu'est-ce que c'est ? — tu es lié et impuissant ? un prisonnier ! Oh ! dis-moi, Yvon, dis-moi tout ! et pourtant non, il ne faut pas s'attarder un instant dans cet endroit terrible, car déjà un tort encore plus ignoble est fait à un tout à fait innocent.

"Non," gémit faiblement Yvon de Mereac , "en ce sens que tu parles avec sagesse, petite sœur, si c'est bien toi -même, comme ces larmes et ces baisers me l'assurent, plutôt qu'un de ces démons moqueurs du délire qui me hantent toujours, car en vérité, le démon en chef lui-même reviendra bientôt, et alors... »

Gwennola sentit le frisson qui parcourut son corps décharné, et l'idée de la vengeance de Gloire lui parut moins terrible qu'auparavant.

"Il est mort!" s'écria-t-elle, devinant rapidement de qui il parlait. "Gloire ne l'a tué que maintenant, dans la bruyère du dehors; mais avant de mourir, je pense qu'il s'est repenti du mal qu'il t'a fait, qui a plutôt pris la forme d'une vengeance envers un autre, au cœur encore plus noir que lui, que d'une haine envers toi. ".

"Mort?" répéta Yvon avec un sanglot de joie soudaine. "François Kerden est mort ? et toi ici, petite Gwennola , pour me sauver ? Non ! ne me dis pas que c'est un rêve, mais libère-moi plutôt de ces liens, et laisse-moi respirer encore une fois l'air pur du ciel."

« Ces obligations ? s'écria Gwennola consternée, tandis que ses mains fines sentaient les lanières serrées qui liaient l'homme sans défense à côté d'elle. "Non, mais comment les détacher, Yvon ? Ils sont trop forts pour que je puisse les briser, et, hélas ! je n'ai pas de poignard."

Yvon gémit. "On ne peut rien faire ?" il soupira. « Je m'évanouis à cause du désir intense des brises fraîches de la nuit ; pendant des jours, je suis restée ici, petite sœur, attendant la mort, mais il a tardé ; ce démon m'a permis de ne pas mourir, bien qu'il m'ait fait regarder toujours vers l'abîme, et maintenant... » Sa voix tremblait, tandis qu'avec la faible insistance d'un enfant, il répétait son appel à être libéré.

"Oui, en vérité," s'écria joyeusement Gwennola , une inspiration soudaine lui venant, "et tu le feras, mon Yvon; attends seulement un instant, et je sais bien que je trouverai ce que nous cherchons."

"Ah, ne pars pas", s'écria son frère désespéré, "de peur que tu ne reviennes, mais à la place ce méchant avec ses yeux cruels et son poignard acéré."

"Non," rit la jeune fille en se baissant une fois de plus pour lisser et baiser le front moite, "c'est bien son poignard qui repose là-bas sur le flanc de la colline que je vais chercher. Paix, frère, n'aie pas peur ; il ne reviendra plus. pour t'effrayer, et bientôt tes liens cruels seront rompus et nous rentrerons chez nous.

Il répéta doucement le dernier mot, comme quelqu'un dont le cerveau est trop fatigué pour en saisir toute la signification, mais il ne chercha pas à nouveau à la retenir alors qu'elle se dirigeait à tâtons vers la lueur de lumière qui s'affaiblissait déjà à mesure que le clair de lune s'estompait. À sa grande surprise, Gloire ne se tenait pas à l'entrée de la grotte lorsqu'elle émergeait, et pendant un instant elle regarda autour d'elle avec un frisson de peur, se demandant quels nouveaux ennemis n'auraient peut-être pas surgi pour lutter contre. Mais l'absence de Gloire n'était pas loin d'être recherchée, puisque les loups de la forêt avaient déjà flairé leur festin humain et s'étaient glissés furtivement pour le déchirer, et tandis que Gwennola se tenait là dans la pénombre, elle aperçut deux formes décharnées qui volaient en un mouvement rapide. Ils se poursuivaient à travers la colline vers l'ombre des arbres, et frissonnaient, devinant bien ce qu'ils voulaient dire.

Les poignards étaient en abondance dans la ceinture de cuir du mort , et Gwennola s'empressa de sortir une petite arme tranchante et de revenir en arrière, car c'était un travail pénible de se pencher ainsi sur le corps d'un mort et de sentir le regard attentif d'yeux aveugles. Mais les nerfs de Gwennola étaient à présent à nouveau tendus pour faire face à la nécessité désespérée de son cas, car elle savait bien que les instants passaient rapidement et que déjà les sables de la vie d'un homme innocent s'amenuisaient, et pas seulement pour celui d'un innocent de crime, mais pour elle. propre véritable amant, sans qui la vie doit être aussi sombre et lugubre que cette forêt d'où sortaient les hurlements des bêtes de proie, retenues par la peur, pour un moment, de leur festin du soir.

Une à une, les lanières de cuir serrées furent coupées, et Yvon, avec un cri de reconnaissance, se remit lentement à genoux, bien que ses membres soient si à l'étroit que même après quelques minutes, il ne pouvait que ramper jusqu'à l'entrée de sa prison sur les mains et les bras. genoux. Mais l'air frais de la nuit le ranima, comme une gorgée de vin, tandis qu'il s'enfonçait dehors dans la bruyère. Gwennola Je pus difficilement réprimer un cri de consternation lorsque le faible clair de lune révéla un visage qu'il était difficile de reconnaître , sans les yeux, comme celui du beau garçon qui, il y a à peine trois ans, avait quitté le château dans toute la fierté et la gloire. de jeunesse et de virilité noble. Les joues roses étaient enfoncées et si émaciées que la peau semblait tirée sur les pommettes saillantes ; le menton lisse était couvert d'une barbe courte et mal entretenue ; et les boucles blondes et dorées étaient longues, emmêlées et décolorées ; mais les yeux, bleus comme ceux de Gwennola , étaient les mêmes lorsqu'ils regardaient les siens, et pourtant, avec un sanglot dans la gorge, elle réalisa qu'ils n'étaient pas les mêmes, car la lumière joyeuse et joyeuse avec laquelle la jeunesse fait face à la vie avait disparu. , et au lieu de cela, il semblait se cacher en eux un regard de terreur presque vide, comme on en voit chez un enfant effrayé. C'était un visage qui racontait sa propre tragédie sans avoir besoin de mots, et avec un frisson de pitié sa sœur se pencha, le soulevant tendrement tandis qu'il luttait vainement pour se relever, passant un jeune bras fort et protecteur autour de lui et lui ordonnant doucement de se pencher. sur elle.

Il regardait vaguement autour de lui, frissonnant tandis que son regard tombait sur la forêt.

"C'est là que j'ai erré", dit-il faiblement. "Je ne me souvenais plus du chemin, mais je l'avais enfin trouvé, et j'étais déjà en vue du château lui-même, quand je le vis ramper sur moi; puis, comme un fou, je m'enfuis de nouveau dans la forêt, au lieu d'appeler à l'aide le soldat qui montait la garde près de la porte. »

"Et qui t'a pris pour un esprit des morts", sourit Gwennola , se souvenant de la terreur de Job Alloadec , "et un petit reproche, je pense ; mais ne t'attarde pas sur les années passées, mon frère; là-bas repose le mécréant mort, en juste récompense pour le il a fait du mal, et nous ne pouvons pas tarder à voir ce qui se passe au château.

La pauvre fille était en effet en proie à une émotion fiévreuse, la pensée de ce que l'injustice pouvait déjà faire lui pesait comme du plomb sur le cœur, et pourtant elle ne pouvait pas avancer aussi vite qu'elle le désirait, voyant que le salut de l'homme qu'elle aimait venait. seulement avec des pas saccadés et douloureux, s'arrêtant de temps en temps en cas de malaise et de faiblesse. Et non seulement leur progression était lente, mais dangereuse, comme Gwennola le savait bien, car les hurlements venant de la forêt devenaient de plus en plus importuns. Si les loups échappaient à la vigilance de Gloire et se dispersaient en meute à l'air libre, la mort les attendait tous les deux, car Gloire, tout vaillant chien qu'il était, ne pouvait pas faire le poids contre le nombre de ce côté de la bruyère dénudée, tandis qu'à l'intérieur de la forêt, il pouvait esquiver et s'inquiéter. ses ennemis, gardant ainsi à distance plusieurs fois son nombre.

Yvon marchait plus sûrement à mesure qu'ils arrivèrent enfin à la lisière des arbres ; ses membres étaient moins à l'étroit, son cerveau plus clair, car l'ombre de la mort, qui le hantait depuis si longtemps, était dissipée par la voix lumineuse et les soins tendres de Gwennola . Pourtant, malgré cela, il ne semblait pas se rendre compte du danger actuel, qui devenait de plus en plus terrible.

Gwennola pouvait déjà voir, à travers l'obscurité presque totale, la lueur d'yeux cruels qui brillaient sur eux depuis le fourré, et un jour, une forme sombre et loup sauta sur le chemin juste devant eux, pour être repoussée par la fidèle Gloire, qui, saignant mais intrépide, gardait une vaillante garde autour d'eux. Beaucoup de bêtes étaient maintenant allées se battre sans retenue pour le repas qui les attendait sur la bruyère, mais avec des appétits aiguisés, elles reviendraient sous peu, et alors…

"Peux-tu marcher un peu plus vite, Yvon ?" murmura Gwennola avec un halètement, alors que les hurlements et les cris se rapprochaient et se faisaient plus insistants de tous côtés. Mais Yvon secoua la tête ; en fait, en essayant d'obéir à sa requête, il faillit trébucher et serait tombé sans son bras. "Hélas!" s'écria-t-elle avec un sanglot de terreur, "Yvon, nous sommes perdus... les loups..."

Un bref aboiement de colère de Gloire se transforma soudain en un joyeux cri de bienvenue, et Gwennola y fit écho avec un petit cri de surprise alors qu'un homme portant une torche enflammée se précipitait vers eux, s'arrêtant effectivement pour faire écho à son cri en apercevant les deux. personnages se tenant devant lui.

"Job... ah ! mon bon Jobik ", s'écria joyeusement Gwennola . « Tu vois, Yvon, nous sommes sauvés, nous sommes sauvés !

« Yvon... Monsieur Yvon ! balbutia Job, les yeux fixés avec émerveillement, non sans mélange d'horreur, sur le visage de son jeune maître. "Monsieur Yvon ! Mère du Ciel ! c'est impossible !" Et la peur qui s'emparait de l'honnête homme était si violente qu'il faillit lâcher la torche, et avec elle leur sécurité, car les loups, effrayés, comme ils le sont toujours, par la lumière, s'étaient enfuis en hurlant de déception, de retour dans la forêt.

"Non," dit Yvon en souriant faiblement, "c'est moi-même, bon Job, quoique plus dans les os que dans la chair, je le garantis."

« Monsieur Yvon », répétait encore Job, avec un émerveillement intact dans les yeux, « Monsieur Yvon ». Puis, lorsqu'il se rendit compte que, d'une manière miraculeuse, c'était bien son maître bien-aimé qui se tenait devant lui, il se mit à pleurer de joie, répétant ce nom encore et encore, comme pour se convaincre de ce qui était apparemment au-delà de la raison ou de la raison. compréhension.

"Non, imbécile", s'écria brusquement Gwennola , qui n'était pas d'humeur à ce moment-là, les nerfs tendus à craquer pour des larmes vaines. « Cesse de telles plaintes, ou attends un moment et un endroit plus propices pour donner libre cours à ta joie. Tu aurais vraiment des larmes pour remplacer le rire en retardant, quand… quand… » Elle s'interrompit brusquement, ajoutant sur un ton plus bas : » Et M. d'Estrailles ?... le chevalier français... qu'en est-il ? Ne restez pas là bouche bée, comme si vous attendiez que la lune vous engloutisse, comme elle l'a fait pour le pauvre Pierre Laroc , mais prenez le bras de M. Yvon, qui est faible, comme tu le vois . Là, soutiens-le bien, bon Job, et hâtons-nous d'avancer pendant que tu me le dis .

Son cœur battait vite alors qu'elle attendait avec impatience la réponse qu'elle redoutait tellement de connaître qu'elle devait se boucher les oreilles ou s'enfuir pour ne pas entendre dans la forêt. Mais l'esprit de Job était encore égaré par la joie et l'émerveillement, alors qu'il sentait la forme décharnée d'Yvon s'appuyer contre son gros bras et lisait la reconnaissance dans les grands yeux bleus, qui l'avaient regardé si désespérément, il y a à peine une semaine, depuis l'ombre de la forêt. .

Ce n'est que lorsque Gwennola eut réitéré sa question avec impatience que les événements antérieurs de cette étrange nuit revinrent dans son cerveau en lente rotation.

« Le chevalier français ? Il a répété. " Ah oui, mademoiselle, c'est Marie elle-même qui m'a envoyé à votre recherche, parce que, en vérité ! il semblerait que vous étiez allée dire adieu à quelqu'un dans la forêt qui est venu, mais bien malgré lui, au château. dire adieu à la vie. »

"Comment cela s'est-il produit ? Comment est-il arrivé là ? Qui a découvert sa cachette ? Non, tu ne me diras pas qu'il est déjà expédié", s'écria passionnément Gwennola .

"Quel est le hasard ?" » répéta Job en s'accrochant à la première question. "Non, maîtresse, cela je l'ignore. J'étais de garde à la poterne extérieure quand, il y a à peine deux heures, Marie vient vers moi en pleurant. " Il est pris, s'écria-t-elle. " Hélas ! le pauvre monsieur est pris, et mademoiselle mourra. Vous connaissez , mademoiselle, la langue stupide de ma sœur. D' abord je n'y comprenais rien, mais enfin il parut que M. de Coray avait appris, par un moyen que j'ignore, que le chevalier français était caché dans la forêt. ; il devina aussi sa cachette, mais n'en dit aucun mot à monseigneur, ordonnant seulement à six soldats, comme par ordre de monseigneur, d'être prêts peu avant minuit pour l'accompagner secrètement, et sans dire un mot à leurs camarades. de ce qu'ils firent. Il semblerait donc que M. de Coray les conduisit dans cette cachette si secrète et captura le pauvre chevalier, qu'ils ramenèrent au château.

"La stupide Marie était bouleversée de chagrin, et pour l'amour de mademoiselle, je l'avoue, mon cœur était aussi lourd, mais un soldat a son devoir, et c'est pourquoi je suis resté là où j'étais jusqu'à il y a une petite demi-heure, lorsque Marie revient vers moi . , blanc et pleurant encore plus fort. " Hélas ! " dit-elle, le pauvre monsieur, l'amant de mademoiselle, est condamné à mort ; seulement on lui a donné le temps que le bon père le dessèche de ses péchés, et alors, hélas ! il sera pendu, avant même l'aube. Après quoi l'insensé a pleuré sur mon épaule, et moi... j'ai pleuré aussi pour mademoiselle, car des péchés de ce monsieur je n'ai rien compris, sinon qu'il était faussement accusé du meurtre de monsieur Yvon. Mais aussitôt, Marie la sèche . pleure, et me commande d'allumer promptement ma torche et d'aller à votre recherche, mademoiselle, car elle craignait beaucoup pour votre sécurité, voyant que deux heures s'étaient écoulées et que vous n'étiez pas revenue. J'ai d'abord refusé, car je suis soldat, mademoiselle . , qui doit penser à son poste, mais lorsque Marie me représenta votre danger, et promit de bien garder mon poste jusqu'à mon retour, je n'hésitai plus, car, pour moi, j'avais aussi mes craintes en écoutant les hurlements de les loups. Et ainsi, mademoiselle, je suis venu, et les saints saints ont dirigé mes pas sur le chemin.

"Et il n'est pas mort ?" murmura Gwennola , avec un rapide souffle, alors qu'elle se précipitait en avant. "Il n'est pas mort?"

C'était le seul point qui restait dans sa mémoire de tout le préambule de l'honnête Breton.

"Non!" dit lentement Job. « On lui a donné le temps de se ratatiner, et le père Ambroise, étant malade, a dû être tiré avec précaution de son lit, et il me semble que le bon prêtre n'est pas du genre à se précipiter sur les dernières confessions de celui qui va à la mort ; Je pense qu'il vivra sûrement encore.

« Miséricordieuse Mère de Dieu, accorde-le ! s'écria Gwennola à l'agonie. " Ah ! vois, Yvon, nous sommes enfin près ; là-bas, c'est le château ; dans quelques minutes... "

On n'en dit pas davantage alors que les trois se précipitaient rapidement. Job portait presque Yvon dans ses bras vaillants, tandis que Gwennola brandissait la torche flamboyante. Un trio étrange sur lequel brillait véritablement la lumière jaune : les traits maigres et émaciés et la forme tombante du malade ; le soldat breton aux cheveux épais, aux sourcils noirs, aux yeux honnêtes et étonnés et à la barbe touffue ; et la silhouette élancée en robe sombre, au visage pâle et angoissé, aux yeux avides et à une masse de boucles rouge-or, d'où la capuche était tombée.

Aucun mot ne fut prononcé alors même qu'ils passèrent devant la poterne extérieure, où Marie étonnée tenait toujours la garde impatiente, mais ils s'enfuirent rapidement à travers l'obscurité de la petite chapelle, jusqu'à ce qu'ils s'arrêtèrent longuement et écoutèrent à l'ombre des tapisseries qui traînaient dans la grande salle. La lumière flamboyante des torches fixées dans les cornières de fer des murs révélait une scène étrange. Près de la longue table était assis le sieur de Méréac , et à ses côtés Guillaume de Coray , le premier, juge sévère et implacable, le second, accusateur moqueur et triomphant ; au premier plan, un petit groupe de soldats entourant la silhouette haute et élancée du condamné, les mains étroitement liées derrière lui, même en route vers l'exécution, et à ses côtés la forme en robe noire du vieux confesseur.

Même si d'Estrailles leur tournait le dos, ceux qui se tenaient là dans l'ombre pouvaient voir l'allure fière de son air alors qu'il écoutait les dernières paroles de son juge.

« Henri d'Estrailles , dit sévèrement le vieillard, vous êtes reconnu coupable et condamné à mort ; meurtrier et traître que vous êtes, la mort d'un criminel met fin à une telle vie. La vie de mon fils que vous n'avez pas épargnée. prenez par des moyens ignobles et cruels, et plus encore, en récompense de l'hospitalité que je vous ai tous involontairement accordée, vous m'avez volé l'âme d'une fille. Lâche et scélérat ! avez -vous fait la paix avec Dieu ? eh bien, car même dans la mort, la main de tout homme vrai et droit sera contre toi.

"Non, mon fils," interrompit doucement le père Ambroise, "prenez garde à la façon dont vous condamnez injustement un homme dont mon âme me dit qu'il est innocent. Non, ne froncez pas les sourcils, mais écoutez l'avertissement d'un vieil homme qui, dès sa plus tendre enfance, a J'ai appris à lire dans le cœur des hommes. N'ai-je pas encore écouté les confessions de quelqu'un sur le point de passer au jugement de Celui avec qui aucune tromperie n'est possible ? et, face à l'éternité elle-même, il regarderait en arrière ses semblables avec des mensonges. sur ses lèvres ? Je vous le dis, non, sieur de Mereac , non, cent fois ! Et ainsi je vous dis qu'ayant lu les secrets de l'âme de cet homme, je le trouve innocent du crime dont il est accusé.

"Non, mon père," interrompit de Coray avec un ricanement, "vous parlez bien, mais, sachez-le, c'est *moi* qui ai vu cet homme porter le coup même qu'il nie si facilement; *moi* qui l'ai vu se glisser si perfidement derrière mon pauvre parent, le noble jeune Yvon, et je l'ai fendu du front au menton avant qu'il puisse se retourner pour voir son ennemi ; *je* ... »

"Menteur!"

Ce seul mot résonna dans le couloir comme le son provocateur d'une trompette, alors que tous se tournèrent pour voir, debout contre la tapisserie, la grande silhouette décharnée d'un homme.

# CHAPITRE X

Pendant quelques minutes, un silence haletant régna. Tous les yeux semblaient en effet rivés sur cette étrange silhouette émaciée, qui s'appuyait à moitié, comme pour se soutenir, contre la forme élancée de Gwennola alors qu'elle se tenait à côté de lui, son visage pâle maintenant rougi par la joie et le triomphe, alors qu'elle regardait depuis le bond, figure impuissante entre les soldats envers son père.

Le sieur de Méréac s'était levé et se tenait debout, une main tremblante agrippée au dossier de sa chaise, l'autre se protégeant les yeux, comme si la lueur vacillante d'une torche lui aveuglait la vue, tandis qu'il regardait avec un émerveillement muet vers l'orateur. Puis, alors que les yeux bleus rencontraient les yeux noirs avec une lumière de reconnaissance jaillissante, un autre cri, plus hésitant, mais tremblant d'un émerveillement de joie, retentit dans le silence :

"Yvon ! Yvon ! mon garçon ! mon garçon !"

Pour l'époque, tout était oublié : prisonniers, accusateurs, faux et vrais ; Pour le vieil homme qui s'avançait à grands pas, les bras tendus, le monde, pour le moment, ne contenait rien d'autre que cette silhouette hagarde et échevelée , et les yeux bleus de son fils perdu depuis longtemps et pleuré depuis longtemps.

"Père", cria Yvon avec un sanglot, en s'avançant en titubant pour le rencontrer. "Père, enfin !"

De Coray s'était levé avec un juron, moitié fureur, moitié consternation, tandis qu'Yvon de Mereac lançait son défi à travers la salle.

Même s'il n'avait pas rêvé que son coup n'avait pas été fatal dans ce sombre bois de St Aubin du Cormier, il était assez vif d'esprit pour en deviner vaguement la suite, sa conclusion se tirant plus facilement du fait de la présence inexpliquée de son ancien camarade et défunt ennemi, François Kerden . Sans se donner le temps ni la peine de remettre à leur place chaque pièce du puzzle, il saisit le sens de l'ensemble et se rendit compte que c'était bien Yvon de Mereac qui se tenait devant lui, et aussi que sa propre position était celle d'un danger imminent. .

Ces calculs passèrent comme un éclair dans son esprit prêt alors qu'il cherchait avidement autour de lui un moyen de s'échapper. Personne ne le remarquait ni ses mouvements, toute l'attention étant fixée sur les deux personnages centraux du petit drame. Tous sauf un, car, en se retournant, il rencontra le regard sympathique et compréhensif de Pierre le fou. Le fait que l'étrange bouffon nain ait manifesté pour lui une dévotion inexplicable avait plus d'une fois intrigué de Coray, peu habitué comme il l'avait jamais été à être aimé pour lui-même, et il était plus qu'à moitié enclin à traiter les ouvertures du petit bonhomme avec soupçon. Mais dans la crise actuelle, il vaudrait mieux avoir même un imbécile pour ami plutôt que pour ennemi, et de Coray , obéissant aux signes évidents de Pierre, se glissa inaperçu derrière la tapisserie.

"Vite, monsieur !" murmura le garçon à son oreille. " Vous êtes encore inaperçu, mais il ne faut pas tarder. A votre droite, monsieur, il y a là un passage qui mène à la chapelle. Il me semble que peu de gens le savent, sauf moi-même. La poterne extérieure n'est pas gardée ; nous pouvons nous échapper vers la forêt."

Ne refusant pas de se laisser guider par un allié aussi prompt, de Coray le suivit, la main cependant sur son épée, prêt à la dégainer s'il avait des raisons de soupçonner une trahison. Mais Pierre n'avait apparemment pas une telle intention, et peu de minutes après, ils atteignirent tous deux l'abri de la forêt.

Ne sachant guère où il allait, de Coray se précipitait à côté du garçon, une rage noire au cœur en se rappelant avec quelle rapidité la situation avait été renversée contre lui par la jeune fille qu'il avait eu l'intention de forcer à se marier avec lui, et avec quelle complète été son triomphe. Encore cinq minutes seulement, et au moins un témoin à charge aurait été écarté de son chemin, le seul témoin en effet qu'il aurait dû craindre, comptant sur son esprit vif pour tisser quelque nouvelle fiction pour expliquer son erreur en supposant qu'Yvon de Mereac mort. Maintenant, il avait l'impression, même au moment de la fuite, qu'en s'échappant ainsi, il supprimait la dernière possibilité de tromper son oncle et de le rendre incrédule à la parole du Français, couplée à la réapparition d'Yvon. Pourtant, il n'osait pas rester, car derrière tout cela se trouvait le risque que Kerden soit découvert et aveu ultérieur, ce qui pourrait bien le condamner au-delà de tout espoir de réparation, et peut-être le mettre à la portée de l'étau qu'il avait espéré voir se resserrer autour du cou d'un homme. homme innocent.

Coray pouvait bien ressentir un profond désespoir alors qu'il commençait à se rendre compte plus clairement du désespoir de sa position s'il était capturé - et pourtant une telle capture était imminente. Une fois persuadé de sa trahison, il fut assuré que de Méréac ne ménagerait aucun effort pour le retrouver et le traduire en justice, et qu'une telle persuasion serait facile, il n'en doutait pas, puisque sa propre fuite scella sa culpabilité.

"Imbécile", s'écria-t-il avec colère, en s'arrêtant brusquement sur le chemin forestier qu'ils parcouraient, "où me conduis-tu ? Je te dis qu'il y aura une poursuite, et moi, errant ici à pied, seul, je dois être obligé d'être poursuivi." capturé sans espoir de s'échapper. Et, dans sa fureur , il se tourna vers le nain, qui le regardait avec un visage où la ruse et la peur se mêlaient à une expression étrange, à moitié comique, de dévotion de chien.

— Non, monsieur, dit Pierre d'un ton dédaigneux, en écartant les mains comme pour arrêter le mouvement que faisait de Coray pour tirer son épée. "Aussi fou que je sois, monsieur découvrira que j'ai encore de la sagesse dans mon crâne épais." Et il hocha gravement la tête en se tapotant le front. "Oui," dit-il pensivement, "Pierre le fou a des yeux, des oreilles aussi, et il dit à monsieur : Dépêchez-vous, car il n'y a de sécurité que dans la fuite."

"Sécurité!" » répéta amèrement de Coray ; " Oui, je pense que la sécurité est telle que je mérite de me confier à vos conseils. Comment, en vérité, Sir Wise Fool, voudriez-vous que j'échappe aux coursiers rapides et aux lames tranchantes de de Mereac ? Pensez -vous que lui et ses serviteurs sont aussi ennuyeux ? Tu es plein d'esprit et de vue, espèce de singe d'iniquité ? »

Le garçon recula comme frappé par un fouet, levant ses mains maigres comme pour se protéger d'un coup.

« Ah ! monsieur, écoutez, » gémissait-il, « et ne vous fâchez pas contre quelqu'un qui mourrait pour vous. Non ! ajouta-t-il avec empressement, piqué par le ricanement de de Coray , "monsieur *croira* . Voyez, tout au fond de la forêt est une cabane, petite mais bien abritée; c'est là qu'habite ma sœur Gabrielle, qui bénit le nom de monsieur la nuit dans ses prières. pour l'argent qui nous a sauvé de la misère lorsque le loup affamé a frappé bruyamment à la porte il y a quelques jours. Dans cette cabane, monsieur sera caché en toute sécurité, peut-être, quelques heures seulement, tandis que Pierre, le fou, veillera pour voir où se trouve son les ennemis chevauchent ; puis, quand le danger lui tourne le dos, monsieur montera et chevauchera jusqu'à l'endroit où il sera en sécurité.

De Coray s'éclaircit, même s'il regarda d'un air dubitatif le visage plissé et tourné vers le haut, comme s'il était toujours méfiant.

« Si tu me trahis , tu mourras, mon garçon, » dit-il d'un ton menaçant ; puis, d'un ton plus aimable, " néanmoins, si tout se passe comme tu le dis et que je m'échappe, Guillaume de Coray ne sera trouvé ni un maître peu généreux ni oublieux. "

Avec un sourire fin, le bouffon se baissa pour baiser la main qui lui était tendue, puis, se redressant, dit avec la simple dignité de sa race, qu'elle soit noble ou paysanne :

"Monsieur, moi aussi je suis Breton."

" Continuez, " dit de Coray péremptoirement, " pour le reste, nous verrons. "

Les loups, qui hurlaient encore lamentablement dans les parties éloignées de la forêt, ne molestaient pas les deux voyageurs tandis qu'ils se précipitaient en route, même si de temps en temps de Coray se mettait en mouvement avec toute la nervosité d'un homme coupable alors qu'une branche ou une brindille se cassait sous leurs pattes ou un oiseau de nuit effleurait leur visage dans l'obscurité avec ses ailes.

L'aube teintait déjà légèrement le ciel à l'extrême-est lorsque Pierre s'arrêta devant la porte d'une cabane si pittoresquement construite contre un rocher en surplomb qu'il était facile de passer inaperçu.

« Voyez, monsieur, dit-il pensivement, il ne fera pas bien d'entrer maintenant ; il se peut que bientôt les ennemis de monsieur penseront à la cabane de Pierre le fou, car il y en a qui ne la connaissent pas seulement. , mais de l'amour que je vous porte ; c'est pourquoi il vaudrait mieux se réfugier jusqu'au jour dans une cachette sûre. Tenez, monsieur, voici quelqu'un qui se moquera de ceux qui poursuivent ! Et avec fierté, le garçon montra une fissure profonde dans le rocher voisin, si soigneusement dissimulée qu'un homme pouvait se coucher en parfaite sécurité entre les deux hauts rochers sans craindre d'être découvert. "Monsieur se reposera ici jusqu'à ce que le danger soit passé", observa Pierre en agitant une main maigre vers la fissure du rocher, de l'air d'un hôte qui invite son hôte à partager sa somptueuse hospitalité, "et ensuite la petite Gabrielle veillera, de même qu'elle pourvoira aux besoins de monsieur.

"Et pour toi ?" » demanda brusquement de Coray , encore méfiant.

Le bouffon haussa les épaules et étendit les mains avec un geste de suffisance.

" Pour moi, monsieur, je retourne au château, car il ne serait pas bien que je manque. Soyez assuré, monsieur, que mes oreilles et mes yeux seront ouverts, pour que le soir, à mon retour, il y ait des nouvelles qui vous guidera dans votre voyage."

"Voyage!" s'écria amèrement de Coray ; " Un voyage long et sûr, je le pense , sans cheval ni provisions pour le chemin ; ce sera un voyage dans les bras de mon bon oncle, je pensais, et, par la barbe de saint Gildas , je pense que son étreinte sera rare à mon goût."

Mais Pierre secouait la tête d'un air de sagesse supérieure.

"Monsieur me juge mal", dit-il avec reproche. "Pierre le fou est sûrement moins fou que ne le laissent entendre les paroles de monsieur. Ce soir, à mon retour , j'amènerai une flotte de chevaux et au pied sûr, ainsi que des nouvelles de la poursuite des ennemis de monsieur; le reste, si monsieur monte avec prudence, sera être tout à fait facile.

Les paroles du garçon étaient rassurantes, ses manières simples et directes, et, malgré les craintes intérieures qui doivent toujours hanter un homme dont les voies sont tortueuses lorsqu'il veut se confier à l'honneur d'autrui, de Coray fut forcé : par nécessité, d'accepter les promesses d'assistance apparemment honnêtes de Pierre. Pourtant, enfermé dans sa sombre cachette, le traître sentait croître rapidement les scrupules et les craintes intérieures, couplés à la crainte d'être capturé. Un examen rapide de ses projets brisés lui montra à quel point l'espoir de grâce devait être minime s'il tombait entre les mains de son parent indigné.

Le tissu de mensonges qu'il avait tissé autour d'Estrailles et de Gwennola de Mereac allait maintenant se jeter contre lui et constituer de nouvelles voix d'accusation à mesure que ses véritables motivations et ses propres actes meurtriers seraient mis en lumière. Tandis qu'il pensait à tout cela, il ne pouvait s'empêcher de jeter un regard avec une vague effroi sur son passé enveloppé. Personne ne devinait la voie traîtresse qu'il avait parcourue si allègrement depuis sa jeunesse. Avec une honte qui n'était pourtant qu'un orgueil à demi moqueur de sa finesse et de sa ruse, il se rappela comment lui, noble de Bretagne, s'était contenté de devenir un outil entre les mains de l'infâme Landais, et pourtant, tout en gagnant une riche récompense pour ses services, avait échappé au sort de son maître de basse naissance, lorsqu'un peuple indigné et trop patient avait fait justice lui-même et avait pendu le tyran au mépris de son souverain duc. Puis il se souvint, allongé là, regardant en arrière, comment il s'était souvenu de ses parents de Mereac et, chevauchant vers l'ouest, était venu, comme un oiseau de mauvais augure, pour s'attaquer à un héritage qu'il trouvait bien à son goût. . La mort perfide du jeune héritier lui avait semblé un coup de maître, et à peine l'avait-il cru accompli en toute sécurité, qu'il se mit à l'œuvre pour s'attirer les bonnes grâces du vieux sieur et de sa fille.

Mais Gwennola s'était révélée être une pierre d'achoppement pour ses ambitions, et estimant que son père, dévoué à cet unique enfant survivant, serait susceptible de lui laisser toute la fortune qu'il serait possible de diviser de l'héritage de ses terres, il décida de l'épouser - non pas qu'il l'aimait; mais, bah ! qu'importe ? Il ne se souciait pas non plus que la jeune fille ne prenne aucune peine à cacher sa haine à son égard. Cela plaisait à la cruauté inhérente à sa nature de causer de la douleur, et cela lui plaisait de voir le frisson qui la secouait lorsqu'il faisait allusion, avec une dévotion moqueuse, à leur union. Pour le mépris qu'il avait enduré de sa part, il se promettait une charmante et longue vengeance lorsqu'elle serait sa femme. Maintenant, à son grand regret, ses rêves furent brisés en un instant et, au lieu de l'héritier présumé et de l' invité d'honneur , il se retrouva un meurtrier traqué, déjà condamné sans procès, et tout cela, se dit-il amèrement, à travers les machinations d'un homme. la jeune fille et son amant – un amant qu'il avait été sur le point de jeter dans la tombe d'un criminel en récompense de sa présence intempestive à Mereac .

En réfléchissant ainsi, de Coray tomba dans un profond sommeil, épuisé par les événements d'une journée longue et désagréablement excitante, et ne se réveilla que lorsque les chauds rayons du soleil frappèrent vers le bas, envoyant de longs et brillants rayons de lumière presque jusqu'au cœur. des ombres sombres de sa cachette.

Consumé par la faim et la soif, il lui fallut encore un certain temps avant de pouvoir rassembler suffisamment de courage pour sortir de son antre. C'était une journée d'un soleil éblouissant qui illuminait même les profondeurs de cette forêt grise et sombre, et pendant un moment de Coray resta là, clignant des yeux, comme un hibou soudainement dérangé, avant que sa vue ne s'habitue à l'éclat brillant. Bientôt, cependant, il remarqua la silhouette élancée d'une jeune fille assise sur le seuil de la cabane, à côté de son rouet. Un assez joli tableau se formait ainsi : le fond sombre de la forêt, la cabane forestière pittoresque et délabrée, et des rayons égarés de gloire dorée illuminant la figure du premier plan, dans sa robe pittoresque et son bonnet de paysanne bretonne, une robe qui mettait en valeur à merveille la beauté du visage penché sur la roue bourdonnante. C'était en fait plutôt un visage de madone que de simple paysanne, car la beauté ne résidait pas seulement, ou surtout, dans l'ovale délicat de ses joues, la régularité de ses traits ou la luxuriance brillante des longues tresses de cheveux noirs. qui tombait sur ses épaules, mais dans l'expression douce et tendre de ses lèvres et de ses yeux sombres, qui se levèrent rapidement pour rencontrer le regard curieux de de Coray .

Une soudaine bouffée de joie, plutôt qu'une pudeur virginale, embrasa les joues de la jeune fille alors qu'elle se levait précipitamment et, avec une profonde révérence, accueillit son visiteur.

À sa grande surprise, de Coray se trouva traité avec un respect et une gratitude totalement débloqués. Il était évident que son frère n'avait pas prononcé un mot sur le véritable caractère de son patron ni sur la raison de ses difficultés actuelles, mais qu'au contraire il avait chanté de tels éloges aux oreilles de sa simple sœur qu'elle considérait de Coray comme un pauvre saint persécuté .

C'est donc une expérience étrange qu'il faut prendre pour ce qu'on n'est évidemment pas, et de Coray écouta, mi-amusée, mi-satisfaite, ses paroles de gratitude timides et hésitantes.

Les soupçons qui pesaient dans son cœur sur la fiabilité de sa petite alliée s'évanouirent devant la vérité évidente des yeux sombres de sa sœur, et involontairement il fit un effort pour assumer le rôle qu'elle lui avait si innocemment donné . C'était à nouveau le loup déguisé en mouton, mais cette fois le loup était plus soucieux de cacher sa propre peau sombre que de dévorer l'agneau confiant.

Ainsi, une fois le repas terminé, ils s'assirent là ensemble, ces deux compagnons mal assortis, pendant que, dans des phrases encore timides mais plus confiantes, Gabrielle racontait à son visiteur l'histoire simple de sa vie. C'était si simple, si humble, et pourtant, alors qu'il était assis à ses côtés, observant la beauté innocente de son visage et écoutant ses paroles murmurées, interrompues comme elles l'étaient par un éclat occasionnel de chants d'oiseaux venant des bois chuchotants autour, il semblait une véritable idylle de beauté.

Le mirage d'une expérience entièrement nouvelle s'était glissé sur l'homme cruel et intrigant aux nombreux crimes alors qu'il était assis là, attendant que le crépuscule tombe, le mirage qui plane sur les jours de la petite enfance et de l'innocence, et semble murmurer des choses saintes et beau. Cela le ravissait avec une nouvelle idée de ce que pourrait être la vie et le faisait reculer, consterné, par rapport à ce qu'il avait déjà été.

C'était une honte, et pourtant non sans douceur, de se voir reflété dans les yeux de cette paysanne comme un noble chevalier dont la bonté et l'honneur intact avaient déjà été le thème de ses pensées de jeune fille, et il frissonna presque en imaginant comment la lumière de le respect et l'admiration disparaîtraient de son doux visage si elle connaissait la vérité.

"Ah, monsieur," murmura Gabrielle alors qu'elle s'arrêtait dans son travail chargé pour regarder là où il était assis, "mon cœur me fait mal à l'idée de la cruauté de ceux qui cherchent à vous faire du mal, et je ne peux pas non plus concevoir comment un si bon et noble comme le sieur de Mereac pouvait être aussi trompé par des langues mensongères.

De Coray haussa les épaules. "Non, mademoiselle," dit-il négligemment, "sans doute avec le temps le noble sieur découvrira son erreur et regrettera son jugement précipité; pour le reste, si je peux rouler en toute sécurité jusqu'à mon propre château à Pontivy, je n'oublierai pas le secours que vous et votre frère avez apporté.

"Non," s'écria doucement la jeune fille, "monsieur ne doit pas parler de récompense pour ce que nous avons été heureux de donner; monsieur nous a déjà sauvé du besoin, car, voyez-vous, j'étais malade, je ne savais que peu filer, et mon frère n'avait que peu d'argent à me donner, jusqu'à ce que monsieur, dans la générosité de son cœur, lui donne beaucoup d'argent, pour lequel Notre-Dame et tous les saints vous bénissent à jamais, monsieur, et vous délivrent des mains des cruels. Hommes."

"Non," dit vaillamment de Coray , "il me semble, belle fille, qu'un des saints les plus doux a déjà entrepris ma délivrance."

Elle le regardait innocemment, ne comprenant pas le compliment qu'il voulait lui faire, voyant que ses pensées n'étaient pas pour elle, mais pour lui.

Et ainsi ils restèrent là, parlant doucement, selon le charme et le glamour du moment, et elle lui raconta avec la simplicité d'un enfant comment elle vivait ici seule dans la cabane forestière, toute seule, tournant pour la plupart, pendant elle était boiteuse et marchait peu, et comment son frère Pierre venait souvent la voir, quand c'était possible. Et au nom de Pierre, ses yeux s'attendrissaient, car son amour pour lui était grand. Ah ! le pauvre petit Pierre ! lui qui aurait été un si vaillant soldat sans son affliction. Le pauvre Pierre ! Il y avait longtemps que le sieur de Mereac , chassant dans ses forêts, était passé devant la petite cabane où vivait François Laurent avec sa femme et ses deux enfants, et hélas ! le petit Pierre, jouant là-bas au soleil, s'était arrêté pour contempler les gais atours de la cavalcade plutôt que de courir à l'abri des bras de sa mère, de sorte qu'un des chevaux l'avait heurté aux pieds et lui avait blessé la colonne vertébrale.

C'était l'histoire du pauvre Pierre ; c'est pourquoi, au lieu d'être un homme fort et vaillant, il devait traverser la vie en incarnant le tordu et chétif Pierre le fou. Il est vrai que le sieur de Méréac regrettait ce qui était arrivé, et quand Pierre fut assez grand , il l'avait pris à son service, et trouvant que ce garçon au visage pointu avait de l'esprit, l'avait rendu bouffon, avec Petit Pierre le singe. pour entreprise.

Mais pour elle-même ? demanda de Coray . N'avait-elle pas eu peur de vivre seule dans une cabane si désolée, avec pour seule compagnie les hurlements des loups et les gémissements du vent ?

La petite Gabrielle sourit. Sûrement pas! Comment pouvait-elle avoir peur, alors que la Sainte Mère de Dieu et tous les saints étaient là pour la protéger du mal ? L'innocence si simple et enfantine s'oppose à la culpabilité et au crime, qui vont toujours de pair avec la peur et la terreur ; et encore une fois, de Coray , regardant dans ses grands yeux sombres, ressentit un frisson de joie à l'idée qu'elle ne le connaissait pas pour ce qu'il était ; car en vérité, s'il avait passé cette longue journée de peurs secrètes et de suspense avec un ange venu du ciel, aucune main plus douce et plus purificatrice n'aurait pu être posée sur la noirceur durcie de son cœur, le faisant bondir avec un désir soudain, vague mais momentané. vers ce qui était pur, noble et bon.

donc , et ni Pierre ni ses ennemis n'étaient venus ; mais alors que le temps sombre et mystérieux des ombres passait dans l'obscurité de la nuit, les deux observateurs aperçurent à travers les arbres la silhouette approchante d'un garçon conduisant un cheval par la bride.

"C'est Pierre !" » s'écria Gabrielle joyeusement, et elle se leva de son travail, même si elle attendit toujours dans l'embrasure de la porte que son frère vienne vers elle, souriant d'abord de bienvenue sur son visage rouge et heureux, avant de se tourner vers de Coray .

« Monsieur, dit-il en s'inclinant d'un grand coup de sa grande casquette de fou, ce qui semblait plus une moquerie que de la déférence, même s'il ne le pensait peut-être pas, monsieur, tout va bien. Les ennemis de monsieur se dirigent vers Nantes et Angers ; Il est évident qu'ils ont oublié une demeure aussi humble que celle de Pierre le fou. D'ailleurs, il me semble qu'ils ne me soupçonnent guère de vous aider, vu que j'ai été trouvé endormi ce matin entre les bons chiens Gloire et Reine.

"Et la forêt ?" interrogea vivement de Coray .

" Qu'ils ont aussi fouillé, monsieur, bien que cela ne soit pas encore évident avec assez de soin ; monseigneur a en effet ordonné que tous les coins de la Bretagne soient fouillés jusqu'à ce que vous soyez trouvé, et a offert une belle récompense pour votre capture, mais pour le moment. lui-même est trop occupé de s'occuper de M. Yvon pour diriger les recherches en personne.

De Coray sourit, jetant un regard de côté vers Gabrielle, qui était entrée dans la cabane pour préparer le souper, et il ajouta plus bas :

— Avez-vous entendu parler, mon ami, d'un certain Kerden ? En me cherchant, ont-ils découvert, par hasard, un homme qui porte ce nom et qui, je pense, pourrait encore hanter vos bois ?

Pierre leva les yeux pour répondre à la demande de son patron avec un regard aussi astucieux que celui de de Coray .

« Monsieur, dit-il simplement, il paraît que ce Kerden ne hantera plus en chair et en os la forêt d' Arteze , et si tout ce dont on parle au château est vrai, le diable aura été trop prompt à l'emporter. l'esprit à sa place pour lui laisser la chance d'errer là-bas à la tombée de la nuit.

"Mort?" répéta de Coray avec un long soupir de soulagement. "Tu en es sûr ?"

- En vérité, répliqua Pierre, si l'on peut se fier assez à la parole de mademoiselle et aux gueules sanglantes de Gloire. Le chien l'a tué, dit-on, là-bas sur la lande, où les courils dansent les nuits de lune ; mais monsieur fera bien de ne pas tarder plus longtemps. Voyez, le cheval est bon et frais aussi ; il y a aussi des provisions pour un voyage, bien qu'il me semble qu'elles aient été préparées pour que d'autres mâchoires que celles de monsieur consomment, mais elles goûteront. mais cela n'en est pas moins doux. Et l'étrange garçon rit joyeusement de sa plaisanterie.

"Non, c'est le coursier du Français !" s'écria de Coray en jetant un coup d'œil sur le cheval bai que Pierre tenait par la bride. " Tiens ! mon ami, je le connais à son étoile blanche et à ses oreilles coupées. Mais comment l' as -tu trouvé, petit coquin ? Il me semble que monsieur là-bas n'aurait pas un désir assez ardent de m'échapper au point de me prêter son propre destrier ? "

"Non," répondit sagement Pierre, "en cela vous dites vrai, monsieur; mais je vais vous expliquer. Le cheval du chevalier français que j'ai découvert il y a deux jours, lorsque Petit Pierre et moi allions à minuit sur les traces de mademoiselle; c'était il est resté à l'écurie près de la chapelle du frère brun, et y est resté jusqu'à présent. Il me semble que, dans sa sortie attendue de la vie actuelle, les pensées de monsieur étaient trop occupées avec la suivante pour se souvenir de son pauvre cheval; et ainsi ce matin, avant mon retour . Au château, j'ai visité le hangar et j'ai détaché la pauvre bête, et, après lui avoir donné à manger, je l'ai conduit dans une partie éloignée de la forêt, où je l'ai attaché, confiant dans les saints qu'aucun ne devrait passer par là. ... Aussi près de la chapelle je découvris un panier de provisions que les soins attentionnés de la belle mademoiselle avait préparé pour son amant ; celles-ci aussi je les appropriai pour les besoins de monsieur, donc je pense que pour un imbécile j'ai bien fait. N'est-ce pas alors, monsieur ?

« Non, » dit chaleureusement de Coray , « tu as bien fait vaillamment, mon ami, et grande sera ta récompense en temps voulu, bien que pour le moment une vaine gratitude doive être ton gage ; mais quand la fortune me sourira une fois de plus, alors il y aura des sourires dorés pour toi aussi, mon mannequin, comme aussi pour ta douce sœur ici.

"Oui," répondit Pierre en se redressant fièrement en ouvrant la voie à son humble demeure, "si paysans que nous soyons, monsieur, il y a encore de la noblesse aussi dans le sang des Laurents d'Artéze, car vraiment dans les veines de nos ancêtres avaient le sang du roi Arthur lui-même et de la célèbre Morgane. N'est-ce pas, Gabrielle ?

La jeune fille souriait de l'un à l'autre.

« Non, mon frère, » répondit-elle doucement, « c'est ce que nos parents nous ont dit, mais je sais bien qu'il y a une meilleure vérité dans les paroles de notre père, que la noblesse appartient à l'âme plutôt qu'au corps, et peu importe qui. nos ancêtres l'étaient, tant que nous cherchions nous-mêmes l'honneur et la vertu pour nos conjoints.

— Mademoiselle est sage, dit doucement de Coray en rencontrant son regard. Et, à sa grande honte peut-être, le sien ne tomba pas sous le regard inébranlable, mais le rencontra, comme s'il chérissait lui aussi les idéaux imprimés sur son jeune front pur.

Néanmoins, peut-être que son cœur, si faux soit-il, lui faisait des reproches alors qu'il s'éloignait dans l'obscurité de la nuit, emportant avec lui le souvenir d'un visage tourné vers le haut, plein de confiance et de respect doux et confiants, et des yeux qui le saluaient par un nom. il ne l'avait jamais su.

# CHAPITRE XI

"Et alors on se dit adieu, mon Henri ?" soupira tristement Gwennola , et il y avait des larmes dans les yeux bleus levés vers le beau et sombre visage d' Henri d'Estrailles .

"Non, plutôt, 'au revoir', ma douce," répondit-il tendrement, "même si je pense que c'est assez difficile à dire."

Ils se tenaient, ces deux-là, sur l'allée en terrasse, au bord de la rivière. Au-delà d'eux s'étendaient les ténèbres grises de la forêt, avec son air de tragédie et de mystère, et derrière eux le château, dressé aux abords d'une lande morne, sinistre et menaçant. Mais autour d'eux, la vie prenait une note plus joyeuse ; le soleil de l'été jouait parmi les fleurs et les fleurs des vergers, et les oiseaux chantaient doucement dans les branches au-dessus. Par-dessus tout, la jeunesse et le bonheur se souriaient mutuellement l'heureuse histoire, ancienne et toujours nouvelle, d'amour et de dévouement. Pourtant, même dans la tendre beauté du présent, la musique de la joie a joué un rôle mineur dans le triste mot d'adieu.

Il était difficile – si difficile – de se séparer, alors que l'amour venait tout juste de naître, et pourtant ils devaient se séparer. Le sieur de Mereac fut inflexible dans sa décision.

Convaincu de l'innocence de d'Estrailles , il avait présenté à son hôte blessé les excuses courtoises qui lui étaient dues, des excuses aussi sincères que chaleureuses, bien que l'on puisse peut-être attribuer un petit blâme à sa conduite, vu ce qui s'était passé ; tandis que des excuses n'auraient eu que peu de valeur si Yvon de Mereac avait paru quelques instants plus tard dans la salle du jugement.

Grande et amère avait été la colère et la mortification du vieux noble en découvrant que son propre parent avait dû jouer un rôle si ignoble, et terrible était le châtiment par lequel il avait juré de le récompenser.

Mais même dans son désir de réparer une injustice presque consommée, Gaspard de Méréac fit la sourde oreille aux plaidoiries de d'Estrailles concernant sa fille. Pour lui, c'était une chose tout à fait incompréhensible qu'une Mereac puisse s'accoupler avec l'ennemi naturel de son pays, car ici, à la frontière du duché distrait, la haine de la France était attirée dès le premier souffle de vie.

Ce n'est qu'à la fin, cédant à contrecœur aux supplications de sa bien-aimée, qu'il accepta de temporiser. Si la mission du comte Dunois avait réussi et si le lien entre ennemis mutuels avait été cimenté dans un lien d'amour et de mariage, alors peut-être, si Gwennola était toujours inchangée, les préjugés naturels céderaient le pas et les fiançailles entre les deux seraient autorisées. Pourtant, même cette temporisation n'aurait guère été possible si de Mereac ne s'était pas convaincu de la certitude du rejet par sa duchesse de toute offre d'union entre elle et l'homme qu'elle doit nécessairement considérer comme son ennemi le plus acharné, au mépris de la vérité qu'elle avait déjà confié au roi des Romains.

Ainsi le vieux Breton rusé, ne cédant en rien à son projet de marier sa fille à son propre compatriote, consentit extérieurement à des conditions peu susceptibles d'être remplies, et fit ainsi taire les importunités de l'enfant qu'il adorait et de l'homme qu'il avait si près de se réaliser. injustement condamné à mort. Mais à Yvon il confia son dessein secret.

" Ce n'est qu'un caprice passager d'une jeune fille insensée, " dit-il légèrement, " et un caprice qui ne doit pas être pris au sérieux, mon fils ; pourtant il est plus sage de céder en apparence, car, si je me suis opposé à sa volonté, la petite Gwennola elle soupirerait et pleurerait comme n'importe quelle jeune fille amoureuse , telle que nos ménestrels l'imaginent, avec laquelle faire tourner la tête d'autres jeunes filles idiotes ; mais si elle réussit, elle oubliera bientôt un étranger lorsqu'un autre noble amant viendra lui faire la cour. Non, non, l'enfant est une Mereac trop vraie pour aimer longtemps un amant français ; un autre va bientôt lui voler la fantaisie de son cœur et en laisser une plus vraie à la place. Alain de Ploërnic cherche une épouse, et où trouvera-t-il une plus belle. ou une plus douce que la demoiselle de Méréac ?

Ainsi, le vieux père construisait ses projets, sans le savoir de l'esprit de sa fille, en rêvant ; ces servantes, en vérité ! doivent nécessairement être tous d'un même modèle, et suffisamment prêts à changer d'amants sur ordre d'un père, ou parce que, par hasard, le nom de l'un d'entre eux sonnait mal à l'oreille d'un père, sans se soucier du fait qu'il s'agissait ici d'un lapsus de sa propre volonté sévère et de fer. une souche qui, ayant trouvé son compagnon, ne répondait à l'appel d'aucun autre, même à l'ordre d'un parent, si aimé soit-il.

Ainsi, sur la terrasse, se promènent les amants si disparates et pourtant si fidèles, jurant une constance et une vérité éternelles, et dans la salle du château, le sieur de Méréac sourit de la sagesse de son serpent retrouvé, puis chassa complètement de son esprit les mauvais esprits. Il pensa à l'amant indésirable de Gwennola , pour se tourner plutôt vers l'homme à qui il avait promis la foi de sa fille et jurer de se venger du cerveau subtil qui avait si près de provoquer la ruine de sa maison. Même dans sa haine raciale, il ne pouvait s'empêcher d'admettre qu'Henri d'Estrailles réclamait sa gratitude en luttant, même en vain, contre la main lâche qui avait porté le coup du traître sur son Yvon. Ainsi, repensant à cette scène du bois de Saint-Aubin, les réflexions errantes du vieillard revinrent avec une fureur frémissante au récit qu'Yvon lui-même leur avait conté avec tant de hésitation, tandis qu'il se tenait là, dans la salle obscure, avec son son père et sa sœur à côté de lui, ses mains – si maigres et si tremblantes ! – enfermées dans les leurs pendant qu'il parlait.

Et le conte lui-même ! Ah ! pourquoi l'acteur principal s'était-il si sommairement éloigné de la justice, de sa justice ? Il avait presque envie de se quereller avec le chien fidèle qui avait accompli si rapidement et si bien son travail de vengeance. Au début, il avait été presque impossible de croire que cet homme brisé et débile, aux yeux d'Yvon, puisse réellement être le vaillant jeune homme en qui il avait placé ses tendres espoirs. Et puis il avait entendu – oui, entendu parler de la petite cave de la vieille maison de Rennes où son fils s'était réveillé de sa longue inconscience et avait eu si du mal à se débattre à travers les ombres du délire pour comprendre où il se trouvait, et sous la garde de qui. Et la prise de conscience aussi, quand elle s'est produite, comme c'est terrible et comme c'est amer ! Le père, qui se moquait de l'histoire, pouvait très bien en tenir compte dans ses grandes lignes, avec de sinistres touches d'imagination. Tandis qu'il regardait, appuyé de son coude sur la table devant lui, avec des yeux aveugles sur les tapisseries fanées du mur, il pouvait imaginer cette cellule sombre, l'homme malade et fiévreux, dont la jeunesse luttait si follement en lui pour la vie ; puis le visage moqueur et moqueur de son ravisseur alors qu'il lui disait la vérité qu'il n'était pas nécessaire de cacher – la vérité qu'il devait rester là comme l'atout de ce méchant, l'instrument avec lequel il devait travailler sur les peurs d'autrui ; comment, en effet, il devait y être gardé pour languir et languir, mais non pour mourir, jusqu'à ce que son parent entre dans son héritage, alors que son ravisseur pourrait l'utiliser comme une menace constante pour le sieur illégal de Mereac, avec quoi il extorquer de l'or et des faveurs pour lui-même. Oh, c'était un stratagème astucieux ! et avec quelle joie l'auteur aurait ri en le dépliant à sa victime ! Et puis le long temps d'attente, l'éternité de mois en mois, au cours duquel la mort a dû en effet être désirée comme le meilleur des biens, et pourtant n'est pas venue à son appel. Puis l'imagination délirante, née de cette terrible captivité, que son geôlier attendait toujours l'occasion de venir se glisser dans sa cellule avec son poignard meurtrier. Et même s'il avait prié pour la mort et désiré son baiser reposant, la terreur de cette fin rapide et sanglante devait devenir insupportable. Puis, quand l'espoir semblait mort, le soudain regain de pitié et d'amitié de la vieille vieille qui lui apportait de la nourriture et, en de rares occasions, des vêtements frais, la résolution de fuir, l'excitation haletante de ramper sur ces longs et longs vêtements. des volées d'escaliers sinueux, avec la vieille sorcière marmonnant et sanglotant de peur que son maître ne la tue quand il entendrait la vérité, puis la joie folle d'aspirer à nouveau le pur courant d'air extérieur, et enfin la fuite intempestive... une évasion si bien réussie, cependant, qu'il avait atteint la rive de la rivière et se trouvait bien en vue du château, lorsque la vue de son cruel ravisseur eut de nouveau déséquilibré l'esprit faible et intimidé, et il s'était incontinent enfui dans la forêt. seulement pour être facilement rattrapé et maîtrisé par Kerden , qui, avec des serments et des coups, menaçait de torture et de punition pour sa témérité lorsqu'il l'avait de nouveau ramené dans sa prison. Mais ici, le voyou avait été lui-même trompé, car, dans sa recherche de sa victime, il avait lui-même été vu et reconnu par son défunt maître, et soucieux, non seulement d'échapper, mais de dissuader complètement ce dernier, il avait décidé faire profil bas jusqu'à ce que les soupçons de de Coray soient apaisés. Il avait donc porté Yvon jusqu'à la grotte qu'il avait trouvée à flanc de colline, et s'était caché à côté de lui, pour ensuite s'enfuir la nuit à la recherche de provisions qu'il se procurait auprès des paysans de Méréac et de la petite ville de Martigue toute proche. . La nuit même, il avait fait part à Yvon de son intention d'aller chercher son cheval et de rentrer à Rennes, laissant son prisonnier tremblant en suspens sur son propre sort. S'il avait changé d'avis, ou si la recherche vigilante de Pierre le fou l'avait alarmé, il était impossible de le dire, étant donné que la mort avait si vite rattrapé l'intrigant sans cœur ; mais tandis que de Méréac se rappelait le visage hanté de terreur de son fils tandis qu'il racontait son histoire, il abattit son poing fermé sur la table devant lui avec une malédiction féroce sur l'âme de l'homme qui avait commis cet acte.

"Mon fils", dit une voix douce à ses côtés, "le Saint Écriture ne dit-il pas : 'Pardonne, comme nous pardonnons aux autres leurs offenses' ?"

De Mereac se tourna rapidement, la main tendue, vers la silhouette en robe noire debout près de sa chaise.

« Ambroise ! cria-t-il doucement. "Non, cela me fait du bien de t'entendre parler de pardon, vu combien j'ai besoin de tes mains."

Le Bénédictin sourit en posant sa main fine sur la large épaule de l'autre.

"Non," répondit-il, "ce n'est pas à toi de demander mon pardon, Gaspard, car en vérité, je pense que j'ai été coupable d'avoir cédé au caprice d'une jeune fille, quoique généreux."

"Bah!" » rit de Méréac de bon cœur, en avançant une chaise et en y poussant doucement le vieux curé. "Tu n'étais pas responsable de cela, mon ami. Gwennola , je le crains, est la propre fille de son père, et quand elle se consacre à une chose, il n'y a pas de repos jusqu'à ce qu'elle soit exécutée. Mais en vérité, tout a été ordonné pour le mieux. , et le jugement de ma petite servante n'était pas mauvais, mais je ne sais pas si elle a défié son père par amour de la justice, ou parce qu'elle haïssait tellement l'homme que, dans ma folie , j'aurais voulu qu'elle épouse.

Le sourire du père Ambroise était quelque peu fantaisiste, car de sa fenêtre il avait vu les deux personnages au bord de la rivière.

"Non, vieil ami," dit-il doucement, "peut-être que ce n'est pas tout à fait la justice ni la haine qui ont fait de l'enfant une héroïne de roman, mais une puissance plus forte que les deux, à savoir l'amour, quel qu'il soit . incite une jeune fille à des actions et à des fantaisies étranges.

De Mereac regarda le prêtre pendant un moment, les sourcils froncés, puis, tandis qu'il devinait ce qu'il voulait dire, il fronça les sourcils.

" Un caprice insensé, " rétorqua-t-il brièvement, " et un qui, je le pense , s'effacera assez vite lorsque ce Français aura pris son départ, ce qui, grâce à Mary ! il le fait rapidement. Je préférerais que la jeune fille devienne une lugubre religieuse, toutes prières et mélancolie, que la femme d'un voleur français.

"Etre vraiment une épouse du Ciel est une vocation heureuse et exaltée", dit le père Ambroise d'un ton de reproche, "bien que," ajouta-t-il avec un scintillement dans ses vieux yeux perçants, "je ne pense pas convenir à notre Gwennola . "

"Non," répondit brusquement de Méréac, "la jeune fille a un esprit trop élevé et un sang trop chaud pour supporter la vie pénible d'une cellule de couvent. Une noble fille, un père, une noble fille et quelqu'un qui sera aussi noblement marié . J'ai pensé au jeune Alain de Plöernic ou au comte Maurice de la Ferrière , tous deux dignes compagnons de la colombe d' Arteze , qui, hélas ! ajouta-t-il en haussant les épaules, j'étais si près de devenir la proie de ce fichu faucon dont j'aurais bien voulu tordre le cou avant le soleil du lendemain. Faux caïd ! Non, mon père, ne me parle pas de pardon, quand je me souviens. ta langue mensongère et je pense que j'aurais pu mettre la main de ma fille dans la main rouge qui avait pensé tuer mon fils.

« Paix, Gaspard », dit le prêtre d'une voix apaisante, tandis que de Méréac sautait de son siège pour parcourir le couloir avec colère, « et plutôt que de vengeance, pensez aux miséricordes qui vous ont été accordées en ce que vous avez rendu votre fils et votre fille sains et saufs. bras."

"Restauré!" s'écria amèrement de Méréac . "Non, Ambroise, pense au visage et à la forme tombante de ton pauvre garçon, tout hagard et terrible, et souviens-toi du matin où le jeune Yvon traversait si allègrement le pont à cheval, me rappelant, tandis que j'étais allongé, maudissant ma malchance d'être incapable de bouger à cause de douleurs rhumatismales, qu'il rapporterait en triomphe notre bannière entourée de lauriers frais.

"Il se peut qu'il guérisse encore", dit doucement le père Ambroise. "Mais maintenant, je l'ai laissé dormir paisiblement ; il est jeune et la vie coule encore vite dans ses veines ; ici à Méréac , entouré d'amour et d'amis, nous pouvons bien espérer effacer ces années qui auraient rendu fou quelqu'un de moins. fort et courageux. »

"Mon pauvre Yvon ! mon pauvre fils !" gémit le père. " Mes malédictions sur ceux-là, sauf ses meurtriers. Non, père, ne me réprimandez pas, car je dois les maudire et je le ferai ; je me lasse vraiment du retard quand je pense à de Coray, même maintenant, échappant à ma justice. Non, père , votre pardon, car pendant que je délire ainsi , j'oublie de demander après tes blessures. Tu es encore pâle et usé ; je pense qu'il ne serait pas bien de te lever si tôt de ton lit.

me fait encore un peu mal , mais que je pense guérira bientôt. Mieux vaut une douleur à la tête, mon fils, qu'une douleur au cœur; donc écoute les conseils de ton vieil ami et prie plutôt pour l'âme de tes ennemis que pour la destruction de leurs corps.

"Non, je ne le ferai pas", répliqua vigoureusement de Mereac , "car je ne voudrais pas voler au diable des morceaux aussi précieux . — Eh bien, Job, quelles nouvelles apportes-tu ? Où est ton prisonnier ?"

"Non, mon seigneur", balbutia Job Alloadec , alors qu'il s'avançait, en sueur et confus, vers son maître furieux, "je crains qu'il ne se soit échappé, car, bien que nous ayons fouillé la forêt depuis les murs du château jusqu'à Martigue même, nous pourrions ne trouve aucune trace du mécréant.

"Maudit soit lui!" grogna de Méréac . "Mais je connais tes recherches , valet, avec un œil fermé et l'autre regardant vers le haut, comme si tu t'attendais à ce que ta proie tombe comme une noix mûre des branches au-dessus de toi. Eh bien, cet individu doit nécessairement être à portée de main, puisqu'il n'avait pas monture pour le porter.

"Non, monsieur," répondit le soldat avec un regard perplexe sur son maître, "implorant votre pardon, il me semble qu'il a trouvé un cheval qui l'attendait là-bas dans la forêt, car lorsque nous sommes allés à la chapelle en ruine" (Job s'est involontairement signé) " Pour aller chercher ici le destrier de M. d'Estrailles , dont il nous a dit qu'il était hébergé à proximité, nous n'en avons trouvé aucune trace, quoique nous ayons fouillé non seulement le hangar mais aussi les ruines.

"Par la barbe de St Efflam , le méchant s'est échappé !" grogna furieusement de Mereac , "les démons l'ayant en vérité aidé, car sinon, comment savait-il où trouver le cheval du Français ?"

Job se gratta la tête, dubitatif. C'était pour lui une affaire d'agents sataniques, et alors qu'il quittait la présence de son seigneur avec de nouveaux ordres de poursuivre les recherches, aussi désespérées soient-elles, il se signa de nouveau, sans se douter que lui et ses compagnons de recherche avaient été plus d'une fois ce jour-là. à un jet de pierre non seulement du cheval du Français, mais de de Coray lui-même, assis tranquillement dans la cabane abritée de Pierre le fou.

Ce fut en effet un grand chagrin pour Henri d'Estrailles lorsqu'il apprit la perte de son cheval préféré : que le pauvre Rollo fût condamné à porter le meurtrier potentiel de son maître hors de portée de la justice, cela semblait un sort tout à fait indigne de lui. une bête si vaillante, et qui remplit d'Estrailles d'un chagrin si vif qu'il ne pouvait pas être compensé par le généreux présent d'un splendide Arabe gris du sieur de Méréac lui-même.

Le vieux noble breton fit à son hôte un adieu caractéristique, bluffant, chaleureux, mais ne cachant nullement sa satisfaction de son départ.

Mais bien qu'Henri d'Estrailles ait trouvé peu d'encouragement dans l'antagonisme évident, bien que courtoisement dissimulé, de son hôte, il s'accrochait toujours à l'espoir en faisant de tendres adieux à Gwennola . Que l'amour doive triompher de tous les obstacles est l'évangile de la jeunesse, et c'est ce que pensaient ces deux-là en se regardant dans les yeux pour la dernière fois.

"Je reviendrai", murmura doucement Henri en se penchant sur l'arçon de sa selle pour baiser les larmes du beau visage tourné vers le haut. "Je reviendrai bientôt, petite, pour réclamer tes promesses, et peut-être rappeler les siennes à ton père, et car je garderai cet anneau que tu m'as donné, et ta faveur , que je lierai dans mon casque au jour de la bataille.

Elle lui sourit à travers ses larmes.

"Tu ne m'as donné aucune garantie", murmura-t-elle doucement.

"N'est-ce pas?" répondit-il tendrement. "Non, ma douce, le seul gage que j'ai à donner, c'est moi-même et le cœur que tu as déjà en ta garde, et que je reviendrai sûrement bientôt pour réclamer entre tes mains."

"Tu ne l'auras pas alors," rétorqua-t-elle, souriant à nouveau alors qu'elle levait ses yeux bleus pour rencontrer ses yeux sombres. "Car tu me l'as donné pour toujours, et en place—en place———"

"En place?" » répéta-t-il en se penchant encore plus bas.

« Insensé ! » s'écria-t-elle avec un petit rire qui se termina par un sanglot, vous savez bien quel cœur vous avez en échange, un cœur de Bretagne, monsieur, pour lequel vous devez être tendre envers ses compatriotes.

«Je le jure», répondit-il, «je le jure, petite Gwennola », et il s'éloigna ainsi à travers la forêt et les landes sauvages au-delà, sur la route de Rennes.

# CHAPITRE XII

Le rêve longtemps caressé de l'astucieux et clairvoyant François Dunois, comte de Longueville, avait apparemment pris fin prématurément par la volonté impérieuse d'une jeune fille. Malgré les représentations de son tuteur et de ses conseillers de confiance, ainsi que celles de son fidèle ami, le comte Dunois lui-même, Anne resta ferme dans son rejet de la proposition de s'unir au roi de France, et de nouer ainsi un lien indissoluble. d'union entre le royaume et le duché.

« Le roi Charles, dit-elle, est un prince injuste, qui veut me dépouiller de l'héritage de mes pères. N'a-t-il pas désolé mon duché, pillé mes sujets, détruit mes villes ? N'a-t-il pas conclu les alliances les plus trompeuses. avec mes alliés, les rois d'Espagne et d'Angleterre, qui s'efforçaient de me ruiner et de me ruiner? Et ne viens-je pas, sur le conseil de vous tous qui conseillez maintenant le contraire, de contracter de nouveau une alliance solennelle avec le roi des Romains, approuvée par vous et par tout mon peuple ? Ne croyez pas que je fausserai ainsi ma parole, ni que j'alourdirai ma conscience par un acte que je sens si répréhensible.

En vain son conseil lui insistait sur la nécessité de céder à leurs suggestions ; en vain de Rieux , de Montauban et le prince d'Orange se joignirent à Dunois pour plaider l'état de la Bretagne , l'impossibilité de sa défense, la certitude qu'elle deviendrait la proie du premier voisin ambitieux qui l'attaquerait, puisque leur duchesse voudrait être dans un pays lointain, mariée à un homme dont les propres sujets étaient continuellement en état de rébellion.

Anne refusa avec hauteur d'écouter ces arguments. Malgré ses jeunes années, sa volonté était indomptable et son esprit clair quant à ce que devaient être ses actions.

« Plutôt, » répondit-elle longuement à son conseil décontenancé, « que de manquer de l' honneur et du devoir que je dois au roi des Romains, que je considère comme mon époux, j'irai le rejoindre, puisqu'il il est impossible de venir me chercher.

Une telle réponse fut décisive, et Dunois fut obligé de revenir contrarié et déconcerté, mais pas encore déconcerté, pour donner la réponse de défi d'Anne à son royal prétendant.

Ainsi semblait se terminer aussi les vagues espérances auxquelles Gwennola de Mereac s'était accrochée pendant ces journées d'été, journées qui apportaient, hélas ! nouveaux chagrins à la jeune fille solitaire du vieux château breton. Car, à peine deux mois après le départ de son amant, une chute de cheval lors d'une chasse au sanglier l'avait laissée pleurer un père qui avait toujours été tendre et aimant envers sa fille, bien que ces dernières semaines un peu plus sévère qu'il n'en avait l'habitude envers elle . — à lui — refus obstiné d'écouter l'ordre qu'il lui faisait d'accepter la main — sinon le cœur — du jeune comte de Laferrière , fiançailles qui auraient pu lui être imposées si la mort n'était intervenue pour la sauver de un amant importun, en même temps qu'il la privait d'un parent tendrement aimé.

Le deuil de ces jours fut long et suffisamment pénible même pour ceux dont la douleur était la plus sincère ; étiquette exigeant qu'une fille se couche pendant six semaines dans une chambre drapée de draps funéraires, tout au plus étant autorisée à se lever et à s'asseoir sur un canapé, également tendu d'accessoires de malheur.

Tout en pleurant profondément son père, Gwennola ne pouvait s'empêcher de pousser un soupir de soulagement alors qu'elle s'enfuyait sous le soleil de septembre à la fin de la période de retraite déclarée. Comme tout cela semblait morne, se dit-elle, et pourtant, eh bien, le soleil brillait et les oiseaux chantaient, et après tout la vie était jeune et la mort, elle frissonna en baissant les yeux sur sa robe noire ; mais même si les larmes obscurcissaient ses yeux, ses pensées, avec l'inconséquence de la jeunesse, revenaient à l'amant dont elle s'était séparée, et se demandaient quand il reviendrait pour faire la cour, et ce que dirait Yvon quand il lui demanderait la main. de lui. Ces mois de repos et de paix avaient opéré un grand changement chez son frère. Une grande partie de la beauté perdue de la jeunesse était revenue, et les membres atténués avaient retrouvé leur force et leur vigueur , mais toujours dans les yeux bleus se cachait cette vague terreur que trois années d'effroi et de souffrance obsédante avaient gravé en eux de manière indélébile. Yvon de Mereac ne sera jamais non plus le noble et vaillant chevalier que son enfance avait préfiguré. La cruauté et la torture mentale avaient écrasé et affaibli une nature forte et courageuse dans leur étreinte impitoyable, et les propres yeux de Gwennola se remplissaient souvent de larmes de sympathie lorsqu'ils rencontraient le regard inquiet et inquiet de son frère, qui révélait un esprit encore assombri par la nervosité. craintes. Pourtant, malgré sa faiblesse, Yvon possédait, une fois son esprit décidé, une détermination obstinée dont ni les arguments ni les supplications ne pouvaient le faire bouger, et c'était cette veine d'obstination que Gwennola tremblait d'évoquer en mentionnant le nom de son amant , voyant que son frère a hérité de toute l'animosité implacable de son père envers leurs ennemis naturels de la France. Pourtant, l'amour du frère et de la sœur l'un pour l'autre était fort, et il semblait souvent qu'Yvon s'appuyait sur la nature plus forte de Gwennola pour obtenir des conseils et des conseils, tandis que sa propre affection fraternelle avait, parfois, l'instinct maternel de protection. pour quelqu'un dont l'esprit était encore assombri par la peur d'une peur invisible et indéfinissable.

Accompagnée de Marie et de la fidèle Gloire, Gwennola revenait quelques jours plus tard de sa visite hebdomadaire chez la vieille paysanne désormais alitée, Mère . Fanchonic , lorsqu'elle fut surprise de constater les signes d'une arrivée aux portes du château. Deux hommes d'armes étranges emmenaient des chevaux sur le dos desquels se trouvaient des passagers.

" Voyez, Marie, " s'écria Gwennola en se précipitant, " qu'est-ce que cela veut dire ? Ce sont sans doute des visiteurs qui sont arrivés récemment, et regardez, des passagers aussi ! En vérité, quelles dames ont pu nous honorer de manière si inattendue, ici à Artèze ?"

"Des voyageurs sans doute égarés", suggéra Marie. "Mais voyez, madame, voici Job qui vient, avec son visage insensé, tout excité par les nouvelles."

" Ce que nous sommes aussi désireux d'entendre que lui de le dire ", s'écria Gwennola en riant gaiement, car son moral s'était élevé pour saluer tout changement qui venait briser la monotonie de l'existence ; d'ailleurs, cette étrange visite n'aurait-elle pas quelque rapport avec son amant absent ?

"Peut-être est-ce la dame de Laferrière qui vient ici avec son noble fils", suggéra sournoisement Marie, en voyant la rougeur de contrariété qui monta aussitôt au front de sa jeune maîtresse.

" C'est peu probable, " rétorqua Gwennola avec une certaine aspérité, " vu que la bonne dame a été aussi alitée que Mère . Fanchonic ces deux dernières années. Et tu n'as pas de meilleure suggestion à faire, ma fille, il serait plus sage de garder à l'esprit l'homélie du bon Père Ambroise sur la vertu du silence, qu'il a prononcée dimanche dernier.

Marie ne répondit pas à ce reproche, bien qu'elle pinçait sa bouche rose, autour de laquelle jouaient les fossettes, et qu'elle secouait sa tête sombre et belle d'un air de grande sagacité, comme quelqu'un qui savait bien ce qu'il y avait dans les pensées de sa maîtresse derrière ce discours aigu. .

Mais la curiosité des jeunes filles n'était en aucune façon satisfaite par le digne Jobik , qui leur communiquait seulement qu'une dame était récemment arrivée au château et que son maître lui avait ordonné de chercher rapidement sa maîtresse et de lui annoncer la nouvelle.

"Une dame ? Seule et sans surveillance ?" » demanda Gwennola avec impatience. " Dis -moi donc, bon Jobik , quel nom a-t-elle donné ? et quelle apparence a-t-elle ? Est-elle vieille ou jeune ? et connaît-elle ses traits ? "

Ce à quoi Job Alloadec répondit qu'à sa connaissance la dame n'avait donné aucun nom et qu'elle était si étroitement cagoulée qu'il n'avait pas vu ses traits, mais qu'elle était grande et élancée et qu'elle parlait avec l'air d'une grande dame, très avec hauteur et fierté. Du reste, il ne savait rien, sinon qu'elle était venue en compagnie d'une demoiselle qui l'attendait et de trois hommes d'armes, et que le sieur de Méréac lui avait ordonné de se hâter.

Voyant qu'il était inutile de perdre du temps en questions supplémentaires, Gwennola se hâta, se demandant grandement ce que présageait une telle visite, et qui pouvait bien être la dame qui chevauchait ainsi dans des temps si troublés avec une si petite escorte et sans la surveillance d'aucun cavalier.

La salle du château était déserte, à l'exception de deux hommes d'armes qui flânaient près de l'extrémité inférieure et de Pierre le fou, couché sur le ventre, jouant avec son singe et poussant de temps à autre des cris de gaieté aigus en mimétisme . des cris de colère de son petit compagnon ratatiné d'avoir été ainsi moqué, au grand amusement du petit Henri, le page, accroupi en face de lui. En réponse aux questions de sa maîtresse, le page lui apprit que son maître l'attendait dans la chambre solaire, tandis qu'il courait devant elle pour relever les tapisseries qui pendaient devant l'appartement intérieur.

La salle solaire était celle dans laquelle Gwennola s'asseyait le plus souvent avec ses jeunes filles autour de ses travaux de tapisserie ou de broderie, et était plus somptueusement meublée que le reste du château ; le sol était recouvert d'un beau tapis flamand et les tentures de velours sombre, tandis que dans le coin se trouvaient une harpe et un métier à broder.

Debout près de la fenêtre haute et étroite, la tête appuyée contre la pierre, comme s'il s'efforçait de voir au-delà dans la cour, se tenait Yvon de Mereac , et Gwennola remarqua l'expression agitée et inquiète de son beau visage alors qu'il se tournait pour la saluer. .

« Belle sœur », commença-t-il nerveusement, en s'inclinant avec la courtoisie qu'en ces jours de chevalerie même les frères accordaient à leurs sœurs. "Pardonnez-moi d'une convocation si hâtive, mais... mais..."

" Jobik m'a demandé de me dépêcher d'accueillir un invité inattendu ", répondit Gwennola , jetant un coup d'œil autour de la pièce avec surprise de ne voir aucun autre occupant à l'exception de son frère.

"Oui", répondit Yvon avec un malaise croissant. "Je vous en prie, ma Gwennola , de votre courtoisie, saluez gracieusement la dame, pour———"

"Non," rétorqua sa sœur avec une certaine hauteur. "Suis-je donc habitué à traiter les invités de manière si inconvenante, que tu aies besoin de m'apprendre mes manières, Yvon ?"

"Non, non," répondit-il anxieusement. "Encore ton pardon, petite sœur, mais je pensais, je pensais que par hasard ce nom pourrait paraître désagréable à ton oreille, si je ne l'avais pas expliqué d'abord."

"Le nom?" répéta Gwennola avec étonnement. "En vérité, frère, je ne comprends pas ce que tu veux dire."

«C'est mademoiselle de Coray », murmura-t-il précipitamment. "Non, ma sœur, ne regardez pas si en colère; elle est venue, pauvre fille, pour une mission de paix."

"Paix!" répéta Gwennola , son visage se durcissant en des lignes si fières et si froides qu'elles rappelaient le regard sévère de son père, "un de Coray lié par la paix ? Plus tôt aurais-je cru que le serpent qui adressait des paroles douces à notre Mère Ève était venu faire une course d'amour envers les hommes que la sœur de Guillaume de Coray pour se lier à une telle mission."

"Non, tes paroles sont injustes", dit Yvon avec chaleur. "Mais attends, tu ne jugeras pas avant de l'avoir vue, car une fois que tu la regardes dans les yeux, tu y liras des sources d'innocence et de vérité qui te feront honte de tout soupçon."

"Innocence et vérité !" répondit Gwennola avec mépris. " C'est peut-être ce que pensa Adam lorsqu'il regarda Eve dans les yeux et lui arracha la pomme de la main ; mais dites-moi alors, qu'est-ce qui a amené ce modèle de beauté et de perfection à notre pauvre château de Méréac ? Il doit y avoir de bonnes raisons de le croire . amène une si belle dame à travers la Bretagne en ces temps.

— Tes moqueries ne te conviennent pas, rétorqua froidement Yvon. "Quant à la mission de mademoiselle de Coray , tu jugeras par toi-même si elle augure plus de tromperie que d'une telle douceur de caractère que je crains que tu n'apprécieras à peine dans ton humeur rebelle actuelle."

« Humeur capricieuse ! répéta Gwennola avec indignation, car une châtelaine de dix-sept ans pouvait difficilement supporter aussi calmement qu'on la réprimande lorsqu'elle était enfant. " Humeur capricieuse, en vérité ! mais nous verrons en temps utile qui est le sage. Mais peut-être me diras-tu, frère très sage et perspicace, quelle était l'importance de cette histoire ? De quoi a-t-elle été faite, je le sais déjà. ".

Peut-être qu'Yvon n'a pas entendu les derniers mots, dans son empressement à convertir sa sœur à une humeur plus indulgente envers leur invité.

« Elle avait entendu dire, dit-il, que notre père n'était plus et qu'elle insisterait, malgré l'opposition de son frère, pour venir immédiatement à Mereac, estimant que le moment était venu de guérir une rupture douloureuse entre des parents aimants , en une explication qui aurait dû être donnée depuis longtemps.

« Parents aimants ! murmura Gwennola en tirant la ceinture qui lui entourait la taille. "Bah ! J'aurais peu d'un tel amour, je pense ."

"Et ainsi," continua Yvon sans y prêter attention, "elle est venue à Méréac et m'a raconté son histoire."

"Auquel tu as cru avec toute la simplicité d'un bébé d'un an."

" Tush ! enfant, tu parles de ce que tu ne sais pas ; je n'aurais guère pu être trompé. Pourtant en vérité il n'y avait aucune tromperie aux yeux de mademoiselle ; tandis que, quant à l'histoire, c'est la simplicité même. "

"Tout comme l'auditeur", murmura Gwennola . "Et l'histoire, mon frère ?"

"En vérité, pour la plupart, je le savais auparavant. Mon seul ennemi était François Kerden , qui m'a lui-même volé dans le bois et qui m'aurait tué, sans autre raison que par une cruauté gratuite, si un plan plus ignoble ne lui était pas venu à l'esprit. Pourtant , même quand cela lui arrivait, le sort favorisa le complot, car Guillaume de Coray , voyant en partie ce qui se passait, se précipita sur place, et aurait vengé ma mort, comme il le supposait, sur mon meurtrier, si le Français n'était intervenu. et lui a volé sa proie et moi. Yvon s'arrêta avec un gémissement tandis que le souvenir de ces trois années d'emprisonnement lui revenait.

- Mais, dit froidement Gwennola , l'histoire porte à peine la lumière de la vérité, mon frère, puisque Henri d'Estrailles a vu le coup porté par le traître ; d'ailleurs, s'il est si innocent, pourquoi a-t-il fui ce si noble parent quand il t'a vu apparaître ? et pourquoi s'est-il efforcé d'en condamner un autre à la mort, quand il a vu qui t'avait en réalité frappé, selon cette jolie fable ? »

"Non," dit Yvon en fronçant les sourcils, "c'est facile à expliquer, tu as seulement écouté, ma fille. C'était ainsi. Guillaume avait déjà été blessé, et, évanoui de perte de sang, pouvait à peine distinguer entre le Français et le Français. Breton. Tous deux portaient des visières fermées, et tous deux étaient proches au moment de ma chute, ce qui avait porté le coup que Guillaume pouvait à peine réaliser. Le Breton s'enfuit cependant, et pendant qu'il se retournait pour l'abattre en flagrant délit, le Français ouvrit sa bouche. visière, et de Coray voyait clairement ses traits. Je pense que c'est ce qui l'a troublé en prétendant que d'Estrailles avait commis l'acte de lâche, car un seul visage était imprimé dans sa mémoire chancelante, et il était sûrement facile de confondre ainsi lequel des deux. les deux qu'il avait vu accomplir réellement l'acte ignoble. Le fait que c'était Kerden lui-même est démontré par le rôle qu'il a ensuite joué en me torturant ainsi.

"Non," dit brièvement Gwennola , "l'histoire est fausse, mon frère, et ne devrait pas tromper un enfant - fausse autant que son tisserand. Ne me suis-je pas agenouillé à côté de ce Kerden et n'ai-je pas écouté ses dernières paroles, qui cadraient si bien avec celles de monsieur d'Estrailles ? Il est impossible, Yvon, que tu puisses un instant croire à une histoire aussi mensongère, ou abriter sous ton toit une femme qui se montre traîtresse dès son premier souffle.

"Non, mademoiselle", dit une voix riante dans l'embrasure de la porte, et, se retournant, frère et sœur aperçurent l'objet de leur conversation debout là, le rideau de tapisserie à moitié relevé par un bras, tandis qu'elle souriait de l'un à l'autre, comme si consciente de l'image délicate qu'elle formait ainsi.

Diane de Coray était belle, c'était indéniable, mais sa beauté n'était pas de celle que Gwennola avait peut-être déjà imaginée posséder. Aucune possibilité de tromperie ne semblait se cacher dans ses yeux clairs et noisette, qui brillaient de franchise et de gaieté. Ses joues roses, ses lèvres rouges charnues et ses traits délicats, tout cela se combinait pour lui donner une apparence d'extrême jeunesse, une incarnation du printemps, en vérité, et juste en plus. Les cheveux sous la coiffe blanche étaient doux et ondulés, et d'un riche brun foncé ; sa silhouette était élancée et grande, mise en valeur dans une robe sans manches en velours cramoisi, bordée de treillis , une fourrure alors très en vogue parmi les gens à la mode, tandis qu'elle portait autour de sa taille une belle ceinture avec des glands ornés de bijoux .

Alors qu'ils se tournaient vers elle, Diane laissa tomber la tapisserie et, faisant une profonde révérence vers sa jeune hôtesse, s'avança les mains tendues.

" Non, " s'écria-t-elle en riant toujours, " tu ne me jugeras pas ainsi sans être entendue, petite. Fi sur toi ! ta parente est une traîtresse ? Je te prie, dis-moi pourquoi ? Tu vois ! Je viens en otage pour la vérité de mon frère. "

"Et une que nous espérons garder longtemps", répondit courtoisement Yvon en lui plaçant un siège.

Elle se moqua de lui, montrant ainsi une série de petites dents nacrées.

"Ta sœur ne ferait pas trop écho à tes paroles, beau parent," répondit-elle avec un regard sournois vers Gwennola .

Mais mademoiselle de Méréac ne devait pas s'émouvoir des regards malicieux, des fossettes ou des paroles douces. Elle avait répondu au salut effusif de son cousin par une révérence raide, sans prêter la moindre attention aux mains tendues.

« Mademoiselle, répondit-elle glacialement, en réponse aux paroles de ralliement de Diane, est aussi bienvenue que la sœur de Guillaume de Coray est susceptible de l'être à Méréac .

Diane fit la moue avec la douce coquetterie d'une enfant gâtée ; il semblerait même qu'il y ait eu des larmes dans les yeux qu'elle leva d'abord vers Yvon et de lui vers Gwennola .

"C'est cruel," murmura-t-elle doucement, "que tu ne me croies pas sur parole, mais c'est comme Guillaume me l'avait prévenu, car souvent il m'a fait part avec tristesse de la haine que tu lui portes, douce Gwennola . Mais non," dit-elle doucement. s'écria en sautant de son siège et en joignant ses mains fines avec un joli petit air de supplication, tu seras convaincue, belle cousine. Vois, je te jure que c'est vrai. Ne me croiras-tu pas ?

« Si M. de Coray était innocent, pourquoi a-t-il pris la fuite ? » demanda inexorablement Gwennola .

"Voler?" répéta Diane innocemment. "Non, cousin, ne vole à peine ! Qu'il soit parti précipitamment, c'est vrai ; mais pas tant par peur que par un autre péché, dois-je l'avouer ?" Son sourire narquois rencontra le visage grave et posé de Gwennola , qui ne semblait cependant en aucun cas la déconcerter . "C'était de la jalousie", murmura-t-elle en levant les yeux vers Yvon et en s'adressant plus à lui qu'à Gwennola . " Fi ! c'est une mauvaise passion. N'est-ce pas, monsieur ? mais une passion à laquelle les pauvres mortels sont enclins. Il avait bien prouvé, comme il le pensait, que monsieur d'Es... d'Es... monsieur le Français était coupable de son crime. " du sang de son cousin, et si indigne qu'il pût être, il était d'autant plus heureux de le voir mourir qu'il imaginait que la dame de son amour le traitait avec plus de bonté qu'il ne le jugeait convenable. Ainsi, quand il découvrit que son rival était sur le point d'être restauré vers la liberté, dans un accès insensé de rage irraisonnée, il se précipita vers sa maison, sans se douter à quel point une construction aussi faible aurait pu lui imposer.

"Et comment a-t-il eu connaissance d'une telle construction, alors qu'il s'est enfui avec une telle hâte ?" » demanda astucieusement Gwennola ; mais Diane de Coray était devenue subitement atteinte de surdité.

"À une telle folie nous conduit l'amour non partagé", soupira-t-elle, s'adressant uniquement à Yvon. " Hélas ! c'est au mieux une passion cruelle, n'est-ce pas, monsieur ? et il vaut mieux l'éviter par les sages. "

"Non," répondit-il lentement, regardant son visage avec une admiration non dissimulée. "Pas quand cela se présente sous l'apparence d'un ange de paix et d'amour, mademoiselle."

"Paix et amour!" se murmura Gwennola en se retirant. " Marie, Mère, permettez que ce ne soit pas des conflits et une haine amère ; car, hélas ! elle est fausse, cette demoiselle, fausse jusqu'au fond du cœur, malgré toute sa beauté. "

# CHAPITRE XIII

Il semblerait bien que Diane de Coray soit venue, si elle était venue dans ce but, pour jouer l'otage à vie contre la vérité de son frère, car presque imperceptiblement elle s'est glissée dans sa niche dans la vie simple et familiale du château de Méréac . .

Non pas que sa présence apportât la paix à sa suite, car il semblait que là où elle trouvait la paix , elle aurait volontiers laissé une épée, et nombreuses et amères furent les larmes que Gwennola versa dans la solitude de sa chambre alors qu'elle regardait son ennemi gagner chaque jour davantage de points incontestés. influence sur son frère souple et faible d'esprit. Oui, il était tacitement convenu que ce serait une guerre entre ces deux parentes, mais une guerre telle que seules les femmes peuvent la jouer, le grattage des griffes des pattes de velours et le doux sourire voilant les mots amers. Non pas que Gwennola soit une adepte de ce genre d'escrime ; sa nature était trop simple, peut-être aussi trop orageuse, pour rendre une insulte voilée par une insulte voilée. Elle répondait avec chaleur, voire avec colère, faisant ainsi peser entièrement sur ses épaules l'odieux d'une querelle, laissant sa rivale sourire avec indulgence, comme devant l'éclat orageux d'un enfant, jusqu'à ce que Gwennola ait pu pleurer de mortification . Ces épreuves de force inégales eurent cependant l'effet que Diane visait ; frère et sœur s'éloignaient peu à peu, car Yvon, enflammé par l'engouement que lui inspirait sa belle parente, n'hésitait pas à réprimander sa sœur, souvent avec colère, pour avoir répondu avec indignation aux railleries sucrées de Diane. Ainsi les jours passaient, et le cœur de Gwennola devenait de plus en plus lourd, et les espoirs que l'été lui avait murmurés à l'oreille s'évanouissaient devant les souffles stridents de l'automne.

Le bruit courait que le roi Charles avait été malade du refus de la jeune duchesse d'écouter ses propositions, et qu'il était même en train de rassembler une puissante armée pour marcher en Bretagne et exiger par la force ce qui ne pouvait lui appartenir en plaidant.

Face à de telles rumeurs , la haine amère de leurs voisins excessifs et puissants s'est intensifiée, et Gwennola savait que sa rivale utiliserait une telle indignation nationale pour anéantir ses espoirs qu'Yvon permettrait des fiançailles entre elle et Henri d'Estrailles .

En effet, que tel était bien le cas, Yvon, trop tôt, ne prit pas la peine de le cacher, disant froidement à sa sœur que, comme elle était si mécontente de l'idée de se fiancer avec Guillaume de Coray, elle devait choisir entre le voile de religieuse et le mariage . le fiancé que son père lui avait déjà conçu, Maurice de Laferrière .

En vain Gwennola invoqua la promesse de son père que, si la paix unissait enfin les deux pays, sa main pourrait suivre les préceptes de son cœur. Avec une obstination qui, une fois réveillée, était inébranlable, Yvon refusait d'écouter les larmes ou les supplications, lui ordonnant de choisir sans tarder, voyant qu'il était temps que son destin soit réglé, et annonçant en même temps ses propres fiançailles à Diane. de Coray .

Malgré tout, préparée comme elle l'était à cela, le choc fut terrible pour la malheureuse Gwennola . Les préjugés qu'elle avait conçus contre la sœur de Coray s'étaient transformés ces dernières semaines en quelque chose qui s'apparentait à de la haine, un sentiment qu'elle ressentait comme étant chaleureusement partagé par Diane elle-même. Cette jeune dame était cependant assez maîtresse de ses émotions pour cacher son antipathie sous une très jolie démonstration d'amitié, qui trompait entièrement Yvon, malade d'amour, qui sentait que sa sœur seule était responsable des dissensions qui surgissaient de temps en temps. temps entre châtelaine et invité.

Ainsi en était-il ce matin d'octobre, lorsque Diane de Coray entra dans le hall du château, son faucon au poignet et un sourire de triomphe dans ses yeux noisette.

"Viens, Pierre", dit-elle doucement, tandis que l'idiot, accroupi grelottant devant le feu, se levait à son entrée. " Je te parlerais là-bas, sur l'allée des terrasses. Le sieur de Méréac ne sera pas encore prêt pour la chasse, et en attendant j'ai quelque chose à te dire. Dis-moi, " ajouta-t-elle en baissant encore la voix, comme elle atteignit la large terrasse et se tint face à son compagnon frissonnant : « ton maître est-il arrivé ?

— Il est depuis quelques jours dans la cabane d'Henri Lefroi , murmura le garçon en regardant curieusement son interrogateur.

"Depuis quelques jours ?" répéta Diane avec surprise. "Non, c'est étrange ; à quoi devrait-il s'attarder ainsi ?"

"Je ne sais pas," répondit Pierre d'un air maussade, "c'est l'affaire de mon maître, et ce n'est pas la mienne. Mais quelle est votre volonté, madame ? car il me semble que j'entends là-bas la voix de monsieur qui vous appelle."

« Peu importe, » dit Diane avec légèreté ; " il peut attendre pour le moment. Mais attends donc, petit fripon : tu dois aller aujourd'hui chez ce Lefroi , et dire à mon frère de venir ici comme s'il revenait de voyage. Dis-lui que son accueil est assuré de tous, sauf peut-être la petite sotte Gwennola de Mereac ; mais dites-lui sous aucun prétexte de tarder davantage, car je ne sais comment procéder sans lui. Elle répéta les derniers mots avec insistance, comme si elle voulait les imprimer dans l'esprit de Pierre, puis d'un bref signe de tête elle se détourna de lui pour accueillir avec des sourires ensoleillés le jeune seigneur du château qui s'avançait vers elle, son beau visage rouge de plaisir. , ses yeux bleus enflammés d'amour.

"Non, chérie," s'écria-t-il avec reproche, "tu ne m'as pas entendu appeler ? Tu vois, je deviens jaloux même d'un imbécile, qui est ainsi comblé d'honneur en recevant un sourire de ces douces lèvres."

Peut-être Pierre le fou, se glissant dans son coin près du feu, trouva-t-il cet honneur moins pénible que ne le croyait son seigneur, voyant qu'il restait là à rire des joyeuses flammes qui flambaient et sautaient sur l'âtre ouvert. C'était manifestement un effort pour s'éloigner de la lueur chaude et sortir une fois de plus dans l'air vif, mais ses pensées semblaient si agréables qu'il riait encore doucement tout en trottant le long du chemin forestier avec Petit Pierre perché sur son épaule. , bavardant et grondant à l'unisson.

La cabane d'Henri Lefroi avait une réputation presque aussi mauvaise que la chapelle en ruine du Frère Brun, car, disaient les gens, c'était la demeure d'un sorcier dont les pouvoirs en science occulte étaient si grands qu'ils défiaient à la fois le ciel et l'enfer. à ce nom, hommes et femmes se signaient et répétaient un ave , par crainte d'encourir la colère d'un si redoutable personnage.

Mais ce n'était pas vers la cabane du vieux Lefroi que Pierre se dirigeait, mais bien vers la petite habitation où Gabrielle, sa sœur, était assise à filer.

Cela faisait deux semaines que son frère s'était également mis à filer, mais pas dans son cas avec du fil de lin, mais avec la trame de la romance, née subitement dans son esprit rusé. Pourquoi M. de Coray , se demandait-il, viendrait-il tant de jours avant l'heure fixée par sa sœur ? Et pourquoi, au lieu de lui faire part de sa présence, s'efforcerait-il de la cacher ? Et aussi, pourquoi s'éloignerait-il quotidiennement de la triste demeure d'Henry Lefroi pour passer les longues heures des journées d'automne auprès de la jolie Gabrielle ? Ah ! c'était une jolie romance que le petit imbécile regardait, à l'abri des regards indiscrets, dans les sous-bois du fourré. Oui, se disait-il, sans doute M. de Coray avait perdu son cœur pour Gabrielle, sa sœur, et sans doute le jour viendrait où Gabrielle serait la maîtresse d'un noble château, et lui, Pierre le fou, s'en débarrasserait à jamais . le bariolé et joue le rôle de Monsieur Laurent. Ah ! comme cela sonnait grand, comme c'était distingué ! Il n'en gardait pas moins une garde jalouse sur ces deux-là, car il ne se fiait pas entièrement à l' honneur de M. de Coray , bien qu'il marquât astucieusement avec quel respect il parlait à la petite sœur, un respect qu'il n'avait sûrement même pas témoigné à Mademoiselle de Coray. Mereac , la fière et hautaine demoiselle du château là-bas.

Et Pierre, malgré toutes ses bêtises, avait raison, car la passion d'un homme méchant et méchant s'était purifiée en présence de cet enfant de la forêt. Il l'aimait, non pas comme il avait aimé les autres, mais avec un respect, comme on en a pour les saints, combiné avec la passion qu'il éprouvait pour la femme, et, tandis qu'il était assis là, jour après jour, la regardant pendant qu'elle s'étendait, ou écoutant ravi quand elle lui chantait une douce et simple ballade de Bretagne, pleine du romantisme et de la tristesse de sa terre, d'une voix telle que les oiseaux auraient pu l'envier, il se jurait que cette paysanne serait sa femme, et que pour elle il ferait tout. Mais le serpent d'antan se cache toujours dans le plus beau jardin des rêves, et ainsi le but même de sa présence dans ces forêts est devenu celui qu'il a juré d'accomplir, aussi mauvais et cruel soit-il, pour le bien de ce bel enfant, dont l'innocence naïve. les regards avaient gagné son cœur endurci par le péché. Alors le diable nous tente. Pour l'amour, disons-nous, de celui que nous aimons, aussi pur et bon soit-il, nous ferons le mal afin de prodiguer ses fruits à l'objet de notre dévotion, qui, en vérité ! reculerait consterné s'il savait d'où venaient ces fruits.

Ainsi, dans les bois d'automne, trois âmes ont réalisé leurs rêves. Pierre le fou se pavanant, dans son esprit, en costume de velours et chaîne d'or, non plus le bouffon ou l'objet de plaisanterie, mais « Monsieur Laurent », frère honoré et estimé de Madame la Châtelaine . Guillaume de Coray serrant dans ses bras la charmante jeune fille dont l'image avait effacé tant de rêves d'ambitions si variés, et la conduisant d'un pas fier et triomphant à son château de Méréac, enfin conquis par des moyens dont il ferma involontairement les yeux. . Et Gabrielle Laurent, ne voyant que le visage de celui à qui elle avait donné son cœur, et qu'elle devait aimer pour toujours, indifférente qu'il fût grand seigneur ou simple paysan, avec toute la pure tendresse de son jeune cœur. Tandis que le soir, à genoux en prière dans sa cabane solitaire, elle remerciait le bon Dieu et tous ses saints gardiens, avec une simplicité et une gratitude enfantines, d'avoir envoyé dans sa vie un homme aussi noble et aussi bon que Guillaume de Coray . se répétant ce nom doucement et avec révérence, comme s'il possédait un certain charme pour chasser tous les rêves de mal, alors qu'elle était allongée dans son lit en bois, regardant le clair de lune vacillant qui tombait sur le seuil - le clair de lune blanc et magnifique, qui était pas plus pures que ses pensées alors qu'elle s'endormait en murmurant le nom de son amant. Hélas! la pauvre petite Gabrielle !

# CHAPITRE XIV

C'était environ trois heures après que Pierre le fou eut livré le message de Diane de Coray que le frère et la sœur étaient assis ensemble dans sa chambre au château de Méréac .

— Alors tu as réussi ? demanda Guillaume en scrutant avec une curiosité non dénuée d'admiration le beau visage de sa sœur.

"Au-delà de nos attentes."

Il y avait dans ses paroles une intonation moqueuse qui ne lui échappa pas.

"Alors," dit-il en croisant les jambes et en appuyant son coude contre la table, de sorte que ses yeux soient presque opposés aux siens. " Au-delà de nos espérances ? C'est bien. Et donc le pauvre imbécile Yvon de Mereac vous aime ? "

"Aussi chaleureusement que sa sœur me déteste."

"C'est pareil pour leur propre destruction."

Elle rit un peu avec inquiétude.

"L'idée vous amuse ?"

Son ton n'était pas agréable.

"Amusement," dit-elle vaguement. Puis, changeant de ton : « Est-ce finalement si nécessaire ?

"C'est absolument nécessaire. Souvenez-vous de votre serment."

Elle a changé de couleur , mais s'est accrochée à son propos.

"Non, mais vu... vu qu'il m'aime ?"

"C'est à peine avec un tel dévouement qu'il céderait son héritage au frère de son adorée."

Elle grimaça sous le ricanement.

"Mais rien d'autre ne te contentera-t-il, mon frère ? Si j'étais sa femme, je... j'arrangerais les choses entièrement selon ta volonté. Tu seras seigneur en tout sauf en nom. Considérez qu'il n'est, après tout, qu'un pauvre et faible imbécile, qui exécutera jamais mes ordres.

Ses paroles étaient rapides et résonnaient d'une note suppliante, mais Guillaume de Coray se contenta de froncer les sourcils.

"Il faut qu'il soit complètement expulsé, ou, si cela est clairement nécessaire, qu'il meure. Les moyens sont déjà entre nos mains."

Elle frémit involontairement.

"Bah!" » dit-il légèrement. "Tu n'aimes sûrement pas ton faible amant, Diane ? Ne t'afflige pas de lui, ma chère ; le nouveau sieur de Mereac te mariera à un prétendant plus noble quand il viendra chez lui."

"Je ne peux pas le faire", gémit-elle. "Non, mon frère, rien que d'y penser, je suis malade. Ce n'est pas en vérité que je l'aime, mais... mais..."

"Une idée stupide", dit son frère d'un ton moqueur. "Non, Diane, tu n'as pas l'habitude de blanchir si facilement et de penser à ta douce vengeance contre cette fière et méprisante servante."

Ses yeux noisette se durcirent.

oui, je la déteste de toute mon âme, car elle me méprise, Guillaume, et me méprise aussi, malgré toute la colère de son frère. Oui, la vengeance est douce, et pourtant...

"Courage", se moqua Guillaume en se penchant vers elle par-dessus la table, "courage, petite sœur. Après tout..."

Il s'arrêta, regardant ses yeux se dilater de terreur soudaine alors qu'elle remplissait les mots non prononcés.

" Non, " s'écria-t-elle enfin, et sa voix s'éleva d'un ton vif et décisif, " je ne peux pas le faire, Guillaume ; plutôt que d'être ton outil dans cette œuvre, je le ferai... je le ferai... "

"Meurs toi-même , " dit-il froidement, ses yeux ne quittant jamais son visage changeant. " Réfléchis bien, Diane, oui, très bien, avant de rompre ton serment ; souviens-toi du sort qui t'attend, aurais-je seulement prononcé un mot sur tes relations dans des affaires qui ont amené au bûcher bien des filles plus belles que toi ? ou la chambre de torture. T'ai-je proclamée sorcière, quel bras, même de l'amour lui-même, serait assez fort en Bretagne, oui, et dans toute la France, pour te sauver ?

"Je ne suis pas une sorcière", s'écria-t-elle avec passion, "comme tu le sais bien, menteur et lâche que tu es."

« Aucune sorcière, » répondit-il doucement, « mais suffisamment semblable pour sceller ta perte, si je révélais tes relations secrètes avec celle au nom de laquelle toute la Bretagne frémit. Et toi-même tu n'as pas été une mauvaise élève, ma sœur... donc... »

La pause significative fut suffisante, et la malheureuse se couvrit le visage de ses mains en gémissant :

"Non, épargne-moi cette raillerie, Guillaume. Il est vrai que j'ai péché, et pourtant je ne suis pas une sorcière, devant le ciel je ne suis pas une sorcière. N'avais-je pas fui la demeure maudite de la beldame, très terrorisée par les actes qu'ils auraient commis. " Moi ? Non, frère, je ne savais pas avec quelle noire terreur je jouais, moi, une fille sans mère, égarée par quelqu'un que j'avais considéré comme un ami.

« Un bon ami, » ricana-t-il, « vraiment un bon ami ; mais ça suffit. Je sais que tu as fui ; que tu étais là, cela sera *connu*, oui, et prouvé au monde si tu es obstiné, et tu le feras. payez la pénalité aussi sûrement que si vous étiez aussi véritablement un serviteur de Satan que n'importe quelle sorcière qui se rassemble la nuit sur le sable de Séville ou autour du noyer de Bénévent.

Diane se signait, blanche jusqu'aux lèvres, tandis que ses yeux se glissaient sur son visage avec la peur d'un chien qui lève les yeux avec une grande terreur à l'idée du fouet qu'il sait qu'il verra descendre.

"Quelle est ta volonté?" » murmura-t-elle machinalement, alors qu'elle ne lisait aucun signe de relâchement sur le visage dur devant elle.

Il sourit triomphalement.

"Tu veux obéir ?"

"J'obéirai."

"C'est bien, mais pour le reste, tu connais très bien ma volonté et pourquoi tu es venu ici."

Elle frémit.

" Pourtant, continua son frère, si tu veux l' entendre encore, je te répéterai notre plan, *notre* plan, tu veux bien, Diane, que tu m'as aidé à former si intelligemment à Pontivy . "

« Je ne l'avais pas connu alors, » s'écria-t-elle avec un petit sanglot, « et… et il m'aime bien.

" Tant mieux ; moins de chance que des soupçons tombent sur nous. Vois, mon enfant, finissons-en avec ces stupides vapeurs , et remarquez comme tout cela concorde avec notre dessein. Le sieur de Méréac vous aime, un amour qu'il aimera sans doute dans le temps s'étend en quelque sorte à moi, ton frère, puisque tu l'as calmé sur l'affaire de Saint-Aubin. Tous alors sont en paix et remplis de contentement, sauf mademoiselle de Mereac, qui, pour une raison inconnue , est consumée de haine et de jalousie contre les amis bien-aimés de son frère, haine qui, en effet, l'éloigne aussi de son frère. Soudain, sans avertissement, le Sieur de Mereac tombe malade, dépérissant, dans une maladie étrange et inexplicable, jusqu'à ce qu'en temps voulu A chaque fois, il apparaît que la mort le réclame pour camarade. Un murmure court dans toute la maison associant le nom de Gwennola de Mereac à la sorcellerie ; le murmure se transforme en un cri ; des preuves de culpabilité sont découvertes dans la chambre de la jeune fille ; elle est condamnée à mort, mais il est trop tard pour sauver son frère infortuné , qui périt, victime de la malveillance d'une sœur exacerbée, et Guillaume de Coray , son cousin, règne à sa place sur les vastes terres de Méréac . Voilà, ma sœur, quelle histoire charmante et simple ! Et les moyens, les *moyens* , a-t-il souligné, de sa réalisation se trouvent ici.

Tout en parlant , il lui tendit une petite fiole contenant un liquide sombre, en l'observant, comme le chat regarde la souris, tandis qu'elle la prenait dans sa main tremblante.

"Tu comprends ?" » demanda-t-il doucement.

"Je comprends."

Il sourit pensivement.

"C'est très bien, et avec le temps ma délicieuse histoire se dévoilera. Pour murmurer la culpabilité de mademoiselle , il serait bon d'employer les services de la bonne Jeanne. Elle est discrète, cette fille, et digne d'être récompensée."

Mais Diane ne répondit pas ; elle regardait toujours avec horreur la petite fiole qu'elle tenait à la main, la fiole qui était le prix d'une vie.

m'a dit le cher Lefroi ", dit de Coray en écartant les mains d'un geste aérien. " Ah ! quel homme est-ce et quelle demeure ! un véritable charnier, et pourtant non sans amusement. Tu aurais pu faire pire, ma Diane, que de rester écouter le discours de ta belle amie sur la science occulte. , cette nuit-là à Pontivy . Mais tu n'es pas d'accord ? Bah ! quelle bêtise ! — il vaut sûrement mieux mélanger ses potions plutôt que de s'en remettre à la discrétion d'autrui. Mais, quant à Lefroi , il n'est pas un bavard, et, si on prévoyait le danger, un coup de poignard est un sceau sûr aux lèvres indisciplinées. Et maintenant, ma sœur, je te dis au revoir, puisque j'irai saluer la belle demoiselle qui m'a fait il y a peu l'honneur de devenir ma fiancée . ... Parbleu , il se pourrait bien qu'elle regrettera bientôt d'avoir méprisé la main qui lui était autrefois offerte en amour et en amitié.

"Amour et amitié!" » se répéta tristement Diane tandis que son frère se retirait avec un salut. " Votre amour et votre amitié ! Dieu miséricordieux ! Je pense que l'amour d'une telle personne ne ferait qu'apporter la damnation à sa suite, et je... " Un sanglot étouffa ses paroles murmurées.

"Ah, Yvon ! pauvre Yvon !" murmura-t-elle doucement, "et tu dois mourir!" Puis, secouant ses cheveux qui lui tombaient en partie sur le visage, elle se redressa d'un air de défi. "Au moins," dit-elle doucement, en faisant face à son miroir, et en remarquant le visage hagard qui s'y reflétait, "au moins je me vengerai de cette fière fille. Pour elle, je n'ai aucune pitié, la méprisante !"

Cependant, si étrange est la nature humaine, Guillaume de Coray se tenait debout, du haut de sa tourelle, regardant la forêt avec un regard si doux et si tendre que sa sœur n'aurait pas reconnu celui qui , peu d'heure auparavant, avait projeté un meurtre en se moquant. tons. Maintenant, il rêvait du moment où il pourrait faire sortir sa Gabrielle de ces ombres de la forêt, une épouse fière et heureuse. Dans ce rêve d'avenir, lorsqu'il se voyait enfin au sommet de l'ambition, seigneur des terres environnantes, époux d'une femme déjà adorée, il était étrange qu'il se voyait aussi accéder à un honneur et à une noblesse qu'il ne pourrait jamais atteindre . posséder. Le mari de Gabrielle Laurent, se disait-il, devrait fermer à jamais les portes du passé qui enveloppaient Guillaume de Coray , ce scélérat sanglant et sans principes qui, de servir un méchant maître, avait ensuite servi, plus méchamment encore, le sien. convoitises, piétinant sur son chemin tous ceux qui s'opposaient à ses progrès vers son objectif, se souciant uniquement de ses fins, sans se soucier de la méchanceté qu'elles étaient accomplies. Oui, les portes devraient être fermées sur cet homme, et dans le sieur de Méréac devrait surgir une nouvelle créature, droite, honorable , chevaleresque, une figure fantôme s'efforçant d'être toujours ce que la femme qu'il aimait lui avait représentée. Étrange phénomène de la nature humaine complexe, rarement trouvé perdu au point d'être hors de portée de la rédemption ; Aussi cruel et endurci par le péché qu'était cet homme, il devait nécessairement y avoir un cœur quelque part profondément enfoui en lui, qui adorait de loin la bonté et la vérité, un cœur qui avait été réveillé, au milieu de la corruption, par le contact pur d'une femme. Elle avait cru en lui, cette simple paysanne, au visage et à l'esprit de sainte Madone, et cette confiance avait éveillé en lui cette longue corde silencieuse de chevalerie et d'honneur d'où était né l'amour lui- même . En sa présence, il n'était plus le Guillaume de Coray que le monde connaissait, mais celui qui s'efforçait de revêtir cette présence maléfique d'un costume d' honneur et de noblesse. Et dans la tromperie elle-même se trouvait le germe même d'un moi nouveau-né plus noble, un désir de mettre de côté pour toujours cet être caché du péché et de devenir ce qu'il considérait lui-même comme étant à ses yeux purs. Il frémit en imaginant qu'elle se rendait compte de lui-même tel qu'il était, et jura que plus tôt que cela, il mettrait de côté son ancien moi. Pourtant, remarquez le murmure insidieux de Satan, de tels rêves de bonté et de vertu étaient des vêtements qu'il devait revêtir après avoir accompli son dessein. Le péché était l'outil nécessaire qu'il devait employer pour gagner à sa colombe blanche le beau nid qu'il convoitait ; c'est pourquoi le péché devait être son compagnon privilégié jusqu'à ce que le travail soit terminé, et il a presque oublié de frissonner devant son visage inesthétique ou de reculer devant les murmures

immondes de ses conseils dans sa hâte de l'utiliser au delà de sa volonté.
Après, il la rejetterait – oui, après, quand Gabrielle régnerait à Méréac – après
– mais pas maintenant.

# CHAPITRE XV

Le bruit des réjouissances montait haut dans la grande salle de Mereac . Sur l'estrade en bout de table, le jeune Sieur, les joues rouges et les yeux pétillants, leva son gobelet de vin et but profondément en regardant dans les yeux noisette de la belle femme à côté de lui. Les convives autour de la table murmuraient que le goût d'Yvon de Méréac n'avait pas été mauvais lorsqu'il avait choisi pour fiancée la belle Diane de Coray , et des toasts étaient portés librement à la future châtelaine du château, et des regards admiratifs se jetaient vers la jeune beauté qui assis là, riant et souriant si gaiement et si joyeusement.

Guillaume de Coray riait aussi en engageant la belle dame à côté de lui et en buvant l'hippocras de choix qui remplissait sa coupe. Tout se passait en effet bien avec ces châteaux aériens qu'il voulait tant bâtir. Les premières graines étaient déjà semées, et son regard vif remarqua avec un frisson d'excitation agréable que les joues rouges et les yeux étincelants de son jeune hôte portaient tout sauf l'éclat de la santé. Ses propres yeux parcoururent lentement le plateau tout en suivant la teneur de ses pensées, et tombèrent enfin sur le visage de Gwennola de Mereac .

La jeune fille était assise, silencieuse et pâle, parmi les invités de son frère, ses yeux apathiques et ses réponses apathiques au cavalier à côté d'elle révélaient combien les pensées et le cœur étaient loin. En vain le comte de Laferrière murmurait-il des paroles tendres à ses oreilles réticentes. Elle répondit avec des accents si froids qu'ils durent nécessairement glacer l'admirateur le plus chaleureux ; Enfin, le comte, las des repoussages, tourna ses attentions et ses compliments vers une demoiselle plus vive à sa gauche, qui semblait trop disposée à répondre à son esprit et à sa bravoure. S'il avait pensé contrarier sa future épouse, l'effet était tout à fait contraire à ses attentes, car Gwennola semblait totalement indifférente, voire inconsciente, à sa négligence, mais restait assise à sa place, pâle, apathique et indifférente comme auparavant, sauf quand Pendant un instant, elle leva ses yeux bleus pour rencontrer le sourire moqueur de de Coray , lorsqu'une rougeur de colère balaya ses joues pâles, et pendant un instant ses yeux brillèrent de leur vieux mépris et de leur défi.

Malgré son indignation passionnée et ses supplications, cet homme avait été accueilli comme un hôte d'honneur par son frère entiché, qui écoutait d'une oreille attentive les excuses boiteuses et faibles avec lesquelles de Coray s'efforçait d'expliquer le passé. Tout fut pardonné et oublié au frère de la belle Diane, et il ne fallut qu'un bref instant à de Coray pour prendre le contrôle de la volonté faible et vacillante de son futur beau-frère. Qu'elle soit forcée à un mariage odieux ou condamnée à une cellule de couvent était l'attente quotidienne de Gwennola , mais jusqu'à présent le coup n'était pas tombé. Il est vrai que Maurice de Laferrière courtisait toujours, mais aucune fiançailles formelle n'avait eu lieu. Pourtant, tous les espoirs d'un mariage avec son amant furent brisés à jamais , non seulement à cause de l'attitude menaçante de la France envers le duché persécuté, mais aussi à cause de l'inimitié amère de de Coray , qui avait réussi à persuader de Mereac que le Français était l'allié. de François Kerden .

Il n'est donc pas étonnant que le cœur de Gwennola soit lourd alors qu'elle était assise, forcément, seule et solitaire, au milieu des festivités alentour.

"Un nouveau ménestrel !" s'écria Yvon avec un rire gai. "Non, mon ami, par les ossements de saint Yves, tu viens à une heure heureuse. Ton nom, mon bon garçon ? et une coupe de vin pour te racler la gorge avant ton chant."

L'étranger s'inclina en acceptant la tasse et jeta un coup d'œil vers l'orateur.

"Je m'appelle, monsieur," répondit-il en langue bretonne, "c'est Jean Marcille , et ma ville natale est près du cap Raz."

"Bien", a répondu l'hôte. " Un vrai Breton ; et une ballade bretonne de prouesses bretonnes est toujours la bienvenue au Château de Mereac . Hein, vieil Antoine ? Une nouvelle musique nous sera aussi bienvenue qu'un repos l'est pour toi ; chantez-nous donc un laïc émouvant, Monsieur. Ménestrel, et veillez à ce que son thème soit l'amour et la guerre, car c'est de telles choses que tous les vrais chevaliers accueillent leurs rêves et les belles dames.

de nouveau et, prenant sa vielle à la main, balaya les accords avant de commencer sa chanson, jetant un coup d'œil autour de la longue planche, bien que son regard ne semblait se poser sur aucun. Lui-même était un personnage suffisamment frappant pour susciter l'intérêt, surtout au bas de la table, où les servantes regardaient avec appréciation la silhouette légère et bien formée dans son corset de drap écarlate et ses larges manches pendantes, et la casquette de du velours, mesurant près d'un demi-mètre de haut, était posé avec désinvolture sur les cheveux noirs de l'homme, qui s'accordaient bien avec son teint bronzé et ses yeux noirs et joyeux, qui semblaient promettre un compagnon privilégié, à l'esprit gai et à la langue vive.

La visite d'un tel vielleur n'était pas rare dans les châteaux des grands ; car même si presque tous possédaient leur propre ménestrel, un nouveau répertoire était toujours le bienvenu, la musique et le chant étant un accompagnement presque nécessaire au repas.

Jean Marcille possédait évidemment une voix d'une grande valeur, et un tonnerre d'applaudissements saluait chanson après chanson. Il chantait des ballades sauvages de l'ancienne Bretagne, racontant le sort du sorcier Myrddyn , qui, malgré toute sa sagesse, fut séduit pour révéler son secret à la perfide Vyvyan, connaissant tout le temps son intention cruelle, mais incapable de résister à la sirène. il dort à jamais dans son tombeau, dans la forêt de Brocéliande, sous la pierre fatale où son faux amour l'a enchanté. Puis, toujours poursuivant les thèmes lugubres dont la Bretagne semble regorger et que ses enfants chérissent tant, il chanta les amours romanesques d'Abélard le sage et d' Héloïse la belle, amours qui, écrasées et tuées dans le chagrin et le désespoir, s'épanouirent immortellement. en poésie et en chant. Mais bientôt sa voix résonna d'une voix plus martiale, tandis que, balayant les cordes de sa harpe, il chantait les chants inspirants de la bravoure - chants peut-être de sa propre composition, car ils racontaient les détresses de la belle jeune duchesse Anne. , de son état d'impuissance parmi des ennemis voraces, de ses vaillants Bretons ralliés autour d'elle, de l'intrépidité des héros bretons, du siège de Gwengamp , où les courageux capitaines Chero et Gouicket ont défié l'appel du traître Rohan, et ont déclaré que tant qu'il y avait un Duchesse de Bretagne, ils ne voulaient pas abandonner ses villes ; et de Tomina Al-Léan , l'épouse de Gouicket , qui prenait la place de son mari sur les murs lorsqu'il gisait impuissant et blessé en bas.

De telles ballades, à une époque où les actes de chevalerie étaient les actes quotidiens des hommes courageux et où les dames n'avaient aucun sourire pour un chevalier récréatif ou un amant lâche, ne manquaient jamais d'exciter leurs auditeurs à une frénésie d'enthousiasme, et les chevaliers dégainaient leurs épées en s'élançant. ils se levèrent et, les gobelets dans la main droite, burent à leur petite duchesse et jetèrent à terre le verre frissonnant.

Seulement, peut-être, l'enthousiasme de Guillaume de Coray était un peu forcé, et ses lèvres se courbèrent plus d'une fois en un sourire moqueur tandis qu'il regardait l'anneau de visages rougis et réfléchissait à quel point il se souciait peu de savoir si la duchesse ou le roi régnait. en Bretagne, à condition que ses projets se déroulent bien.

Le ménestrel étranger n'avait besoin que de peu de pression pour séjourner au château de Méréac , car en réalité il semblait qu'il s'inscrivait presque naturellement à sa place dans la maison. Un ajout bienvenu, en effet, pour égayer les jours raccourcis et sombres, car la voix du vieil Antoine devenait craquelée et chancelante, et ses chansons devenaient ennuyeuses à cause de leurs répétitions répétées ; L'aîné n'avait pas non plus la facilité d'en tisser de nouveaux que semblait posséder son jeune rival, ce qui tendait à la jalousie, bien qu'Antoine fût trop sage pour le laisser paraître.

Pendant ce temps, Jean Marcille se montrait aussi doux et avenant dans la parole que dans le chant, et c'est ce que trouva Marie Alloadec , assise occupée à ses travaux d'aiguille, tandis que le ménestrel était assis sur le large rebord à côté d'elle, les jambes croisées et le visage. courbé peut-être un peu plus près de l'aiguille qui volait rapidement de Marie qu'il n'était judicieux.

Il lui parlait de sa maison, près du sauvage et lugubre cap Raz, et de temps en temps Marie laissait tomber son ouvrage en écoutant les descriptions graphiques de cette côte morne et romantique. Le nom même de Raz fait prier le marin tremblant à haute voix ses saints patrons en pensant au temps où son bateau doit glisser sur les rochers rouges où l'enfer de Plogoff aspire à sa proie. Il n'est pas étonnant que les proverbes bretons disent : « Nul ne franchit le Raz sans blessure ni frayeur » et « Aide-moi, grand Dieu, au cap Raz ; mon navire est si petit et la mer est si grande ».

Une demeure terrible, avec une peur maussade dans l'air et une mélancolie mêlée à toutes les légendes et fantaisies qui hantent la côte alentour. Au loin, au-delà de la Baie de l'Homme Mort, se trouve l'île de Sein, un banc de sable désolé habité par quelques familles compatissantes, qui s'efforcent chaque année de sauver les marins naufragés. Cette île[ #] était la demeure des vierges sacrées, qui donnaient aux Celtes le beau temps ou le naufrage. Là, ils célébraient leurs orgies sombres et meurtrières ; et les marins entendirent avec terreur, au loin en mer, le fracas des cymbales barbares. Là-bas aussi, les observateurs peuvent voir deux corbeaux voler lourdement sur le rivage : ce sont les âmes du redoutable roi Grallo et de sa fille ; tandis que le sifflement aigu, qu'on prendrait pour la voix de la tempête, est celui des *crieriens* , ou fantômes des naufragés, réclamant un enterrement.

*l'Histoire de France* de Michelet .

"Mais voyez," s'écria Marie avec de grands yeux devenus encore plus grands d'émerveillement et de crainte à mesure qu'elle écoutait les histoires folles que Marcille lui coulait aux oreilles, "elles sont sombres, ces histoires, et bien terribles; et pourtant, comment se fait-il que que tu ris et que tu es gai, et que tu as tout à fait l'air de joie et de bonheur ?

— Bonne conscience, dit Jean d'un ton léger, tandis que, de ses doigts absents, il faisait jouer les cordes de sa vielle. "Aussi, mademoiselle, peut-être le bon cadeau de ma mère, venue de la Touraine riante, où tout chante et est gai, et où les eaux de la Loire dansent avec le soleil heureux, au lieu d'être grises de mélancolie, comme ici en Bretagne. ".

"De Touraine ?" interrogea Marie en baissant la voix, tandis que ses yeux brillants cherchaient curieusement le visage sombre et souriant du ménestrel. "Et ta mère est venue de Touraine ? Mais cela fait peut-être longtemps, et tu n'es jamais allé aussi loin ?"

"JE?" s'est moqué Jean Marcille . "Non, mademoiselle, un ménestrel erre souvent dans de nombreux pays, et j'ai vu non seulement les vergers et les prairies de Touraine, mais les cieux bleus de l'Italie et les montagnes blanches de la Suisse de mon temps."

— Mais de Touraine ? insista Marie. "Si ta mère est de ce pays, tu en sais peut-être beaucoup, presque autant que ta Bretagne natale ?"

- En vérité, répondit Marcille en haussant les épaules, voyant que mon père est mort depuis longtemps, quand j'étais petit garçon, et que ma mère, lassée des cieux gris et des gémissements des esprits perdus, voulait revenir. au soleil de sa propre terre.

"Et ainsi," dit Marie, sa couleur s'approfondissant alors que ses yeux avides cherchaient à nouveau les siens, "vous habitez depuis longtemps dans le pays de nos ennemis, Sir Minstrel? Aha! mais vous n'avez pas dit cela à notre seigneur hier soir quand il a demandé d'où tu es venu."

Marcille étendit les mains avec un geste insouciant d'indifférence.

"Monsieur m'a demandé seulement mon nom et mon lieu de naissance", répondit-il en souriant.

"Mais si par hasard mademoiselle craint que je sois un espion..." Il s'arrêta, regardant son visage alors qu'elle le tournait vers lui.

"Non," murmura-t-elle, regardant autour d'elle pour être sûre qu'ils n'étaient pas entendus ; "J'ai demandé... j'ai demandé... parce que... parce que je me serais renseigné auprès d'un noble monsieur de Touraine qui est venu ici au début de l'été, et auquel ma maîtresse s'intéressait un peu."

" D'ailleurs, dit son compagnon, il n'y a guère de château dans toute la Touraine dont je ne connaisse le seigneur ; car il y a toujours un flacon de vin prêt pour le barde ménestrel. "

"Mais jamais pour les ballades bretonnes", répondit sournoisement Marie, avec un regard de côté coquet.

"Non," dit-il en riant, "j'adapte mes chansons à ma compagnie, mademoiselle, car c'est un oiseau insensé qui ne chante que sur une seule note, et il y a des chansons et des rondeaux de Touraine et d'Anjou avec lesquels je puis courtiser les fossettes à tes yeux." joues, douce maîtresse, ainsi que des ballades de Bretagne, pour faire pleurer ces yeux brillants.

"Mais," dit-elle en secouant la tête avec un sourire fossette pour modérer sa réprimande, "mais vous êtes stupide, tout à fait stupide, et je ne veux pas de compliments de la France, mais écoutez plutôt ce que je vous demanderais. cette belle Touraine, où tout rient et est gai, en avez-vous par hasard rencontré un qui s'appelle Monsieur Henri d'Estrailles , dont le château est non loin des bords de la Loire ?

" Je le connais si bien, " répondit Marcille en la regardant fixement, comme s'il voulait lire dans son cœur, " je le connais si bien que, à sa demande, je suis ici, jolie jeune fille, pour porter son message à ta belle. maîtresse."

"Un messager de Monsieur d'Estrailles !" haleta Marie, tandis que l'ouvrage lui échappait des mains et restait inaperçu sur le sol. "Un messager de Monsieur d'Estrailles !"

"Oui, en vérité", murmura le ménestrel. "Mais ne parlez pas si fort, mademoiselle, car, d'après ce que j'ai compris, il y aurait eu peu de soucis pour moi si certains ici me soupçonnaient ou soupçonnaient ma mission."

"Mais je n'arrive pas à y croire", murmura Marie, les yeux toujours ronds d'émerveillement. "C'est impossible."

Pour répondre, Marcille glissa sa main dans sa veste et en sortit un petit anneau qui reposait en toute sécurité dans sa paume brune.

"C'est le signe", dit-il simplement. " N'ayez crainte, mademoiselle Marie ; tout est comme je dis. Je suis en vérité le domestique de M. d'Estrailles , qui a un message à l'oreille de sa maîtresse, mais savait trop bien qu'il ne pourrait pas venir ici en sa propre personne. pour le dire, sachant que l'armée française franchit encore aujourd'hui la frontière bretonne, et il craignait que sa présence à un tel moment ne soit pas la bienvenue.

« Moins que bienvenu ! » répéta Marie. "Non, au moment où je pensais que ce serait la mort même pour le vaillant chevalier. Mais votre message sera remis, monsieur, et immédiatement. Voyez, je vais en toute hâte dans la chambre de ma maîtresse, et il se fera que je reviendrai. je vous convoquerai bientôt en sa présence.

cela , Marie Alloadec , sans attendre de ramasser sa broderie tombée, trébucha précipitamment, pour revenir en toute hâte dans quelques instants, appelant doucement Marcille à la suivre.

Ni l'un ni l'autre ne remarquèrent que, près de l'embrasure dans laquelle ils étaient assis, se tenait agenouillée la silhouette d'une femme qui, au passage, se retirait presque derrière les lourdes tentures. Mais il y avait un sourire sur le visage de Jeanne, la servante aux sourcils noirs de Diane de Coray , tandis qu'elle observait furtivement leurs silhouettes s'éloigner.

# CHAPITRE XVI

Le sieur de Méréac était malade. Il ne pouvait plus y avoir de déguisement du fait ; il était devenu maigre et émacié au cours de la semaine écoulée, tandis que ses grands yeux bleus, si semblables à ceux de sa jeune sœur, sortaient de son visage enfoncé avec une nostalgie pathétique qui touchait une corde de pitié dans le cœur le plus dur.

Pourtant, il semblait impossible de dire quelle pouvait être la cause d'une maladie aussi étrange et mortelle. De vagues soupçons, en effet, semblaient flotter comme des haleines faibles et mauvaises dans l'air du château ; mais ils étaient si intangibles, que les hommes osaient à peine se pencher sur la pensée qui, de temps à autre, les agitait. La tristesse avait soudain paru tomber sur la maison qui résonnait auparavant d'une gaieté à peine convenable, vu que si peu de temps s'était écoulé depuis la mort du vieux sieur. Et maintenant, il semblerait que la mort ait de nouveau tendu la main, non cette fois pour rassembler dans son grenier plein celui dont la tête était déjà blanche par les neiges de la vieillesse, mais pour arracher avidement la jeunesse, avec ses pulsations rapides de joie et de vie. . Qu'a fait la mort ici ? Quelle place avait-il à la table des fiançailles ? De quel droit son ombre avait-elle pu tomber entre le soleil de l'amour et son accomplissement ? De telles questions étaient en effet difficiles à répondre, et à cause d'elles l'ombre de la peur tombait sur ceux qui plaignaient, tout en aimant, le jeune maître, dont les pas dans la vie l'avaient conduit dans des chemins si tragiques, et qui semblait maintenant, dans le l'aube du bonheur, auparavant inconnu, de se tenir devant le gouffre béant d'une tombe.

Pourtant, le plus étrange et le plus mystérieux de tout semblait être que Gwennola de Mereac – celle qui, dans le passé, avait été si tendrement attachée à son frère – ne devait guère prêter attention au fait de son apparence modifiée et, de mélancolie sombre, supposait elle-même tout à coup un aspect de contenu et une attente heureuse.

Ainsi les serviteurs de Mereac observaient la marche mystérieuse des événements, tandis que les murmures dans l'air devenaient de plus en plus clairs de jour en jour. Mais Gwennola ne se doutait de rien de tout cela. Il est vrai que son cœur lui faisait mal pour son frère lorsqu'elle remarqua son apparence modifiée ; cependant l'écart que Diane de Coray avait fait entre eux était si grand que son orgueil ne lui permettait pas de montrer l'inquiétude inquiète qu'elle éprouvait ; tandis que Diane elle-même s'efforçait secrètement de rendre une telle sollicitude d'autant plus impossible par son attitude envers la jeune fille qu'elle détestait. On fit comprendre silencieusement à Yvon qu'il devait choisir entre sa sœur et sa bien-aimée ; et il n'y avait aucune hésitation possible dans son esprit alors que Diane se penchait tendrement sur son canapé, tandis que Gwennola se tenait froidement à l'écart, ne laissant personne deviner le chagrin éclatant et la jalousie qui faisaient rage dans son cœur.

Mais ce n'était pas seulement l'orgueil qui dessinait sur les lèvres de Gwennola un sourire calme et serein, semblant indifférent à la maladie de son frère ; car, mettant de côté ses inquiétudes pour lui, — et la jeunesse est adroite à se persuader que de telles craintes sont sans fondement, — elle se réjouissait secrètement du message que lui apportait la main de Jean Marcille .

Ah ! quelle joie cela avait été, et pourtant quelle anxiété féroce couvait derrière cela ! Alors qu'elle était assise près de sa fenêtre, regardant les feuilles brunes des arbres de la forêt attrapées et emportées par le vent d'automne, son cœur chantait, mais frémissait, en pensant au moment, mais dans trois jours, où elle devrait sortir comme elle l'avait fait il y a des mois et trouver, sous l'ombre de la forêt, l'amant fidèle et vrai, qui riait des périls pour la joie de la serrer de nouveau dans ses bras. Comme il était doux de répéter encore et encore cette rencontre – les terreurs du sentier boisé, la terreur obsédante des yeux espions, tout oublié et englouti dans le moment heureux où elle sentirait ces bras puissants la serrer contre lui et levez les yeux pour lire la vieille, vieille histoire dans des yeux si pleins de la plus profonde tendresse de l'amour. Puis la joie exquise de l'image s'est estompée, alors que les peurs se sont remplies de visages moqueurs et moqueurs autour du rêve. Et s'il devait être découvert ? Cette fois, elle le savait, il n'y aurait pas d'échappatoire. Aucune ombre de soupçon ne serait trop faible pour sceller sa perte. La vengeance, elle le savait, couvait profondément dans le cœur de de Coray , et la haine et la jalousie de sa sœur ne s'empareraient que trop volontiers de ce moyen de récompenser sa rivale, dont l'influence, elle le savait, aurait volontiers été exercée pour la chasser du portes du château.

Mais Marie Alloadec n'avait pas de telles craintes. La jeune fille fidèle se réjouissait non seulement du roman de sa maîtresse, mais aussi de l'un des siens qui se tissait en même temps. La belle figure du messager de M. d'Estrailles avait déjà fait son impression sur le cœur sensible de la Bretonne ; et Jean Marcille n'avait pas été un courtisan arriéré, trouvant tout à fait dans son propre plaisir, ainsi que dans l'intérêt de son maître, de faire l'amour à la jolie servante pendant qu'il obéissait aux ordres de sa maîtresse.

Tous trois étaient parfaitement conscients des dangers qui les assaillent ; mais l'amour se rit de tels dangers, et l'optimisme heureux de Marie et Marcille réconforta, s'il ne convainquit pas, Gwennola . Pour Marie, il était facile d'être gai, car son amant était à ses côtés ; mais, de son côté, Gwennola frissonnait même en souriant, tant elle avait peur du mal.

Mais enfin la nuit était arrivée, une nuit si calme, si paisible, qu'elle semblait née hors du temps en ce mois sauvage de novembre. Il est vrai qu'il n'y avait qu'une lune mourante pour éclairer le chemin à travers le sentier forestier, et de temps en temps même sa lumière vacillante était atténuée par les nuages fuyants qui l'obscurcissaient. Mais cette fois, Gwennola ne se rendit pas à son rendez-vous sans surveillance ; en effet, une telle démarche était semée de dangers, qui s'étaient nécessairement multipliés depuis l'été, car les loups affamés devenaient plus importuns que jamais pour leurs proies. Protégée cependant par le bras fort de Jean Marcille et accompagnée de Marie, qui suppliait de pouvoir suivre sa maîtresse dans sa dangereuse course, elle n'avait guère peur de ces ennemis à quatre pattes ; tandis que derrière, elle le savait, Job Alloadec gardait fidèlement la poterne ouverte.

Il était pourtant discret que Jean et Marie restèrent en arrière, à l'ombre des arbres, pendant qu'elle s'avançait seule vers la chapelle en ruine.

Ah ! les souvenirs qui se pressaient partout ! - les souvenirs de la terreur passée, comme aussi de ce père si cher et pourtant si impérieux, dont elle avait bravé la colère et dont elle avait gagné le pardon, tout cela pour le bien de l'homme qui se tenait debout. maintenant une fois de plus devant elle. Mais il n'y avait ici aucun vaillant chevalier, comme en ces autres jours où les brises chaudes d'été remuaient le lierre autour des murs gris et où le parfum des fleurs était doux dans l'air nocturne. Le clair de lune lui-même semblait diminuer à la vue de la grande silhouette dont la capuche brune était si étroitement serrée autour de sa tête, alors qu'elle attendait là seule. Mais tandis que Gwennola courait en avant avec un petit cri, le capuchon tomba d'une tête sombre qui n'était assurément celle d'aucun esprit malade, et des bras humains forts la saisirent et la retinrent dans leur étreinte chaleureuse, tandis que des baisers passionnés étaient pressés. sur les lèvres roses et tremblantes qui murmuraient sans cesse son nom. Il n'est pas étonnant que la chouette blanche qui s'abritait parmi le lierre de la ruine ait fui en hurlant lamentablement contre le sacrilège qui profanait ainsi avec un amour humain le repaire de ses amis fantomatiques ; il n'est pas étonnant que le lézard qui grimpait le mur en ruine se soit arrêté pour jeter un coup d'œil rusé et brillant à la scène que ses ancêtres avaient regardée dans le jardin de l'innocence de l'homme. Mais à ce moment suprême, qu'importe à ces deux-là d'avoir des yeux qui regardaient ? tant ils étaient inconscients de tout autre monde dans le vaste monde que ceux dans lesquels chacun regardait.

Des yeux vrais, des yeux courageux, des yeux dans lesquels l'histoire d'amour et de fidélité était si facile à lire ! Et puis, une fois de plus, ils devaient revenir sur terre et face au présent périlleux, et laisser la joie absorbante de ce premier moment d'oubli au passé et au futur sombre et doux vers lequel tous deux regardaient avec un désir ardent, d'autant plus impatients. pour ce bref moment de ravissement.

Mais l'heure n'était plus aux rêves d'amour, avec le vent vif de l'hiver qui sifflait et la peur encore plus froide du danger qui murmurait la séparation.

Il y avait tellement de choses à raconter, tellement de choses à entendre, tellement de choses à planifier, et oh ! si peu de temps pour parler de tout cela.

Ensemble, ils se sont assis au milieu des ruines d'un passé mort et ont construit des châteaux dorés pour l'avenir ; des châteaux brillants et magnifiques, tous illuminés par l'amour et beaux. Mais alors même qu'ils les construisaient, d'innombrables et insurmontables difficultés les remirent sur pied. La situation était en effet de nature à consterner des amants si dévoués. La vaste armée de Charles s'avançait déjà vers Rennes ; et même si cela semblait menacer plutôt qu'attaquer, le danger pour le duché semblait néanmoins imminent si la duchesse Anne maintenait sa détermination, comme il semblait trop probable qu'elle le ferait.

D'un ton hésitant, Gwennola raconta les mois passés : la mort de son père, l'arrivée de Diane de Coray , l'engouement fatal d'Yvon, le retour de Guillaume de Coray et l'emprise totale que lui et sa sœur exerçaient sur la vie de son frère. esprit faible; de la maladie d'Yvon et de sa propre éloignement de lui ; enfin, de la persécution voilée de Diane et de ses craintes pour son propre avenir.

Tableau orageux, si sombre qu'il laissa pour le moment les deux amants sans voix ; jusqu'à ce qu'en se penchant pour regarder le visage à demi caché sur son épaule, Henri aperçut une larme vive qui tremblait sur les cils tombants.

"Non, ne pleure pas, ma chérie", murmura-t-il avec passion. "Tu ne dois pas pleurer ni craindre de telles choses; cela ne sera pas permis. Plus tôt que cela, je te monterai là-bas sur le bon Charlemagne, et je chevaucherai avec toi en Touraine, où nous rirons ensemble de ces vils conspirateurs - oui, et de ton frère aussi pour avoir apporté tant de malheur au cœur de sa petite sœur. Fie à lui ! a-t-il oublié que sans ton courage, il aurait pourri maintenant même dans quelque cachot immonde ?

"Non," murmura-t-elle en souriant, "mais c'était aussi plus pour toi, Henri, que pour le sien, même si je l'aimais bien, et je l'aime toujours pour toute sa dureté, car je sais que ses yeux sont, pour le moment, aveuglé à cause de cette femme.

" Mais, dit d'Estrailles en suppliant, " est-il donc si impossible de t'aider, petite ? Voudrais-je aller hardiment là-bas château et te réclamer pour épouse, car il me semble que c'est un acte de lâcheté de le faire ? cachez-vous comme n'importe quel malfaiteur de cette manière.

" Ah, Henri, " soupira-t-elle, " quelle bêtise tu dirais ! Assurément, tu ne pourrais pas m'aider en entrant dans la fosse aux lions, ni me sauver d'un triste sort en mourant comme un espion, comme tu serais sûrement surnommé si tu tu es venu ici sous ta forme appropriée.

"La fosse aux lions !" » répéta-t-il avec mépris. " Je les traiterais plutôt de chacals, car leurs voies sont des voies de lâches et leurs pensées sont des pensées de traîtres. Mais dis-moi, ma chérie, mon plan est-il donc si impossible ? ou craindras-tu de faire confiance à tout le monde, même à toi-même ? ... à mon honneur ?"

"Peur?" elle a souri; "peur!" - et elle leva ses lèvres pour rencontrer sa caresse. "Non, Henri, ce n'est pas la peur qui me fait hésiter, mais parce que... parce que..."

"Parce que?" » demanda-t-il en lui tenant les mains dans les siennes. "Parce que, petit ?"

« En vérité, je ne sais pas, » murmura-t-elle doucement ; " seulement, c'est peut-être une sottise, mais mon esprit me trompe sur ce qui est le mieux. Attendons, mon Henri, à demain, et je demanderai l'avis du cher père Ambroise, qui m'aime bien, et qui, Il me semble qu'il n'aime pas plus que moi ces de Coray , frère et sœur. De plus, je suis assuré qu'il me plaint et qu'il voudrait me voir heureux, ce qu'il sait bien. Je ne pourrais jamais être dans une cellule de couvent ou autre. bras que les tiens. Alors jusqu'à demain, Henri, attendons, et peut-être… peut-être viendrai-je.

donc assis côte à côte, rêvant de tout le bonheur que leur apporterait leur venue, tandis qu'il lui racontait à nouveau la vie heureuse et joyeuse de la Touraine, si vivement qu'il semblait à Gwennola qu'elle chevauchait déjà à ses côtés à travers le pays. des prairies riantes et des vergers ensoleillés chantant des rondeaux et des virelais gais et doux comme leur environnement, sans mélancolie étrange comme chaque chanson résonnait dans cette terre grise et pourtant à jamais chère de Bretagne. Mais les rêves doivent souvent s'effacer avant l'aube, et bientôt ils doivent dire adieu, ces jeunes amants insensés, qui ont trouvé le monde si entièrement fait pour eux seuls. Et pourtant, pas d'adieu, mais *au revoir, au revoir* jusqu'au lendemain, avec peut-être l'approbation, sinon sa bénédiction, du père Ambroise, sur leur fuite devant les troubles et les ombres, les soupçons et les jalousies.

"Au revoir ! Au revoir !" La douceur même des mots faisait une mélodie dans le cœur de Gwennola alors qu'elle et ses serviteurs se précipitaient vers la maison, et ses lèvres tremblaient dans un bonheur souriant, chaud au souvenir de ses baisers. Quant à Marcille et à la petite Marie au visage rose, elles aussi avaient trouvé l'attente moins pénible qu'on aurait pu le croire ; car l'exemple de ses supérieurs, voyez-vous, est une belle chose à suivre, et l'atmosphère d'amour est si contagieuse que peut-être elle s'était même répandue vers l'ombre des arbres où les deux attendaient ; et cela peut expliquer la raison pour laquelle les lèvres roses de Marie se creusèrent aussi alors qu'elle souriait dans l'obscurité et qu'une main qui aurait dû tenir son manteau glissa vers le bas pour se rencontrer et être saisie par une autre main, forte et tendre, qui le tenait si fort que le sourire débordait presque en un rire joyeux pour le bonheur même de la jeunesse.

# CHAPITRE XVII

"Hélas, pauvre Yvon ! Non, repose ta tête ainsi, oui, cela semble mieux ; et mets ta main dans la mienne. Ah ! comme il fait froid ! et comme tu grelottes , même devant cette chaude flamme !"

"Oui, aussi froid que mon cœur grandisse quand je pense à ce que cette maladie présage ", gémit Yvon, alors qu'il s'allongeait avec lassitude sur son canapé, levant avec des yeux aimants mais nostalgiques le beau visage brillant penché si près du sien. Diane de Coray apparaissait comme un ange de lumière et de grâce dans sa robe gracieuse et collante de lourde étoffe blanche, aux manches longues et au col bordés d'or brillant, tandis que la haute coiffe encadrait un visage assez blond pour apaiser et réjouir n'importe quel homme. et de doux yeux noisette remplis de sympathie, de tendresse — et peut-être d'une autre expression vague et indéfinie impossible à lire.

Elle répéta doucement son nom à plusieurs reprises tout en caressant la main fine qui reposait nonchalamment à ses côtés.

"Tu iras mieux tout à l'heure", dit-elle enfin doucement, en réponse à son soupir las. "Tu vois, Yvon, pour moi tu *dois* aller mieux."

Il secoua tristement la tête. "Non," répondit-il, "je n'ai pas peur, petite Diane; pour moi il n'y a que le tombeau, le tombeau où seront enterrés tous les espoirs et le grand amour que tu m'as inspiré. Oui, petite, ne pleure pas, car c'est quand même amer, si amer qu'il semble le dire , et comme seuls les saints saints le savent, car la mort est un hôte désolé quand l'amour est intervenu devant elle. Et je t'aime, ma Diane, je t'aime. Je t'aime, de tout ce pauvre cœur que je n'ai pas digne de toi, doux, non digne, car la souffrance et la peur n'ont laissé qu'une triste épave de l'Yvon de Méréac qui fut autrefois. Et pourtant, Diane, tu as aimé ce pauvre et faible, si indigne de toi ! Vois, tu prendras mes mains dans les tiennes et tu le diras doucement, ainsi : « Je t'aime, Yvon de Mereac , je t'aime, quoique tu ne sois qu'un pauvre et indigne. amant au mieux pour la demoiselle la plus douce et la plus belle que le bon Dieu ait jamais créée.'"

"Non!" s'écria-t-elle passionnément, en essuyant une larme et en se penchant pour embrasser le visage blanc et renversé ; " tu sais bien que je t'aime, Yvon, les saints m'aident ! Mais tu ne mourras pas ! Écoute ! Je te dirai mes pensées secrètes, même si je me crains que tu ne sois en colère. "

"En colère?" » demanda-t-il en souriant ; "En colère contre toi, Diane?"

"Oui", dit-elle en tournant vers lui un visage rouge et à moitié honteux, et en parlant d'une voix dure et égale ; tu seras en colère, Yvon ; et cependant j'oserai cette colère pour l'amour que je te porte.

Elle regarda autour d'elle tout en parlant, mais personne n'était proche ; seuls les visages tapissés rencontraient les siens tandis qu'ils regardaient calmement depuis les murs, comme si, sans vie, ils méprisaient cette femme agenouillée là, la connaissant et la saluant de menteuse et de traîtresse.

Mais le rapide pincement de remords et de peur qui faisait trembler les mots sur ses lèvres passa, et, s'acharnant à sa tâche, la jeune fille se rapprocha du malade.

« Écoute, » dit-elle doucement, « et juge, Yvon, mon fiancé. Ne t'es-tu pas étonné de cette douloureuse maladie ? Personne ne peut dire son nom ; si habile sangsue qu'il est, le père Ambroise n'en a aucune connaissance ; et pourtant, sa nature est si mortelle que la mort semble véritablement proche.

Les yeux bleus d'Yvon étaient curieusement fixés sur le visage de l'oratrice, une vague horreur grandissant en eux à mesure qu'elle avançait.

"Tout cela ne t'a-t-il jamais frappé, mon Yvon ? N'as-tu pas cherché en vain la cause de ta souffrance ?"

"Non," murmura-t-il, "je ne comprends pas de quoi tu parles , Diane."

"De la sorcellerie", dit-elle doucement mais très clairement. "De la sorcellerie, très cher amour, qui a été amenée à agir si mal sur toi que la mort t'attend déjà."

Elle se signa, frissonnant en voyant l'horreur s'approfondir dans les yeux écarquillés si proches des siens.

"La sorcellerie?" » répéta-t-il faiblement. "Mais pourquoi ? et par quelle main de tels sortilèges devraient-ils être opérés ?"

"Par la main cruelle de Gwennola , ta sœur !"

Instantanément, les yeux bleus s'enflammèrent, une rougeur rouge et colérique teignant rapidement les joues pâles et enfoncées.

" Gwennola ! ma sœur Gwennola , une sorcière ! Non, Diane, tu es ravissante . Ne dis pas de tels mots, jeune fille ! Par ma foi, ils ne seront plus respirés en ma présence, - l' honneur de la maison de Mereac ne peut pas être bafoué à la légère par lèvres insouciantes.

Elle s'était attendue à sa colère et y faisait face avec assez de sang-froid.

"Je ne peux pas démentir la vérité, Yvon de Mereac , même lorsque l'honneur de ta maison est en jeu. Non ! ne blâmez pas moi, mais plutôt celle qui l'a si cruellement traînée dans la boue."

"Mais c'est un mensonge", s'écria-t-il passionnément, "un mensonge ignoble et cruel. Qui a osé te dire de telles paroles, Diane ? Je le ferai pendre à l'arbre le plus proche pour avoir ainsi souillé le beau nom d'une noble jeune fille."

Diane posa une main douce et caressante sur sa paume serrée ; les yeux qu'elle tournait vers les siens pétillants et indignés étaient pleins de larmes.

" Hélas ! hélas ! mon Yvon ! " elle a chuchoté. « Aurais-je osé parler ainsi de ta sœur, si je n'avais découvert par moi-même la vérité de l'accusation ?

Il s'allongea sur son canapé, haletant et presque essoufflé d'émotion ; mais ses yeux se dilatèrent encore de peur et d'horreur alors qu'il écoutait ses paroles douces et doucement prononcées.

« Sans l'amour que je te porte, Yvon, aucun mot n'aurait dû sortir de mes lèvres ; mais parce que même maintenant il n'est peut-être pas trop tard pour te sauver, l'amour a descellé mes lèvres, et je te déclare solennellement que ta sœur Gwennola , et elle seule, est responsable de ta maladie mortelle.

"Non, je ne peux pas le croire", cria-t-il avec un rapide sanglot. "Quoi ! Gwennola a essayé de me tuer ? La petite Gwennola de mon père est une sorcière ? C'est au-delà de la raison, te dis-je, Diane."

"C'est ce que j'ai dit au début", dit doucement Diane; "et pourtant c'est la vérité."

« Gwennola ! » » répéta-t-il rêveusement, alors qu'à l'instant tous les vieux jours d'enfance semblaient surgir dans sa mémoire : « petite Gwennola !

Il la voyait, une petite et charmante jeune fille de cinq étés innocents, tenue dans ses jeunes bras forts pour embrasser le front de son cheval ; et se souvenant de la façon dont elle avait cessé d'aimer le destrier noir pour jeter une paire de bras de bébé doux autour de son cou et l'embrasser encore et encore. Puis d'autres images lui revinrent dans la pièce sombre : des images du même enfant devenu une petite fille mince, belle comme les fleurs qui courbaient leurs têtes blondes sous les brises d'été ; avec de grands yeux bleus qui guettaient toujours son père et son frère, qu'elle devait toujours courir saluer, ne serait-ce que pour s'échapper du métier à broder et du regard réprobateur de sa mère . Mais à la fin les images s'effaçèrent, se ratatinèrent sous un souffle empoisonné, et la voix de Diana résonna à ses oreilles : « Gwennola est une sorcière !

« Non », s'écria-t-il avec férocité, comme pour étouffer la voix accusatrice ; "Ce n'est pas une vérité, mais un mensonge, un mensonge façonné dans l'enfer le plus noir !"

Mais Diane ne devait pas être émue par ses paroles dures. Elle jouait pour un enjeu et savait qu'elle devait gagner, même si dans son cœur elle était d'autant plus en colère de constater que l'amour qu'elle avait espéré avoir déjà détruit avait une racine si forte.

"C'est pour toi que j'ai parlé, mon Yvon", plaida-t-elle avec une pause dans sa voix douce. "Hélas ! hélas ! Je n'ai fait que t'irriter, et tout cela en vain, puisque tu ne veux ni croire ni essayer de te sauver de ses sortilèges."

"Non, ma chérie, tu dois pardonner mes paroles de colère", dit son amant, fondant de tendresse alors que son oreille captait le sanglot dans les tons doux. " Eh bien , je sais que c'est ton zèle pour mon bien qui t'a égaré en croyant de si fausses paroles. Mais réfléchis-toi, ma Diane, quelle preuve peuvent apporter ces méchants rapporteurs ? quelle connaissance ont-ils ?"

"Ah, moi !" gémit Diane, je dois encore te mettre en colère, Yvon ; et pourtant, elle t'a trompé et fait du tort si cruellement, que je n'aurai aucune pitié, non, car un tort si odieux n'en mérite aucun, et son péché repose sur sa propre tête ! "

"Parlez", murmura Yvon d'une voix rauque, tandis qu'une fois de plus la peur se glissait dans ses yeux; "Parle, Diane."

« Quand ma servante, Jeanne Dubois, m'a raconté l'histoire, dit doucement Diane, je lui ai dit de se taire ; car les mauvaises langues étaient sévèrement punies, et les calomniateurs, à mon avis, ne devraient avoir qu'une petite pitié. insistait, et c'est pourquoi j'écoutais par force, simplement pour lui montrer d'abord le danger de ces mensonges mensongers. Cependant l'histoire sentait si vivement la sincérité que j'écoutais longuement avec plus d'attention, tandis qu'elle me disait que la demoiselle de Méréac avait une attitude étrange . compagnie, et que souvent en passant devant la porte de sa chambre à la tombée de la nuit, elle avait eu des raisons de se signer par peur des chants et des voix étranges qu'elle entendait à l'intérieur. Pourtant, sachant que cela ne la regardait pas, la jeune fille ne disait rien jusqu'à ce que, par hasard, un jour conversant avec Pierre le fou, le fripon lui murmura quelque peu à l'oreille ses propres soupçons, et dit à Jeanne qu'il pouvait aussi lui prouver que la jeune châtelaine non seulement rassemblait de mauvaises compagnies sous le toit même du château, mais qu'elle allait aussi au cœur de la forêt à minuit pour célébrer de terribles orgies avec ses immondes amis et converser avec son redoutable familier, qui lui apparaît sous la forme d'un frère brun, qui, pour ses mauvaises actions sur terre, a été condamné pour hanter les ombres d'une chapelle en ruine et aider encore davantage ceux dont les péchés sont aussi noirs que ceux de sa propre âme perdue.

De nouveau, Diane regarda fixement les yeux d'Yvon et, avec un frisson de triomphe, remarqua le regard de terreur qui les avait envahis.

« Moi-même, dit-elle tristement, j'ai déjà prouvé la véracité des paroles de Jeanne ; il te reste, Yvon, à te convaincre aussi d'une culpabilité qui, hélas ! brille comme midi. En vérité, je t'en supplie. ainsi pour prouver les paroles que j'ai osé prononcer, car il n'y a aucun doute dans mon esprit que dans les mauvaises pratiques de cette jeune fille perdue réside le secret de ta maladie mortelle. Et parce que je t'aime, Yvon, de tout mon cœur et de toute mon âme, je te prie. "Efforce-toi de te sauver de ces sortilèges cruels, et même, s'il le faut, d'arracher de son arbre-mère cette branche frappée et de la jeter au feu."

" Gwennola !... Gwennola ! " gémit Yvon ; "La chérie de mon père, sa petite Gwennola ! Est-il possible que tu sois ainsi tombée, que tu sois devenue si perdue ? Diane," s'écria-t-il en se tournant presque violemment vers elle, "j'accepte ta parole. Prouve-moi la culpabilité de ma sœur, et J'allumerai moi-même les fagots qui purifieront l' honneur de la maison de Mereac . Pourtant, je te préviens que si cette histoire est fausse, l'amour même que je te porte se ratatinera et brûlera jusqu'à ce qu'il ne reste plus que les cendres de la haine.

"Je vais le prouver", dit Diane en lui rendant son regard sans broncher. "Cette nuit même, de tes propres yeux tu verras ta sœur serrée dans les bras de l'une des ombres les plus immondes de l'enfer, et avec lui complotant pour ta destruction."

# CHAPITRE XVIII

Il est difficile de comprendre à quel point la superstition de la sorcellerie a exercé une influence considérable sur l'esprit de nos ancêtres dès les premiers âges. Et au XVe siècle, la peur des sorciers et des sorcières et la croyance en leurs pouvoirs surnaturels étaient presque illimitées. En effet, la réputation de folie n'était pas plus fatale aux chiens que celle de la sorcellerie aux êtres humains.[ #] Elle fut si destructrice, qu'il n'y a guère de hameau ancien à l'ouest des Carpates où des foules de sorcières n'aient été massacrées pendant le moyen Âge. Pendant une période considérable , Cologne brûla chaque année quatre cents de ces misérables, Paris trois cents et une multitude de villes de second ordre deux cents chacune. Être stigmatisée comme sorcière, c'était être condamné, tôt ou tard, au bûcher ; et cela était si bien compris, que les méchants n'avaient qu'à donner ce mauvais nom à leurs victimes pour obtenir leur exécution. Il reste une liste de quelque cent cinquante sorcières tuées en trois ans par ce lieu insignifiant qu'est Würzburg ; et parmi les malades, nous trouvons une demi-douzaine de vagabonds, d'enfants et autres ; un grondeur, un juge érudit, un linguiste habile , plusieurs prédicateurs populaires et « Goebel Babelin , la plus jolie fille de Würzburg ».

[#] Voir *Les sorcières et leur métier* .

C'était un axiome fondamental des codes des sorcières, comme l'explique Bodin , qu'aucune sorcière ne pouvait être acquittée à moins que son innocence ne brille « aussi clairement que le soleil de midi » ; et tous les soins furent pris pour rendre cela impossible. Mais le moyen de loin le plus puissant pour obtenir leur condamnation – surpassant d'une longueur infinie le faux témoignage et la torture – était l'infâme examen minutieux auquel les misérables créatures étaient soumises. La recherche de la marque du diable et de l'amulette, prescrite par l'Église, était considérée comme pire que la mort elle-même, et parmi les milliers de personnes qui périrent, une grande partie mourut en s'accusant elle-même, préférant la recherche mortelle de la flamme à celle des inquisiteurs moines. .

Considérant à quel point les sorcières étaient terriblement et inévitablement punies, il semble étonnant que des myriades de personnes, et encore moins de telles myriades, aient déclaré qu'elles étaient compétentes en métier. Mais, d'un autre côté, il faut se rappeler que l'acquisition du pouvoir de provoquer des tempêtes et des ravages, des maladies et la mort, était une tentation irrésistible pour la nature sauvage qui prédominait alors dans les classes inférieures. Car tout le monde recherchait la fraternité. Ceux qui souffraient ou appréhendaient la souffrance achetaient leurs services au même titre que ceux qui désiraient que la souffrance soit infligée. Mais ces derniers étaient de loin les plus nombreux, et les sorcières avaient une façon bien singulière de les gratifier. L'une des plus étranges était de façonner l'image de l'individu détesté lors de la célébration de certains rites infernaux. Le simulacre était généralement en cire vierge ; mais lorsqu'il s'agissait de rendre l'œuvre de vengeance bien sûre, on préférait généralement l'argile tirée du fond d'une tombe bien utilisée. L'image étant moulée selon la règle et baptisée par un prêtre dûment qualifié, quelle que soit la blessure infligée au modèle, on pensait qu'elle avait un effet similaire sur l'original. Après avoir ligoté un membre de l'effigie, la paralysie a atteint le membre correspondant de la personne représentée. On supposait ainsi qu'une douleur intense et une mutilation effrayante étaient produites ; et même la mort elle-même n'était pas au-delà du pouvoir du sorcier. Pour obtenir ce résultat fatal, il y avait plusieurs recettes approuvées. Certains percèrent le cœur de la statuette avec une aiguille neuve ; d'autres le faisaient fondre lentement devant un feu ; un troisième groupe l'a enterré en pleine nuit dans un terrain consacré avec l'horrible burlesque du service funéraire ; et un quatrième rassembla les cheveux dans le ventre du modèle et les cacha dans la chambre, si possible sous l'oreiller, de la victime prévue. De telles images furent préparées par Robert d'Artois pour la destruction de ses ennemis. C'est ainsi qu'Enguerrand de Marigny aurait tué Philippe le Bel. Ainsi également, Eleanor Cobhan , épouse du duc Humphrey, aurait attenté à la vie d'Henri VI.

Les pouvoirs et les artifices malfaisants des sorcières et des sorciers étaient nombreux et variés pour tous les objectifs possibles. Une décoction faite d'un crapaud baptisé du nom de Jean et nourri d'hosties consacrées fut jetée sous la table d'un fermier par une sorcière à Soissons, et tous ceux qui étaient assis autour de la table moururent aussitôt. Chaque sorcière possédait son agent, ou lutin familier, qui, lors de son inauguration dans la sororité, lui suçait le sang, laissant ainsi la fatale « marque du diable ».

En Bretagne, pas plus de cinquante ans avant le début de notre histoire, le célèbre et exécrable Gilles de Retz avait été conduit au bûcher, là pour payer le prix de son horrible carrière de sorcier, meurtrier et adorateur du diable. Les crimes de ce démon de l'iniquité sont trop nombreux et trop terribles pour supporter la répétition. Mais son principal plaisir était d'attirer les enfants dans son château par l'intermédiaire d'une vieille sorcière nommée la Meffraie , qui parcourait la campagne pour attirer tous les enfants qu'elle rencontrait, avec de fausses promesses, dans la demeure de son maître ; et à partir de ce moment on n'en entendit plus parler. Quand, après quatorze ans, ses horribles pratiques furent révélées et que des recherches furent faites, on trouva dans la tour de Chantocé un tunnel d'os calcinés, d'os d'enfants en si grand nombre, qu'on supposa qu'il devait y en avoir une quarantaine . [ #] On en trouva une pareille quantité au château de La Suze et en d'autres lieux ; bref, où qu'il ait été. Le nombre d'enfants détruits par cette brute exterminatrice fut évalué à cent quarante, le motif de la destruction de ces malheureux innocents étant plus horrible que la manière de mourir. Il les offrit au diable, invoquant les démons Barren, Orient, Belzebub, Satan et Belial pour lui accorder en retour de l'or, de la connaissance et du pouvoir. Il avait avec lui un jeune prêtre de Pistoia en Italie, qui promit de lui montrer ces démons ; et un Anglais, qui a aidé à les conjurer.[ #] C'était une affaire difficile. L'un des moyens essayés était de chanter le service de la Toussaint, en l'honneur des mauvais esprits. Et pourtant, ce méchant taché de sang, qui aimait écouter les cris de mort pitoyables des petits enfants et se réjouissait de leurs souffrances, qui, à cause du culte des démons, était lui-même devenu plus diable que l'homme, loua son méchant assistant et magicien, qui fut condamné. avec lui, à la grâce de Dieu dont il avait assassiné l'image vivante, dans les termes suivants : « Adieu, François, mon ami ; que Dieu vous accorde la patience et la connaissance, et soyez assuré, pourvu que vous ayez de la patience et de l'espérance en Dieu, nous nous retrouverons dans les joies du paradis. L'horreur inspirée par ce misérable blasphémateur persistait encore dans le cœur des Bretons, et il n'était pas étonnant que la sorcellerie ait trouvé peu de pitié de la part d'un peuple ignorant et fanatique ; bien que les sorciers et les sorcières soient souvent autorisés à exercer leur métier sans être inquiétés pendant de nombreuses années, la peur de souffrir de leur vengeance, même dans la mort, tenant leurs ennemis à distance, tandis qu'ils menaient une affaire rentable avec les clients qui désiraient leur aide.

[#] *Dépositions d'Etienne Corillant* .

*L'Histoire de France de* Michelet .

On comprendra d'autant mieux, par ces remarques qui précèdent, avec quelle habileté Diane de Coray avait tissé la toile de son complot autour de sa malheureuse victime, qui restait dans l'ignorance totale de son danger, les serviteurs du château ayant été auparavant instruits par la rusée Jeanne. de ne pas souffler mot de leurs soupçons aux oreilles de ceux susceptibles de l'avertir. C'est donc sans pressentiment de tomber malade que Gwennola de Méréac se rendit de nouveau au rendez-vous de son amant, pleine de pensées heureuses et le cœur d'autant plus léger qu'il contrastait avec la lourdeur lasse de tant de semaines passées. Elle ou ses serviteurs ne devinaient pas quels yeux perçants surveillaient leurs mouvements, ni quels pas furtifs s'étaient déjà glissés derrière eux à travers l'ombre de la forêt.

C'était la servante Jeanne Dubois qui avait la première découvert l'identité du ménestrel errant dont l'avènement avait été salué avec tant de joie par le jeune sieur de Méréac . Cachée dans l'ombre des lourdes tapisseries, elle avait entendu ce qui s'était passé entre Marie Alloadec et son futur amant, et en avait porté la nouvelle en toute hâte à sa maîtresse. L'indice ainsi donné avait été suivi avec soin, mais c'était Pierre le fou dont la ruse avait découvert le rendez-vous fatal et percé le déguisement du personnage encapuchonné. Ainsi les fils de la toile se rassemblèrent plus sûrement autour des doigts des tisserands, et maintenant le moment approchait de prouver leur force.

Un vent froid sifflait à travers les arbres nus au-dessus, mais les sous-bois poussaient si près de la chapelle en ruine qu'ils abritaient tous les observateurs non seulement du souffle aigu mais aussi des regards curieux ou interrogateurs. Mais les yeux et les pensées de Gwennola étaient loin d'être soupçonnés de trahison ou de mal. Elle pensait, en se précipitant, aux bons et tendres conseils du père Ambroise. Il avait promis, le bon vieillard, d'user au maximum de son influence auprès d'Yvon pour le persuader soit de permettre à sa sœur d'épouser l'homme qu'elle aimait, soit du moins de la laisser sans inquiétude face à des suggestions de fiançailles importunes jusqu'à ce qu'il puisse plus clairement On verra comment les choses se sont déroulées entre les deux pays rivaux. Si Yvon était encore obstiné, eh bien, il se pourrait que le père Ambroise soit prêt à risquer la colère de son seigneur pour le bien de la petite fille qu'il aimait si tendrement ; mais elle devait être patiente – très patiente – pendant qu'il priait pour que son chemin soit clair sous ses yeux.

Le vieil homme avait été si doux, si aimant, avec de telles larmes de tendresse paternelle l'avait-il supplié, que Gwennola avait écouté ses plaidoiries et avait promis d'attendre avec patience ses conseils ultérieurs, au lieu de lui prêter une oreille trop disposée. à l'importunité de son amant de pousser à la fuite précipitée, ce qui lui était apparu sous un jour si favorable , tandis qu'il murmurait des raisons éloquentes au cœur qui répondait volontiers à ses supplications. Pourtant, son pas devenait plus lent à mesure qu'elle approchait de son lieu de rendez-vous, comme si elle trouvait sa promesse peser presque trop lourdement sur elle alors qu'elle imaginait la déception dans les yeux sombres qui baisseraient leur enquête avide sur les siens.

Marie et Jean Marcille s'attardèrent derrière leur maîtresse comme la veille. Ils avaient leurs propres soucis, ces deux-là, qui peut-être – et qui peut les blâmer ? – obscurcissaient leurs oreilles et obscurcissaient la vigilance de leurs yeux. Il est bien certain qu'aucun d'eux n'a vu , au milieu d'un bouquet d'arbres, non loin de là où ils se trouvaient, quatre personnages masqués, courbés, comme s'ils observaient furtivement ceux qui se tenaient déjà dans le clair de lune déclinant, près des ruines de lierre.

"Ça suffit", murmura Yvon de Mereac d'une voix basse et étouffée en se relevant et en faisant face à la femme à ses côtés. "C'est assez."

Oui! il avait été convaincu là où il sentait que la conviction était impossible, par le témoignage de ses propres yeux ; car, en se baissant là, il avait aperçu, frissonnant d'horreur, la silhouette sombre d'une grande silhouette de moine, et alors même qu'il se signait de peur, il avait vu une autre silhouette, élancée et encapuchonnée, se faufiler parmi les arbres pour être serrée dans ses bras. dans l'étreinte étroite du Frère Brun lui-même ; et, alors que le faible clair de lune s'étendait vers le bas derrière un nuage qui passait, la capuche avait glissé en arrière, révélant les boucles rouge-or et le visage pâle de Gwennola .

Diane de Coray était une habile conspiratrice. S'y attarder pourrait rapidement révéler au frère angoissé que l'amant de sa sœur était vraiment dans la chair et n'était pas un agent fantomatique du monde invisible ; alors, avec des murmures de sympathie, elle se hâta de revenir avec lui vers le château, suivie de son frère et de Pierre le fou. Mais à ses paroles murmurées, Yvon de Méréac ne répondit point ; le coup avait été si soudain, si violent, que son faible esprit chancelait. Pour un Breton, l'honneur précède même l'amour lui-même, la duchesse Anne exprimant les sentiments de son peuple dans sa devise chevaleresque : « La mort est préférable au déshonneur ». Et maintenant le déshonneur dans sa forme la plus noire allait tomber sur la plus belle fleur de sa maison ! Il n'est pas étonnant que le pauvre et faible frère ait gémi de stupéfaction face à un tel sort. Paralysé par l'horreur de ce qu'il avait vu, son cerveau défaillant refusa d'abord de comprendre ce que lui disaient ses sens extérieurs, et il se laissa ramener au château par ses amis apparemment sympathisants ; et, jusqu'à ce qu'il se rassit sur son lit et but dans le gobelet de vin que la tendre Diane portait à ses lèvres, son esprit ne devint suffisamment clair pour comprendre tout le sens de cette aventure de minuit.

" Gwennola une sorcière !" murmura-t-il enfin avec un sanglot rauque. "La petite Gwennola une sorcière ! Sainte Mère de Dieu ! que dois-je faire ? Hélas ! que dois-je faire ? La petite Gwennola !... la petite Gwennola !"

"Non," dit Diane, parlant d'une voix basse et claire, tandis qu'elle se penchait sur lui, là où il gémissait encore et encore le nom de sa sœur, "elle ne mérite aucune pitié, Yvon. Elle est perdue,... oui, perdue , ... souviens-toi de ses péchés, du terrible péché contre toi, mon Yvon. Pour moi, puisque je ne vis que pour toi, elle doit payer le prix de son crime, afin que tu puisses recouvrer la santé.

Son beau visage était proche du sien ; il sentait son souffle chaud remuer ses cheveux mouillés de sueur sur son front ; ses yeux noisette semblaient graver sa volonté dans son cerveau engourdi et le forcer à y parvenir comme avec un pouvoir magnétique. Faible et impuissant, il était aussi entièrement entre ses mains que s'il n'avait été qu'un bébé d'un an ; et tandis que ses yeux suivaient les siens, il répétait lentement ses paroles comme si elle les lui arrachait.

"C'est une sorcière, et en tant que sorcière, elle doit mourir - pour toi, Diane, - pour toi."

# CHAPITRE XIX

"Toi, Marcille ? Au nom des saints bienheureux, que fais-tu ici ?... et ainsi !"

L'aube grise d'un jour de novembre montait lentement vers l'est, mais l'air était humide et froid de givre et de rosée, et les hommes qui se tenaient là se regardaient en face à travers une brume vaporeuse. Le visage de Jean Marcille était blanchi de peur, et ses yeux noirs regardaient ceux de son maître avec une expression de terreur et de consternation.

"Et maintenant, valet !" s'écria d'Estrailles avec inquiétude, est-ce qu'il est arrivé quelque chose de mal à la demoiselle ? Pourquoi es-tu venue ainsi avec tant de frayeur dans ton regard ?

"Hélas, mon maître !" haleta l'homme. " Hélas ! comment puis-je vous le dire ? Un malheur est arrivé à la noble dame, un malheur dont les hommes craignent de parler et Marie dit... "

--Paix, imbécile, s'écria d'Estrailles avec colère, que m'importent les paroles de Marie ou de tout autre ; dis-moi seulement et sur-le-champ ce qui est arrivé à mademoiselle, ou j'irai sans perdre de mots pour toi. le château."

"C'était ainsi", murmurait Marcille debout, toujours haletant et la tête avancée, comme s'il attendait un coup. "Nous avons voyagé en toute sécurité à travers la forêt, mais à mesure que nous approchions du château, qui devait venir en courant vers nous, les yeux écarquillés et la bouche ouverte, sinon l'honnête imbécile Job Alloadec , frère de la jolie Marie. "Non, maîtresse," s'écria-t-il, nous empêchant d'avancer, "ne fais pas un pas en avant, car seul le mal t'attend", et, en disant cela, il se mit à sangloter comme n'importe quelle jeune fille insensée, de sorte que sa sœur fut obligée de lui faire des reproches francs et de lui dire raconter brièvement ses nouvelles. Mais c'était plus que ce que le bon Jobik pouvait essayer, et il fallut un certain temps avant que nous puissions comprendre de son récit ce qui s'était passé , et même alors, ce n'était que l'ombre d'un conte. Le Sieur de Mereac , paraît-il. , avait été mal à l'aise toute la journée, mais vers la tombée de la nuit, il avait semblé plus calme et avait souhaité à tous une bonne nuit de sommeil en se retirant. Mais à peine minuit avait-il sonné que la grande cloche sonna un appel pour que tout le monde se rassemble, et voici, là, dans le hall, se tenait M. de Coray , habillé et vêtu, avec sa sœur Pierre le fou et Jeanne Dubois à ses côtés. Son visage, ajouta le bon Job, était courbé en un terrible froncement de sourcils, et à mesure qu'il parlait à ceux qui l'entouraient, il devenait encore plus sévère. Sans ses paroles, monsieur, Job dit qu'elles étaient dix mille fois plus terribles que son visage, car il raconta à ses serviteurs comment leur maître, dont ils avaient tous observé la maladie avec tant d'effroi, avait été pris d'une crise, et que le père Ambroise, qui était avec lui, désespérait de sa vie ; puis avec des paroles douces et une horreur et une indignation bien simulées, il raconta comment cette maladie était l'œuvre de la sorcellerie, et comment une telle sorcellerie, au grand désarroi de sa sœur et de lui-même, s'était avérée sans aucun doute avoir été pratiquée . par Gwennola de Mereac , leur maîtresse et châtelaine . Et à ses paroles il y eut une confusion de voix, car les uns criaient ceci, les autres cela, et les uns appelaient à mort la sorcière qui avait tué leur maître, et les autres que c'était faux et que la demoiselle était un ange de lumière et pas des ténèbres. Mais la réponse de M. de Coray , ou plutôt je dirai de M. le Diable , fut que tout devait être prouvé, et il ordonna à deux des jeunes filles d'aller avec Jeanne Dubois dans la chambre de leur maîtresse et d'y chercher la dame et sa femme de chambre. Marie Alloadec . En entendant cela, Job vint en toute hâte annoncer la nouvelle et nous avertir du danger avant que nous mettions le pied au château. »

"Et mademoiselle ?" murmura d'Estrailles d'une voix rauque.

Marcille gémit. "Hélas, monsieur !" il a dit. " Mademoiselle a le courage d'un homme. Elle se tenait là, dans l'obscurité, de sorte que nous qui étions proches pouvions à peine voir son visage ; mais sa voix était ferme et calme lorsqu'elle répondit que, bien qu'elle remerciait le bon Job de tout son cœur, sa place était là, dans la salle du Château, pour prouver son innocence du crime ignoble dont on l'avait si malicieusement accusée, et s'il était possible de sauver son frère des griffes cruelles de ses faux amis. En vain Marie la supplia, tandis que je ne pouvais pas non plus m'empêcher de montrer les nombreux dangers auxquels elle pouvait être exposée ; mais elle ne se laissait pas ébranler de son dessein par des larmes ou des avertissements, protestant que l'innocence et l'honneur d'une jeune fille lui étaient plus chers que la vie elle-même . et qu'elle les défendrait devant les ennemis les plus acharnés, sachant que Dieu n'abandonnerait pas sa cause. Néanmoins, monsieur, elle ne vous a pas oublié, mais m'a ordonné de me cacher en toute sécurité et de revenir au premier rayon de lumière pour vous dire de vous échapper avant la ruse de tes ennemis t'a découvert ; car elle devinait bien qu'une trahison aux pieds doux devait depuis longtemps se glisser dans son ombre. Elle s'efforça également de persuader Marie de chercher la sécurité en fuyant avec Job ; car si l'accusation de sorcellerie était réellement portée contre elle, elle pourrait aussi courir un grand danger, étant donné que de tels démons seraient peu susceptibles d'épargner la torture qu'ils étaient libres d'infliger dans l'espoir d'arracher une fausse confession des lèvres qui se tordaient d'agonie jusqu'à ce qu'ils soient tordus à leur volonté. Mais la brave Marie était aussi ferme, déclarant que si sa maîtresse mourait, elle mourrait avec elle, car il serait impossible qu'elle l'abandonne ; mais, comme nous avancions enfin, elle m'ordonna d'attendre près de la rivière, et qu'avant l'aube elle s'arrangerait pour m'apporter ou m'envoyer des nouvelles du cas de sa dame et du sien. Aussi, monsieur, j'attendais avec beaucoup de crainte, car il n'est pas agréable à un honnête homme de se cacher ainsi en sécurité derrière les arbres, quand par hasard la femme de chambre qu'il aime est en danger de mort ; mais je savais que ce n'était pas alors un travail pour les muscles, mais pour la sagesse, et c'est pourquoi, le cœur douloureux, j'attendais l'aube ; et au moment voulu, de l'ombre des murs du château surgit un homme qui arriva rapidement là où j'attendais, et je m'aperçus que c'était encore une fois le bon ami Job, bien que par son apparence affolée j'augure mal avant même qu'il parle . Et c'était si mauvais que je pensais que l'enfer lui-même devait déjà être béant pour les conspirateurs d'une telle méchanceté ; car il paraissait qu'ils étaient intelligents, ces diables, si intelligents que le sort de mademoiselle et de la petite Marie était vraiment terrible. Le bruit courait déjà dans tout le Château que M. de Méréac était mort ; et que ce fût le cas ou non, M. de Coray prit très vite sa place, tandis que la fausse demoiselle sa sœur, avec la fille aux sourcils noirs sa jeune fille, et Pierre le fou, dont il y avait longtemps qu'on aurait dû tordre le cou, disaient à leur conte mensonger. Ah ! comme il a pleuré, le pauvre Job, monsieur, en le répétant ! Un tel cercle de visages méchants et cruels, disait-il, plein de la méchanceté de Satan, et en face d'eux la demoiselle de Méréac , belle, calme, innocente comme un ange, regardant ses accusateurs avec le mépris fier d'une noble dame qui voit la canaille lui hurlait des exécrations d'en bas. Et pourtant, aussi calme et innocente qu'elle fût, même elle pâlit en entendant les mensonges ignobles avec lesquels ces calomniateurs ont noirci sa belle réputation, et en voyant avec quelle habileté ils avaient comploté pour sa vie. C'est la menteuse Jeanne Dubois qui fit contre elle les premières fausses déclarations, parlant de voix qu'elle avait entendues parler à minuit dans le cabinet de mademoiselle, de rires et de chants bizarres et de telles bêtises, jusqu'à ce que même de Coray lui-même lui coupât court, voyant le mécontentement sur les visages des hommes autour, qui semblaient, dit Job, peu contents de voir leur jeune maîtresse dans une telle situation et sur des terrains si minces. Mais le prochain à prendre la parole fut le diablotin du diable Pierre le fou ; et quand il parla du Frère Brun avec qui la dame causait et se promenait à minuit près de la chapelle, nombreux étaient ceux qui regardaient de travers et se signaient. Mais mademoiselle elle-même ne prononçait aucun mot, se contentant de se tenir là, dans toute la pureté et la fierté de son innocence, face à ses accusateurs avec mépris. Mais c'était maintenant le tour de mademoiselle de Coray elle-même, et tandis qu'elle parlait à l'assistance, le cœur même de Job lui-même se serra, car le ton même de sa voix possédait la fascination qui engendre la croyance. D'un ton triste, elle insistait sur l'amour qu'elle avait eu non-seulement pour M. de Méréac , mais aussi pour sa sœur ; de combien le chagrin avait rempli son cœur devant la maladie soudaine et mystérieuse qui avait mis si bas celui avec qui elle était déjà fiancée ; du comportement étrange de Mademoiselle Gwennola ; de ses propres soupçons; de son mépris cependant des allégations de Jeanne et de l'histoire de Pierre le fou jusqu'à ce qu'elle ait prouvé par elle-même la vérité. En quelques mots vifs, elle imagina la rencontre de mademoiselle avec vous, monsieur, vous déclarant l'agent du mal à l'aide duquel elle exerçait ses hideux sortilèges ; l'horreur de son amant de découvrir aussi par lui-même les infâmes agissements de sa sœur ; sa dénonciation féroce à son égard et son ordre qu'elle soit conduite à mort, avant qu'une nouvelle crise ne lui vole la parole et, craignait-elle, la vie. Enfin, au milieu des exécrations murmurées de l'entourage, elle sortit une petite figure de cire, ressemblant vaguement à M. de Méréac , qui avait apparemment été en partie fondue devant un incendie, et qu'elle déclara avoir été découverte dans la chambre même de l'accusé. Pourtant, malgré les forts murmures d'horreur et de dégoût qui remplissaient maintenant la salle, Mademoiselle Gwennola ne broncha pas du tout. «Je suis innocente», dit-elle un jour haut et fort. « Que Notre Seigneur et Notre Dame vous pardonnent, Diane et Guillaume de Coray , la fausse histoire que vous m'avez portée. Mais mademoiselle Diane se contentait de rire en montrant la capuche noire et le manteau mouillés par les rosées de la nuit. 'Un mensonge!' » cria-t-elle en moquerie, de sorte que Job aurait volontiers frappé alors qu'elle se tenait là, parlant et souriant. « Un mensonge, dis- tu ? — sorcière et meurtrière que tu es. D'où viens- tu donc, honnête jeune fille, entourée des rosées de la nuit, au lieu de ton sommeil ? Ta chambre était vide quand ils sont allés te chercher, et bientôt tu nous reviens tout juste de tes réjouissances impies, et tu oses ainsi me reprocher un mensonge ! Non! tu ne peux pas espérer ainsi tromper la justice, ma fille, avec les signes de ta culpabilité accrochés autour de toi, ou détourner l'amour outragé de sa juste vengeance ! Mais mademoiselle ne répondit rien, resserrant seulement son manteau autour d'elle, comme pour mieux garder son secret ; et en effet, comme le disait Job, les paroles de Mademoiselle de Coray goût de vérité pour ceux qui n'en connaissaient pas la suite. »

"Hélas ! hélas !" s'écria passionnément d'Estrailles , pourquoi n'étais-je pas là pour proclamer cette vérité ? Mieux vaut cent morts que qu'un souffle d'une telle honte souille la pureté de l'honneur d'une telle jeune fille ! Mais il n'est pas trop tard, idiot que j'ai été. tarder ! Hâtons-nous donc, vite, Jean, et disons la vérité à ces insensés.

"Non, maître", dit Marcille en posant une main retenue sur le bras de son maître; Il me semble que cela ne servirait pas à grand-chose à la dame de vous passer la tête dans un nœud coulant sûr et certain. D'ailleurs, même ainsi, l'accusation tiendrait toujours, tant ils l'ont adroitement arrangé. D'ailleurs, la pauvre demoiselle et la jolie Marie sont déjà sur leur route vers Martigue sous l'escorte de M. de Coray lui-même, qui déclara qu'avant l'aube ils seraient livrés à la justice.

« À la justice ? » répéta d'Estrailles , tandis que ses yeux regardaient devant lui avec horreur, comme s'il contemplait déjà le tableau effrayant que ces paroles significatives lui présentaient. « À la justice ?

— Oui, gémit Marcille avec un sanglot ; " On voudrait la brûler comme une sorcière, mon maître ; et hélas ! peut-être aussi la petite Marie à côté d'elle,... des diables qu'ils sont ! "

Mais Henri d'Estrailles avait à peine saisi toute la portée du coup stupéfiant qui était tombé si vite sur la douceur du rêve amoureux. Aussi vaguement qu'Yvon de Méréac lui-même, il se répétait ces mots : « Gwennola une sorcière !... à brûler comme une sorcière !... Elle ! Sa voix s'étrangla dans un soudain élan d'émotion et de fureur, alors que son imagination évoquait la terrible image de sa bien-aimée, seule et impuissante parmi ses ennemis. Il pouvait la voir, ah ! si vivement, avec sa silhouette fière et jeune fille tirée au maximum de sa taille élancée, et ses grands yeux bleus défiant avec hauteur ses faux accusateurs, ces yeux qui, il y a si peu de temps, regardaient les siens avec amour et tendresse, et qui — Sainte Mère de Dieu protège-le de cette pensée ! — pourrait bientôt regarder dans l'agonie de la mort au milieu de la fumée et des flammes du bûcher cruel.

Mais, même si son sang bondissait follement dans ses veines pour chevaucher dans toute la force de son amour et de sa colère et l'arracher à lui seul des mains de ses ennemis, il savait que cette pensée était trop désespérée, un tel projet si impossible qu'il ne ferait que sceller à nouveau son destin. Oui ! — malheur ! Car il savait très bien à quel point cela était déjà écrit inexorablement ; eh bien , il savait qu'avec de telles preuves à portée de main, les plus nobles ou les plus justes n'en seraient pas gênés, surtout avec la main puissante du nouveau sieur de Méréac derrière lui pour pousser sa victime vers les flammes qui l'attendaient. La situation était effectivement désespérée. Les fils de la toile étaient si étroitement tissés qu'il était impossible de les rompre. S'il se manifestait et révélait l'identité du Frère Brun, il resterait toujours la preuve mortelle de l'image de cire et la mort inexplicable et mystérieuse d'Yvon de Mereac . Aussi clair que soit le complot de de Coray pour lui, son audace même rendait la position du conspirateur imprenable, et tout ce que d'Estrailles pouvait espérer gagner en tentant de révéler la perfidie et les projets meurtriers de son rival était la mort d'un espion français surpris en train d'errer déguisé. aux frontières de la Bretagne.

Il ne lui restait plus qu'un dernier espoir désespéré, et vers cet espoir il se tourna avec l'énergie du désespoir. Il se rendrait en toute vitesse à Rennes, où, près de la ville, reposaient les armées passives du roi de France. A la recherche de son maître, le comte Dunois, il prierait pour pouvoir emmener un corps de troupes françaises avec lequel se rendre à Martigue dans l'espoir que, par des menaces, appuyées par la puissance militaire, il pourrait inciter les autorités à livrer leurs prisonniers. Un espoir fou, si sauvage qu'il n'osait pas regarder de trop près ses contours sombres ; pourtant le seul auquel il pouvait s'accrocher à son extrémité.

"Adieu, Marcille ", s'écria-t-il en ôtant sa robe et son capuchon et se mettant en selle. "Non, mon ami, je ne t'emmènerai pas, et je suis là depuis peu pour des instructions. Tout ce que je peux te dire, c'est de veiller, et si un péril immédiat menace ta dame, chevauche les rênes lâches vers Rennes. Tu me trouveras. en route, je le garantis ; et si je ne peux pas demander de la compagnie à Dunois, j'en volerai même une, car, par la foi d'un chevalier français, je jure de la sauver !

Mais il y avait des larmes dans les yeux de Jean Marcille en voyant s'éloigner son impétueux jeune maître, tandis que, les éperons enfoncés profondément dans les flancs de son cheval, Henri d'Estrailles galopait follement, sur la bruyère où pesaient encore lourdement les brumes matinales.

"Hélas!" soupira-t-il en se retournant vers la forêt, cela ne sert à rien ; et non seulement mademoiselle, mais aussi la petite Marie périra ; et pour moi il n'y aura plus que la vengeance.

# CHAPITRE XX

Le sorcier Lefroi vivait seul dans sa petite cabane de la forêt d' Arteze . Elle était très solitaire, cette cabane, et à l'intérieur elle avait un aspect tout à fait exécrable. Mais c'était le but de son métier ; pour quoi! vous n'iriez pas enquêter sur les mystères du tombeau, ni chercher les moyens de transporter vos ennemis vers ce dernier, dans un salon propre, lumineux et ordonné, avec le pur soleil du ciel entrant par les fenêtres et peut-être des fleurs de pureté et de pureté. l'innocence qui fleurit à l'intérieur ? Non! la demeure de la sorcellerie et du mal doit nécessairement être sombre et sombre, avec les accessoires habituels du commerce qui l'entourent. La cabane du vieux Lefroi ne manquait pas en cela. La lumière d'un cierge brûlait faiblement et atténuée en cette folle nuit de novembre, alors que le sorcier se penchait, absorbé, sur ses incantations nocturnes. Il était sage, ce vieil homme, avec la sagesse de plusieurs siècles, avait appris, disaient les uns, de son maître le diable, et d'autres qu'il avait été instruit par certains de ces bohémiens et sorciers errants qu'on rencontrait si souvent à cette fois en France. Ces fils d'Égypte avaient été traités avec bienveillance dans la petite cabane forestière et, en récompense, ils avaient transmis au propriétaire, non seulement la connaissance des étoiles, mais aussi les secrets de nombreuses drogues merveilleuses et mortelles qui se révélaient souvent si utiles. par les clients du vieux Lefroi , et n'avait pas toujours le caractère de philtres d'amour . Peut-être était-il déjà en train de boire quelques-unes de ses boissons nocives, penché sur son creuset, car son vieux visage desséché se dessinait en un sourire moqueur et tordu, ce qui lui donnait encore plus l'apparence d'un parchemin froissé. Son costume était efficace, constitué d'un long emballage ample orné de nombreux signes cabalistiques et hiéroglyphes pittoresques. Sur sa tête, il portait la calotte habituelle ; tandis qu'à ses côtés était perché le chat noir familier, dont les ronronnements accompagnaient convenablement le bouillonnement du pot dans lequel un énorme corbeau noir scrutait avec des yeux curieux depuis l'épaule de son maître. Dans l'ensemble, le tableau était familier, tel qu'on aurait pu le voir dans n'importe quelle demeure de ces jongleurs et charlatans de l'époque qui pratiquaient la science occulte et s'enrichissaient grâce aux superstitions des ignorants.

Un coup frappé à la porte en bois tira le vieil homme de son occupation captivante et, avec un juron murmuré, il boitilla pour retirer le verrou et scruter l'obscurité.

Le visiteur, cependant, n'attendait aucune invitation à entrer, mais entra presque brutalement, comme s'il craignait que le propriétaire de la cabane ne veuille refuser l'entrée. C'était une femme qui ne perdit pas de temps pour rejeter sa capuche et faire face à son compagnon.

« Je m'appelle Diane de Coray , dit-elle brièvement, et j'ai été envoyée en toute hâte par mon frère que vous connaissez, mon vieux, pour vous demander l'antidote du poison que vous lui avez donné depuis quelque temps.

Lefroi scrutait avec curiosité ce visage pâle et beau qui regardait si anxieusement le sien. Puis il acquiesça.

- C'est très bien, observa-t-il astucieusement, c'est très bien ; mais comment savoir, belle maîtresse, que vous êtes bien celle à qui vous donnez le nom, car en vérité vous ressemblez à monsieur, votre noble frère, non pas du tout. tous?"

"Idiot!" s'écria-t-elle avec impatience, je vous jure que je suis Diane de Coray , est-ce suffisant ? Donnez-moi vite l'antidote, sinon il sera trop tard.

toujours furtivement, hésitant à faire sa volonté.

"En effet, je ne sais pas de quoi vous parlez, maîtresse", gémit-il enfin. " Du poison ? Je ne connais pas de poison. Un philtre d'amour , maîtresse... un philtre d'amour ou la prédiction de l'horoscope maintenant... "

"Ai fait!" cria-t-elle avec colère, et il remarqua la lueur de désespoir dans ses yeux. "C'est fait, vieil insensé ; je n'ai pas de temps à perdre, et tu sais bien de quoi je parle : le poison qui devait être administré goutte à goutte, qui devait si lentement et si sûrement faire son œuvre. Quoi ! devrait-il le faire ? Je sais tout cela, si je n'étais pas bien la sœur de l'homme à qui vous l'avez donné ?

"Mais pourquoi," demanda-t-il, à moitié convaincu et pourtant toujours dubitatif, "pourquoi le noble seigneur a-t-il besoin d'un antidote ? Le jet a-t-il été trop lent ou trop rapide ? n'a-t-il pas rempli son objectif comme je l'avais prédit ?"

— Oui, mais trop sûrement, s'écria la jeune fille avec un frisson. "Mais il est encore temps, vieil homme ; vite, donne-moi l'antidote, et tu auras de l'or, oui, de l'or."

Elle sortit un sac tout en parlant, et dans la pénombre, les yeux perçants du sorcier brillèrent lorsqu'il capta la lueur des pièces scintillantes. Pourtant, il se retint encore un instant.

"L'or ne peut pas acheter les secrets de la vie", marmonna-t-il avec un sourire.

"Ce n'est pas possible ?" » plaida-t-elle, et en un instant elle s'agenouilla sur le sol crasseux, déversant un flot de pièces d'or sur le siège près d'elle.

La tentation était forte, mais sa force même le faisait hésiter à nouveau.

"Mais pourquoi as-tu besoin de l'antidote ?" il a persisté. " Et comment sais-je que c'est ton frère qui t'a envoyé ? S'il y a un piège là-dedans, il se vengera de moi, qui ne suis qu'un pauvre et innocent vieillard qui... "

"Innocent!" s'écria-t-elle en se levant ; puis, changeant de ton méprisant, elle tourna vers son compagnon un visage suppliant.

"Je te jure qu'il n'y a pas de ruse, je le jure par tous les saints du ciel, ou" ajouta-t-elle amèrement en remarquant la suspicion dans ses yeux, "par tous les diables de l'enfer, si cela est un serment plus pertinent." fidèle à cette demeure.

Il rit doucement, tournant un regard tendre vers l'or, puis vers le visage au-dessus, enfin vers la porte fermée.

Comme si elle devinait une menace dans ce regard, la jeune fille plaça sa main dans sa robe, et l'éclat inquiétant de l'acier avertit l'homme que ce n'était pas l'occasion d'un acte criminel, s'il y réfléchissait.

« Non, » dit-il, comme s'il cédait soudain à la tentation qui brillait devant lui, « je te ferai confiance, jeune fille ; tu auras la fiole. Mais le prix est élevé.

Il répéta doucement les derniers mots, regardant à nouveau son visage vers le tas d'or.

"Or!" s'écria-t-elle en rejetant ce mot avec mépris ; " Oui, vous aurez de l'or... voyez, plus d'or que cela, — bien plus ; je l'ai ici, — seulement dépêchez-vous, dépêchez-vous, sinon il sera trop tard. "

Il la regarda avec des yeux avides alors qu'elle déversait encore plus d'argent sur la pile déjà bien remplie. Pas de monnaie de cuir ici, la monnaie pauvre d'un pays pauvre, mais du bon or, de l'or français, aux teintes chaudes et scintillantes.

"Et donc il vit toujours ", dit lentement le sorcier, alors qu'il se penchait une fois de plus sur son creuset. " J'avais entendu... non, qu'importe ce que j'avais entendu ? Le vent chante d'étranges chants dans vos branches désolées, et les oiseaux de nuit rapportent bien des fausses histoires. Et ainsi il vit ? - et vous, belle dame, êtes heureuse que la mort ait je ne l'ai pas encore retiré de votre chaude étreinte ? Ah ! il est bon d'aimer dans la jeunesse. Voyez, autrefois j'étais jeune aussi, et je me souviens ; c'est pourquoi je prépare ici mes charmes d'amour pour les jeunes et les joyeux, bien que pour moi, les branches de la forêt ne portent pas de feuilles vertes et mes bras sont vides.

Mais Diane de Coray ne répondit pas à ces paroles moqueuses, se contentant de rester là, pâle et effrayée, mais avec un défi dans ses yeux sombres qui semblait défier la mort elle-même au combat mortel.

"Amour et haine", murmura le vieil homme, à moitié pour lui-même, alors qu'il remuait les drogues qu'il tenait dans un petit bol en cristal ; "Amour et haine, amour et haine, ce sont des maîtres forts, des maîtresses, des maîtres forts, et menés par des sentiers étranges. C'est moi qui sais... aha ! qui si bien ? Il y a eu des secrets murmurés à ces oreilles, n'est-ce pas, mon Pedro ? Oui, des secrets qui pourraient bien blanchir ces belles joues là-bas ; mais elle n'entendra pas... non, non, car les secrets ont un prix. Oui, un bon prix !

Le corbeau coassa lugubrement, comme pour répondre aux paroles de son maître, et frotta son bec contre la calotte dans une étrange caresse ; tandis que le chat, comme jaloux, se levait en ronronnant pour pousser son corps lisse contre ses pattes. Mais les yeux de Diane n'étaient fixés que sur les gouttes sombres de liquide qui, d'une main ferme, se versaient lentement dans la fiole.

"C'est prêt", dit Lefroi en le lui tendant. " Dites à votre noble frère que je l'envoie avec mes plus humbles salutations. Aussi, si plus tard vous avez besoin d'un philtre d'amour pour votre propre usage, douce jeune fille, vous n'oublierez pas Henri Lefroi , le magicien."

"Oublie", marmonna la jeune fille hystériquement. "Oublier!" Elle n'en dit pas plus, mais saisissant la fiole avec empressement, enfila son manteau autour d'elle et quitta la hutte sans autre mot de remerciement ni d'adieu.

# CHAPITRE XXI

"Il habite?" murmura une voix douce, qui tremblait pourtant de peur.

Le père Ambroise leva un visage grave et anxieux, regardant avec une certaine surprise celui qui était pâle et penché à côté de lui. Mais les yeux de Diane de Coray ne se tournaient pas vers lui pour obtenir une réponse, mais vers le visage tiré et blanc qui gisait parmi les coussins du grand lit. Il y avait des lignes bleues inquiétantes autour de la bouche fermée et sous les yeux enfoncés, tandis qu'une tache de couleur brûlante sur chaque joue intensifiait leur pâleur. C'était le visage d'un homme qui plane sur la mort, et déjà les boucles qui s'épaississaient sur le front blanc étaient humides de sueur de mort, tandis que les mains maigres qui erraient sans but sur la couverture l'arrachaient de temps en temps. , comme si quelque spasme les contractait.

« Il vit, » répondit tristement le Bénédictin ; mais déjà, ma fille, son âme est ailée pour la fuite. Laissez-le en paix, afin que, si la conscience revient avant la fin, ses pensées se fixent plutôt sur la confession de ses péchés et sur l'amour éternel vers lequel il s'en va que sur la confession de ses péchés et sur l'amour éternel vers lequel il s'en va. à la flamme mourante de la passion humaine. »

Mais Diane ne recula pas du tout devant les reproches ni devant l'air froid du curé.

« Non, s'écria-t-elle pitoyablement, il ne mourra pas, mon père ; voyez, moi, j'ai prié les saints saints, et il arrivera qu'ils le sauveront.

"Chut, ma fille", dit le père Ambroise d'un ton plus sévère. "Ne vous rebellez pas contre la Volonté Divine, et n'opposez pas à elle votre propre amour inutile et périssant. Yvon de Mereac est en train de mourir, et aucun de vos pouvoirs ne prévaudra pour le tirer de la tombe vers laquelle il se précipite."

"N'est-ce pas ?" » cria-t-elle doucement, et la lumière de défi et de défi qui avait brillé dans ses yeux dans la hutte du sorcier les éclaira à nouveau lorsqu'ils rencontrèrent le regard réprobateur du prêtre. Puis, changeant son ton en une douce supplication : « Père, s'écria-t-elle, pardonnez à celui qui est fou, pardonnez-vous de son grand chagrin ; et cependant je vous prie de ne pas dire qu'Yvon mourra par la volonté du Ciel ; car, voyez-vous, , il vivra en réponse à mes prières. Je... " sa voix faiblit... " Moi, j'ai ici une potion qui m'a été donnée par une sangsue habile et érudite, un véritable élixir de vie, mon père ; donnez-le-lui maintenant. ,—maintenant, avant qu'il ne soit trop tard, et tu prouveras vraiment la vérité de mes paroles.

Le vieil homme prit la petite fiole, tout en regardant avec méfiance le visage pâle et angoissé près du sien. "Ma fille," dit-il solennellement, "que signifie cela ? D'où vient cette fiole ?"

— Non, ne me demandez pas, s'écria-t-elle avec passion, mais donnez-le-lui, maintenant, maintenant ! Voyez, ses yeux se ferment, il me connaît ! Yvon ! Yvon !

Les yeux bleus du malade brillaient faiblement de la lumière de la reconnaissance ; puis, alors même qu'elle s'agenouillait à côté du lit, elle se referma lourdement.

« Ne tardez pas, ne tardez pas, père ! s'écria la jeune fille d'un ton suppliant, ou il sera trop tard. Voyez, il a le souffle court ! lui, non, il l' *aura* , et arrachant la fiole des doigts du bénédictin, elle releva la tête d'Yvon et versa quelques gouttes d'alcool. le contenu dans sa gorge. Puis, avec un soupir, elle laissa le malade s'affaisser sur les coussins de soutien et se tourna, le visage rouge, pour rencontrer le regard sévère du curé.

"Ma fille," dit-il lentement, "qu'as-tu fait ?"

La note accusatrice retentit brusquement dans la chambre silencieuse, et Diane jeta involontairement un coup d'œil vers le lit ; mais le malade ne bougeait pas – même les doigts agités étaient immobiles, sa respiration devenait déjà plus facile.

"Il vivra !" s'écria Diane en joignant les mains ; "il vivra, père!"

Mais le père Ambroise ne répondit pas ; au lieu de cela, il regardait avec des yeux curieux et pensifs la fiole à moitié vide que la jeune fille lui avait remise dans sa main tendue. Mais quelles que soient les pensées qui remuaient dans le cerveau du vieil homme, elles étaient à présent trop intangibles pour être résolues en mots ; l'ombre du soupçon était trop vague, son esprit dans un tourbillon trop chaotique, pour qu'il réalise ce que présageait cet étrange événement. Lui, l'ami de la petite Gwennola , qui l'aimait depuis son enfance avec une affection presque paternelle, avait longtemps observé avec inquiétude et suspicion les machinations de cette femme contre son chéri. Mais en ce qui concerne ses relations avec Yvon, il était plus perplexe ; dès le début, il avait douté de son amour pour le jeune sieur de Méréac , et devinait facilement qu'elle jouait un rôle sous l'influence de son frère. Quant à ce frère, il faut avouer qu'il y avait peu d'esprit de charité dans le cœur du doux vieillard envers cet homme dont la présence s'était révélée si funeste à ceux sous le toit desquels il vivait et qui avait gagné son amour. C'était la même répulsion naturelle d'une créature humaine envers un serpent glissant et perfide, qu'il observait avec peur et suspicion, sachant que là où le reptile s'enroule le plus amoureusement autour de son objet, il se prépare à porter un coup fatal. Et maintenant, le coup était tombé, mais de manière si inattendue qu'il semblait impossible qu'il ait été porté par le serpent en question. Que Gwennola soit innocente, le père Ambrose aurait mis son âme en jeu ; mais qui était le coupable, s'il y en avait un ? Cette maladie n'était-elle pas peut-être plutôt le doigt du Ciel ? Intrigué et déconcerté par la contrariété même de ses pensées, ce nouveau développement mystifia complètement le brave homme. Si cette femme était coupable de l' acte apparemment gratuit d'empoisonner son amant, pourquoi cette détresse, cette agonie simulée d'amour et de dévouement ? Quant au projet, c'était quoi ? Une nouvelle potion du sorcier ? Un philtre d'amour ? ou quoi? La boisson a-t-elle apporté la mort ou la guérison ? Son œil expérimenté vit, à son infinie surprise, que déjà un changement avait envahi son patient. Le regard tiré et pincé avait disparu ; les lignes bleues, autour des lèvres, du nez et des yeux, s'estompaient pour laisser place à un blanc plus sain ; la respiration était plus régulière et moins laborieuse . Et, tout en s'étonnant encore de l'apparent miracle, le Père Ambroise se tourna pour parler à son étrange visiteur, voici ! sa place était vide, et il entendit le doux bruissement du rideau de tapisserie qui retombait à sa place.

Un sourire était aux lèvres de Diane de Coray qui, quelques heures plus tard, regardait par sa fenêtre la chambre qui lui avait été réservée. Elle méditait profondément, semble-t-il, sur des choses agréables et joyeuses, car elle n'entendit pas la porte s'ouvrir doucement, et elle ne se rendit pas compte qu'elle n'était plus seule jusqu'à ce qu'une main lui saisisse l'épaule.

"Guillaume !" s'écria-t-elle en lui faisant face, la riche couleur montant rapidement à ses joues ; mais il s'était à nouveau effacé, les laissant plus pâles par contraste, avant qu'il ne parle.

"C'est moi, Diane."

" Alors je peux bien voir par moi-même", rit-elle, mais le rire vacilla un peu tremblant alors que ses yeux tombaient devant les siens.

« Il n'est pas mort, » dit-il d'un ton bas et menaçant ; "Qu'est-ce que ça veut dire, Diane ?"

"C'est vrai ?" » répéta-t-elle vaguement. " Qu'est-ce que cela signifie ? Peut-être que la drogue était moins puissante que ce que Lefroi te disait, ou qu'Yvon était trop fort pour succomber sous son pouvoir. "

"Tu sais que ce n'est ni l'un ni l'autre", siffla-t-il. " Traîtresse et sotte que tu es, mais maintenant le père Ambroise me dit, avec un regard rusé et soupçonneux, que le noble sieur gisait sur le point de mourir, mais que, depuis qu'il avait pris une potion que lui avait donnée la dame, ma sœur , il s'était relevé d'une manière vraiment miraculeuse."

Elle rit joyeusement et resta là à le défier, voyant que cacher son acte était inutile.

« Et le vieillard dit vrai », s'écria-t-elle gaiement ; " Je l'ai sauvé... je l'ai sauvé ! Ah ! grâce aux saints saints de l'avoir fait ! - je l'ai sauvé, Guillaume, mon frère ! Et pourquoi ? me demande- tu. Pourquoi, parce que je l'aime, je l'aime de tout mon cœur. " cœur et âme, parce que les richesses, la grandeur, tout cela ne serait rien pour moi s'il restait froid et silencieux dans la tombe. Ne comprends-tu pas ? Ton cœur froid ne peut-il pas apprendre ce qu'est un tel amour ? quels feux il allume dans la poitrine , quelle passion cela suscite-t-il ? Non ! Je me soucie peu de ta colère, je l'aime, je te le dis.

"Idiot!" grogna-t-il, "et trois fois insensé pour tes douleurs ! Penses-tu que je serai rebuté par tes fantasmes palpitants, maintenant, à la veille de l'accomplissement de tous mes projets ? Amour ! oui, peut-être que je connais aussi la flamme qui brûle en moi, et qui consumera tout ce qui constitue un obstacle à son accomplissement. Mais comparer mon amour au tien... !" Il s'interrompit avec un rire méprisant, changeant son ton en un sarcasme froid.

"Et ainsi tu l' aimes , ce faible imbécile que tu complotais pour détruire ? Non, ne blanchis pas, mais imagine-toi combien grand sera son amour pour toi quand il connaîtra la vérité ! Imagine-toi sa rage, son désespoir, son agonie. , lorsqu'il apprend que sa sœur a péri innocemment, et que la femme qui l'a traînée jusqu'au bûcher, la femme dont les bras s'agrippaient à son cou, dont les baisers chaleureux étaient portés à ses lèvres, dont la langue de sirène murmurait de foi et de dévotion, fut aussi celui de verser dans la coupe des fiançailles les gouttes mortelles qui devraient envoyer le fier époux célébrer la fête de la Mort !"

Elle se couvrit le visage de ses mains en frissonnant.

"Est-ce qu'il t'aimerait ?" se moquait de Guillaume de Coray ; "Ses bras chercheraient-ils à nouveau à serrer contre son cœur une épouse si immonde ? Aimerait-il tes baisers jusqu'à ses lèvres lorsque les cris de mort de sa sœur résonnaient à ses oreilles ?"

"Mais il n'est pas encore trop tard", s'écria Diane avec passion. " Hélas ! hélas ! mon péché a été grand, — le péché que tu as conçu, cruel démon que tu es ; mais je la sauverai encore — je dirai tout, — tout ; et il se peut qu'il me pardonnera, même s'il ne peut plus m'aimer.

— Non, répondit doucement de Coray , en la saisissant d'un bond soudain dans ses bras ; "Ce n'est pas le cas, belle dame. Non, ne lutte pas avec moi, sinon ce serait pire pour toi." Et, la serrant d'un bras, il lui plaça la main devant la bouche, la portant ou plutôt l'entraînant vers le lit. Elle était impuissante sous son emprise et, après quelques vaines tentatives pour se libérer, elle resta passive alors qu'il la bâillonnait et l'attaquait.

"Alors," dit-il doucement, alors qu'il se tenait au-dessus d'elle, rencontrant le regard impuissant de ses yeux avec un sourire moqueur, "tes ailes sont coupées pour le moment, mon oiseau. Alors tu as pensé croiser le chemin de ton cher et bien - aimé . - bien-aimé frère, l'as-tu fait, la plus douce jeune fille ? Hélas ! Je crains que ce soit téméraire, trop téméraire. Adieu, petite, adieu ! Tous regretteront, j'en suis assuré, d'apprendre la maladie soudaine et dangereuse de mademoiselle ; Sois-leur tout à fait clair qu'elle a été ensorcelée... hélas ! pauvre fille ! En attendant, je dois te dire de te reposer, Diane ; tu es fatiguée, tellement fatiguée. C'est une promenade trop longue et trop périlleuse pour une personne si tendre et si innocente. , chez Henri Lefroi mais, fiévre à toi pour une entreprise si avant-gardiste et si impudique ! Qu'aurais-tu fait si tu avais rencontré le Frère Brun lui-même ? Néanmoins, je ne te distrairai pas par des reproches, mais je te laisserai à tes oraisons, ou peut-être à des méditations plus douces encore, — de ton amant, peut-être, ou de ton frère. En attendant, ne craignez pas que vos tendres soins manquent au cher Yvon ; J'usurperai moi-même ta place par amour. Ah ! Je le soignerai bien, ma Diane ; lui aussi aura du repos, une telle paix et un tel repos ! Le sommeil est bon pour les malades, disent les sangsues ; c'est pourquoi il dormira si longtemps et si bien que je crains qu'il n'ait besoin de baisers plus chauds que les tiens, ma sœur, pour le réveiller. Mais je pars tout de suite, car il semble que tu te soucies peu de ma présence. Rassure-toi, car je jure que personne ne te dérangera, pas même la digne Jeanne, et tout à l'heure je t'apporterai moi-même à manger et à vin ; car si en vérité tu es ensorcelé, le mauvais esprit ne peut pas te quitter avant que les flammes brûlantes n'aient dévoré celle qui avait une si mauvaise volonté envers toi.

cœur serré et angoissé, la malheureuse jeune fille vit le moqueur se détourner, entendit les verrous revenir à leur place et comprit qu'elle était aussi proche d'une prisonnière que quiconque languissait dans une cellule de donjon.

— Yvon !... Yvon !... Yvon ! C'était le cri muet de douleur et de terreur qui déferlait en elle avec tant d'impuissance, avec tant de passion. Ligotée et bâillonnée alors qu'elle était allongée, elle ne pouvait ni bouger ni crier à haute voix ; et, au milieu de toute son agonie, lui vint l'intuition fatale que, maintenant encore, la mort attendrait son amant. Des heures terribles celles-là ; les limites de l'endurance humaine s'étendaient à leur maximum sous la pression, non seulement des peurs de l'amour, mais de la torture la plus crue du remords. Diane de Coray avait devant les yeux le tableau de sa vie, tableau si triste, si mélancolique, si pathétique, que des larmes d'apitoiement et de sympathie coulaient sur ses joues pâles.

Orpheline dès sa plus tendre enfance, elle avait été laissée sous la tutelle d'un frère peu propre à gouverner une si tendre servante. Lui-même l'outil d'un scélérat infâme, ses amis étaient peu susceptibles de convenir aux compagnons d'une jeune fille de douce naissance ; Ainsi Diane avait grandi dans un environnement sauvage et insouciant, courtisée et flattée pour sa beauté et son esprit pétillant par des hommes avec lesquels elle n'aurait jamais dû être associée . Pour les amis de son sexe, elle n'avait ni goût ni inclination ; et, parmi les rares qu'elle possédait, l'un d'eux avait sur elle une influence si mauvaise qu'il avait réussi à la placer au pouvoir de son frère. Fille ignorante qu'elle était, elle avait pourtant reculé, consternée, devant la pratique de l'art noir dont elle était invitée à devenir une adepte ; mais, même en échappant au péril, l'air de la contamination avait suffisamment souillé la blancheur de son honneur pour lui faire croire que son frère, s'il le voulait, pourrait la dénoncer comme sorcière.

Et cette pensée avait été si terrible qu'elle avait été prête à accéder à n'importe quel ordre de sa part qui assurerait son silence. Élevée à considérer avec légèreté toutes sortes de trahisons, le projet conçu par de Coray pour son propre enrichissement et sa vengeance la frappait sans horreur, et elle avait commencé son voyage le cœur relativement léger. Mais tout s'était passé si étrangement, au-delà de ses espérances. Le doux et tendre Yvon de Méréac , avec sa volonté faible et vacillante, mais son cœur chevaleresque, l'avait peu à peu enflammée d'une passion jusqu'alors inconnue. Du mépris était d'abord née la pitié, et de la pitié l'amour lui-même ; non pas l'amour calme et doux du ruisseau au courant doux, mais la course folle et tumultueuse du torrent de montagne, qui balaye tous les obstacles et se précipitant aveuglément sur les rochers et les rochers, se jette avec une passion épuisée dans l'étang profond et immobile en contrebas. L'aversion mutuelle entre Gwennola et elle était née, de sa part, d'une jalousie innée. Elle détesta instantanément cette fille fière et pure qui n'avait jamais envisagé les tentations telles que celles qui avaient assailli son chemin, ni été entraînée dans un danger tel qu'il avait failli aboutir à sa propre destruction ; et alors qu'elle rencontrait le regard des yeux bleus clairs, il sembla que Gwennola devait forcément lire son coupable secret. Pourtant, elle s'était endurcie contre la honte et les premiers murmures mystérieux de son propre cœur. Poussée par le froid mépris de Gwennola , elle avait longtemps continué à faire la volonté de son frère, et ce n'était que la précipitation des terribles événements des derniers jours qui lui avait ouvert les yeux sur l'intensité de sa passion et lui avait inspiré la résolution de sauvez son amant à tous risques, oui ! même au prix de sa propre vie ; même, — et c'était le plus dur de tous, — même au risque de perdre à jamais cet amour devenu si précieux. Et maintenant, maintenant qu'elle avait vu l'espoir éclater radieux et glorieux dans l'obscurité de la nuit, l'espoir, l'amour et la vie elle-même semblaient soudainement éteints ; et tout ce qu'elle pouvait faire était de gémir de courtes prières angoissantes pour obtenir du secours , dans son désespoir, à Celui qui seul pouvait encore protéger la maison condamnée de Mereac .

# CHAPITRE XXII

La chambre dans laquelle reposait Diane de Coray était enfin devenue claire , du moins comme pouvait la rendre l'aube grise d'un jour de novembre qui se glissait par les fentes étroites qui servaient de fenêtres. Pourtant, il y avait des ombres partout ; elle pouvait les voir alors qu'elle déplaçait ses yeux fatigués pour regarder à travers l'ouverture où la main de son frère avait brutalement arraché les tentures du lit. À moitié évanouie par l'étouffement et la tension dans son cœur surchargé, elle ne ressentit aucun frémissement de surprise ou de peur lorsqu'elle vit la faible lumière rapidement effacée par une silhouette en robe sombre. Pourtant, alors que la silhouette bougeait, venant rapidement à ses côtés avec une faible exclamation d'horreur, ses sens commencèrent à lui revenir, et ses yeux levèrent en signe de reconnaissance joyeuse pour rencontrer le regard sévère mais perplexe du Père Ambroise.

"Ma fille," dit gravement le vieil homme, "qu'est-ce que cela signifie ?"

Il avait rompu ses liens et enlevé le bâillon, aidant ainsi la pauvre fille, dont les membres étaient d'abord à l'étroit et inutiles, à se mettre en position assise.

Pour toute réponse, Diane regarda vaguement les yeux troublés fixés sur elle ; son cerveau aussi était à l'étroit par la longue agonie de ces heures terribles, mais enfin la compréhension revint lentement alors que le sang cuisant recommençait à circuler dans ses membres engourdis.

"Comment êtes-vous venu ici, père ?" » demanda-t-elle faiblement, regardant son visiteur inattendu jusqu'à la porte étroitement barrée.

"Il suffit que je sois là", fut la réponse énigmatique. "Mais le temps presse, ma fille, et je dois avoir une réponse à ma question. Hélas ! il est peut-être même maintenant trop tard !"

"Trop tard?" » répéta-t-elle, une nouvelle peur lui glaçant le cœur. "Non, dites-moi, père... il vit ?... il va mieux ?... il guérira ?"

"Je n'ai pas parlé d'Yvon de Méréac ," dit le curé d'un ton étouffé, "mais de la jeune fille pure et innocente, sa sœur, qui a été faussement condamnée par des méchants hommes à mourir à midi; et cependant," il » ajouta lentement en fixant un regard perçant sur le visage pâle de Diane : « Je vois déjà qu'il y a beaucoup de choses derrière cela. Parle, jeune fille, sans tarder, avoue tout ce que tu sais de ce complot, et sauve ton âme du sang de l'innocent. ".

"Mourir!" murmura lentement Diane; "mourir!"

A l'instant même, l'image de sa culpabilité lui apparut devant les yeux, et les paroles de son frère résonnèrent à ses oreilles : « Imaginez-vous sa rage, son désespoir, son agonie, lorsqu'il apprend que sa sœur a péri innocemment, et que le la femme qui l'entraînait jusqu'au bûcher, la femme dont les baisers chaleureux étaient pressés sur ses lèvres, dont la langue de sirène murmurait la foi et la dévotion, était aussi celle qui versait dans la coupe des fiançailles les gouttes mortelles qui devaient envoyer le fier époux à célébrer la fête. avec la mort."

"Mourir!" s'écria-t-elle encore en étendant les mains comme pour supplier le prêtre, qui se tenait là sévère, grave et immobile. " Mourir ! — et pour mon péché ! Vierge miséricordieuse, Mère du Secours ! sauvez- la ! — sauvez-la ! — car elle est innocente !"

Elle s'était effondrée aux pieds du vieillard, aux derniers mots, et, s'accrochant à sa robe, sanglotait son terrible aveu. Dans le remords et la honte de son agonie, elle ne cachait rien ; et tandis qu'il écoutait, le visage sévère du père Ambroise se détendit en une expression plus douce de pitié.

"Ma fille," dit-il doucement, en soulevant du sol la jeune fille en pleurs, "Ma fille, sois bien réconfortée ; à quelqu'un aussi qui avait gravement péché, des paroles de pardon ont été adressées par amour, et il se peut que le repentir n'ait pas eu lieu. viens trop tard. Mais, ajouta-t-il, son visage se durcissant, nous ne pouvons pas tarder ; viens, mon enfant, vois, je te confierai ton rôle dans le salut, non seulement de l'innocent, mais de l'homme que tu as. que tu aimes ... Viens vite, car il se peut que cet homme de sang et de trahison, sur l'âme duquel reposera la malédiction de Dieu et dont la damnation sera rapide, puisse venir ici pour t'apporter de la nourriture. Mais nous échapperons encore au piège. et arrache à temps l'agneau innocent de la mort cruelle qui lui est préparée.

Pendant qu'il parlait, il soutenait Diane en pleurs à travers la pièce, repoussant une porte invisible, astucieusement cachée à la vue sous la forme d'un panneau coulissant, à travers laquelle il passait, la guidant toujours avec précaution alors qu'ils descendaient un escalier en colimaçon en colimaçon qui menait à la porte. vers le bas vers une autre partie du château.

« Enfant, dit-il encore doucement alors qu'ils s'arrêtaient près du rideau de tapisserie qui les séparait de la chambre d'Yvon, enfant, le chemin du repentir n'est pas facile. Il faut se confesser, non seulement à Dieu, Juge de tout, sauf à celui que tu as tant blessé et contre qui tu as projeté ce mal. Je te laisse cette tâche, si terrible et pourtant si nécessaire, si faible et malade qu'il soit, pour le bien de celui dont je vais sauver la vie. , si la volonté du Seigneur et de Notre-Dame le permettent, comme je le ferai bien, étant donné qu'ils protègent toujours les innocents des pièges des malfaiteurs.

"Mais ça va le tuer", gémit Diane; " Cela le tuera, père ! Oh ! dites que je peux attendre qu'il devienne plus fort, — alors j'avouerai tout... oui, tout, même jusqu'au bout ! "

Mais le prêtre secoua la tête.

"Les aveux doivent être faits sans délai", dit-il gravement. "Tu peux bien en voir toi-même la nécessité, ma fille; car, si faible et malade qu'il soit, Yvon de Mereac doit connaître la vérité sur l'innocence de sa sœur, et aussi la culpabilité et les mauvaises intentions de l'homme qui a ainsi comploté contre sa vie et contre sa vie." qui n'a fait que t'utiliser, pauvre jeune fille, comme son outil. Mais ne tarde pas, car je ne peux pas m'attarder avec la douce voix de Gwennola m'appelant à me hâter vers sa délivrance.

Avec un sanglot, Diane se rendit à la volonté du vieillard, et, les doigts tremblants, souleva le rideau et entra dans la chambre de son amant.

Il était étendu là, immobile, parmi ses coussins ; mais même au cours de ces quelques heures courtes, le changement dans le visage émacié était merveilleux . Ce n'était plus le visage d'un mourant, tiré, bleui et pincé par la souffrance. Toujours hagard et décharné, pourtant les yeux qui rencontrèrent ceux de Diane brillaient de reconnaissance.

"Diane ! Diane !" Il murmura; " Très bel amour, avec quel cœur douloureux j'ai attendu ta venue ! Elle est condamnée, Diane, la petite Gwennola est condamnée à mort ; et pourtant j'ai fait un si beau rêve d'elle hier soir, car je pensais qu'elle était encore une enfant, couronnée de lys et riante, et qu'elle a couru vers moi en criant mon nom avec joie et, s'accrochant à mon cou, elle a pressé ses fleurs sur moi, disant qu'elle les avait cueillies par amour; et ses yeux ont regardé dans les miens avec une si douce une tendresse que j'ai réveillée en sanglotant, me rappelant qu'elle était une sorcière qui avait lutté pour ma mort.

"Pas de sorcière !" s'écria Diane en s'agenouillant en pleurant à ses côtés ; "Pas de sorcière, Yvon, mais pure et innocente comme l'enfant de tes rêves. Hélas! hélas! que, à cause de ton amour pour elle, ton amour pour moi doit mourir; et pourtant j'en suis indigne, indigne de rien." mais ta haine, ta haine et ton mépris ! »

"Ma haine ?" murmura-t-il tendrement, tandis que ses faibles mains s'égaraient tendrement vers les tresses de sa tête baissée. "Ma haine, petite Diane ? Cela ne pourrait jamais être, n'est-ce pas... n'est-ce pas... ah ! tout ce que tu n'es pas, ma plus douce !"

"Hélas ! hélas ! tu ne le sais pas !" sanglota la jeune fille. " Ah ! quelle amertume de te le dire, Yvon ! Pourquoi ne puis-je pas mourir plus tôt, afin de ne pas te regarder dans les yeux et voir le mépris et la haine que tu dois nécessairement éprouver envers une chose si immonde ? "

"Faire taire!" murmura-t-il faiblement, tu ne diras pas de tels mots, Diane, mon adorée.

La tendresse même de son discours, le frémissement de sa voix rendaient la tâche plus terrible ; mais il fallut l'essayer, et, la tête baissée et le souffle sanglotant, elle hésita.

Quand ce fut fini, le silence régna dans la pièce. Dehors, le vent gémissait et hurlait ; Des voix de reproche résonnaient-elles, appelant ceux qui étaient à l'intérieur du fait que, ce jour-là même, l'innocence souffrait pour les coupables. Les gouttes de pluie qui éclaboussaient les murs gris semblaient être des doigts qui frappaient pour être admis, des doigts fantomatiques qui se moquaient et plaisantaient tandis que les voix du vent pleuraient et se lamentaient plus fort. Et tandis qu'elle écoutait, Diane de Coray s'accroupit plus bas, dans une profonde agonie d'humiliation et de remords, n'osant lever les yeux et voir les yeux qu'elle avait appris à aimer avec tant de passion devenir durs et cruels à mesure que l'amour mourait en eux.

« Diane ! »

La voix la réveilla et, malgré ses pressentiments, elle releva lentement la tête. Le visage sur les oreillers était d'une pâleur mortelle, et les pauvres lèvres frémissaient pitoyablement de douleur et d'horreur ; mais les yeux... ah ! ces yeux! l'amour n'y était pas mort, mais si mortellement blessé que son agonie n'en était que plus terrible à voir.

"Yvon ! Yvon !" elle gémit. "Ah ! pourquoi ne puis-je pas mourir ? Pourquoi ne puis-je pas mourir ? Je ne peux pas te demander de me pardonner, mais oh ! pour le bien de notre douce Dame de Pitié, ne me maudis pas !"

"Je te maudis ?" » murmura-t-il faiblement, « non, moi plutôt, puisque je t'aime toujours et aussi sincèrement que jamais ; et pourtant la petite Gwennola ... »

Un sanglot étouffé l'étouffa, et Diane comprit que même si l'amour était là, l'appelant avec les bras tendus du pardon, il y avait entre eux l'ombre irrévocable du sang d'une sœur.

"Oh, mon Dieu miséricordieux !" s'écria-t-elle en joignant les mains, les tordant ensemble dans un paroxysme de chagrin et de supplication, accorde-leur d'arriver à temps !

"À l'heure?" murmura faiblement le malade ; "à l'heure?"

"Oui", sanglotait-elle, "oui, Yvon, il y a encore un espoir, que le père Ambroise et Alain Fanchonic courent à toute vitesse jusqu'à Martigue pour proclamer son innocence."

« Et... et tu as tout raconté au père Ambroise ? murmura-t-il, et la main maigre sur la couverture se rapprocha une fois de plus de la silhouette courbée à ses côtés.

« Tout... tout ! » elle a pleuré passionnément; "pour toi, Yvon, pour toi... et pour l'amour !"

* * * * *

"Pour l'amour de l'amour !" Oui, c'était l'aiguillon qui ajoutait des ailes aux pieds du bon cheval, tandis qu'Alain Fanchonic , accompagné du père Ambroise, assis sur un passager derrière lui, serrant la taille du vaillant homme d' armes , s'élançait dans la tempête qui hurlait et faisait rage à travers la forêt. Une chevauchée sauvage, avec le vent qui leur battait au visage, et des feuilles mortes tourbillonnant autour d'eux en véritable ouragan ; mais ni l'un ni l'autre n'avaient pensé au vent ou au temps, car toujours devant leurs yeux se tenait la silhouette élancée d'une jeune fille attachée à un bûcher brûlant, les bras tendus en signe de supplication, tandis que sa voix leur criait de se précipiter à son aide. Il est vrai qu'Alain Fanchonic , petit-fils de la vieille dame à qui Gwennola accordait si souvent ses bienfaits, s'était signé avec une dévote horreur en entendant l'histoire du Frère Brun et de l'image de cire ; mais sa grand-mère lui avait si sévèrement reproché sa crédulité à croire de telles calomnies contre l'un des anges du ciel, qu'il avait vécu dans un état de doute et d'horreur pendant les quelques jours qui s'étaient écoulés depuis l'arrestation et la condamnation de Gwennola . De sorte que lorsque le père Ambroise était venu vers lui, lui disant de seller Barbe, la jument la plus légère des écuries, et de l'accompagner à Martigue pour sauver sa maîtresse et proclamer son innocence, il n'avait pas perdu de temps pour s'exécuter, murmurant des malédictions et des prières. de même, tandis que les larmes coulaient sur ses joues brunes alors qu'il sautait en selle et, avec le bon prêtre accroché à sa chère vie, il s'élançait, traversait le pont-levis et s'éloignait à travers la forêt si follement que seule la Providence aurait sûrement pu soutenir les pieds de la jument grise qui filait à toute allure sur le sentier étroit et dangereux. Mais pas une seule fois elle ne trébucha tandis qu'elle galopait rapidement, et le père Ambroise sentit son cœur battre de joie et d'allégresse à mesure qu'ils approchaient progressivement du but. Cependant, ils ne devaient pas voyager ainsi sans interruption, car, pendant qu'ils chevauchaient, ils furent soudainement surpris par un autre cavalier qui sauta à l'improviste sur le chemin devant eux. C'était Guillaume de Coray ; et alors même que leurs regards se croisaient, le vieux prêtre ressentit un frisson d'émerveillement en voyant le visage du traître. Ce n'était en effet pas celui d'un homme qui s'éloigne en toute hâte de la scène de son triomphe et de la consommation de ses espoirs et de ses complots, mais plutôt celui d'une haine et d'une colère déconcertées. Son regard féroce rencontra celui du Bénédictin un instant seulement, pendant qu'il retenait son cheval, qui tremblait là, comme si son maître ne l'avait guère épargné dans sa chevauchée. Puis, avant même que l'un ou l'autre n'ait eu le temps de parler, un souffle de vent, balayant la forêt, fit tomber au sol l'un des arbres puissants à proximité avec un fracas terrible. Ce bruit si proche et si inattendu fit sursauter le cheval de Coray ; se dressant sur ses pattes arrière, il piaffait le sol avec terreur, puis, avec un reniflement de peur, il bondit en avant si sauvagement qu'il renversa son cavalier, qui, lourdement projeté contre l'un des arbres, gisait insensé et ensanglanté sur le sol.

En un instant, le père Ambroise fut à côté de lui ; Pourtant, avant même de se pencher pour examiner les blessures du blessé, il s'arrêta pour s'adresser à l'homme d'armes.

« Allez vite, Alain Fanchonic », s'écria-t-il avec autorité ; "N'épargne pas ton cheval, mais chevauche pour ta vie, ou plutôt pour celle que tu aimes ; sauve ta maîtresse, avant qu'il ne soit trop tard."

Sans hésitation, l'homme enfonça ses éperons dans les flancs du bon cheval, disparaissant rapidement parmi les arbres ; et le père Ambroise resta seul à côté de son ennemi inconscient , frappé à l'heure de sa vengeance par ce qui, pour la simple foi du prêtre, n'était rien de moins que le doigt du juge éternel.

# CHAPITRE XXIII

C'était une belle journée dans la petite ville de Martigue , car on était hors du monde, ici, à la lisière de la forêt d' Artèze , et la vie avait tendance à devenir monotone. Il est vrai qu'il y avait des fêtes et d'autres excitations légères de ce genre ; mais ils ne pouvaient supporter la comparaison avec l'incendie d'une sorcière sur la place du marché. Et ce n'était pas une sorcière ordinaire, voyez-vous, mais une belle et noble demoiselle, dont personne n'avait même songé aux mauvaises pratiques jusqu'à ce qu'elles aient été mises en lumière d'une manière si merveilleuse. Et elle avait assassiné son propre frère ! Était-ce à concevoir ? Mais c'était terrible ! — néanmoins très intéressant. Les uns disaient qu'ils n'y croyaient pas, et que le nouveau sieur de Méréac était lui-même un ignoble démon, et Pierre le fou son diablotin ; mais ce n'étaient là que des sottes, car s'il n'avait pas été rapidement prouvé, et sans aucun doute, que cette belle jeune sorcière avait souvent assisté à des réunions sataniques là-bas dans la forêt, et avait été vue danser avec le frère brun lui-même, tandis qu'elle et son redoutable partenaire scandait des incantations si meurtrières qu'il était étonnant que tout le château de Méréac ne soit pas tombé sous leur charme à la place du malheureux jeune Sieur ?

Cela avait été une tâche facile que de condamner un si terrible malfaiteur ; il n'y avait pas eu besoin de fouilles ou de tortures pour prouver la culpabilité de la maîtresse et de la servante. La justice va vite quand il y a un bras puissant derrière pour arranger la machinerie, et Guillaume de Coray était déjà considéré comme sieur de Mereac , puisqu'on disait qu'Yvon était mort dans les agonies, criant vengeance contre sa sœur coupable. Et il devrait avoir vengeance ; les braves gens de Martigue et de Méréac y étaient résolus, se promettant par-dessus le marché une journée de vacances et de plaisir.

Que la journée elle-même ait été si tumultueuse n'était qu'une autre preuve de la culpabilité et de la malveillance des sorcières ; il était évident qu'elle avait été déclenchée par un pouvoir démoniaque pour arrêter le cours de la justice. Mais la justice ne doit pas être arrêtée. Empilez les fagots ! — oui ! plus haut, plus haut ! Parbleu ! quel incendie il y aurait ! — comme ils crieraient et maudiraient ! — comme ils se tordraient et gémiraient ! La perspective, faisant appel à la sauvagerie des natures ignorantes, excitait tout le monde avec une excitation et un plaisir agréables. Certains se demandaient si le démon lui-même semblerait emporter ses fidèles ; d'autres attendaient avec impatience d'entendre d'affreuses confessions arrachées des lèvres tordues par le supplice des flammes. Au total, il y avait peu de gens pour plaindre deux jeunes et belles filles qui allaient mourir d'une mort cruelle, tant étaient féroces les passions et les superstitions de la paysannerie de l'époque. Pourtant, il y avait dans la petite ville des gens dont le cœur battait dans l'agonie de l'horreur et de l'attente, et dont les yeux étaient tournés, non vers le sinistre spectacle qui se préparait sur la place du marché, mais vers la bruyère sauvage qui s'étendait vers l'ouest, à moitié cachée par la pluie et le vent aveuglants.

Près des portes se tenaient Job Alloadec et un petit groupe d'hommes de Méréac fidèles à leur malheureuse jeune maîtresse. Même si l'aide qu'ils attendaient ne venait pas, Gwennola de Mereac et Marie sa sœur ne mourraient pas seules ce jour-là sur la place du marché, — ainsi avait juré Job, les mains serrées dans celles de ceux qui promettaient de se tenir à leurs côtés. à ses côtés. Mais là-bas, à travers la brume et la pluie, un homme courait en toute hâte sur la route de Rennes. Les paysans qui marchaient vers Martigue s'interrogeaient entre eux en le regardant passer au galop. C'était une affaire urgente, se disaient-ils, qui renvoyait un homme de Martigue ce jour-là ! et ainsi ils se remirent à spéculer sur ce qui se passerait lorsque les sorcières de Mereac connaîtraient leur destin. Mais le cavalier continuait à galoper, avec des éperons dans les flancs de son cheval et la bouche serrée comme s'il chevauchait pour une question de vie ou de mort. Oui! et ce jour-là, dans la petite ville derrière lui, ce devait être la vie et la mort pour certains.

L'heure de midi approchait, déjà une cloche sonnait dans l'église voisine, et sur la place du marché les gens se pressaient si serrés qu'ils se marchaient les uns sur les autres avec avidité de voir. Près de la porte, Job Alloadec et ses hommes attendaient, l'œil tourné vers la place du marché au fur et à mesure que les minutes s'écoulaient. Dans leur cellule de prison, deux jeunes filles se sont agenouillées en prière. Marie pleurait, la tête appuyée sur l'épaule de sa maîtresse ; mais Gwennola était calme, un vague sourire semblait même vaciller autour de sa bouche alors qu'elle levait son visage vers la faible lumière qui pénétrait à travers l'étroite fente au-dessus d'eux.

Le tintement de la cloche, le rugissement de la foule leur parvenaient faiblement et provoquaient de nouveaux frissons dans le corps de Marie.

"Courage, mon enfant", murmura Gwennola ; "Souvenez-vous que nous sommes innocents, et la Sainte Mère ne nous abandonnera pas même dans cette extrémité. Pour moi, je n'ai aucune crainte; si la mort est effectivement notre sort, la grâce sera envoyée pour nous fortifier pour l'épreuve, et je prierai "Meurs comme Gwennola de Mereac devrait mourir, défiant ses accusateurs jusqu'au bout. Mais j'ai un espoir si fort dans mon cœur qu'il semble que je ne puisse pas penser à la mort. Sèche donc ces larmes, ma Marie; regarde-moi dans les yeux et ne crains rien. ;— Je te le dis, c'est la vie et non la mort devant nous."

Mais même si sa sœur adoptive luttait courageusement contre ses émotions, des sanglots de terreur la secouaient encore lorsqu'enfin la porte de leur prison s'ouvrit et que leurs gardes apparurent. Un cri de fureur les accueillit tandis que, peu après, les deux malheureuses filles, étroitement liées, étaient conduites vers leur perte. Pourtant, alors même que le tollé s'éteignait, un nouveau murmure, plus compatissant, s'éleva de la part de nombreuses personnes à la vue des captifs.

L'innocence semblait en effet inscrite sur tous les traits des visages tournés vers leurs ennemis, et les hommes et les femmes se pressaient avec des exclamations où la pitié se mêlait à l'admiration et à l'indignation contre la sentence qui allait être exécutée. Mais les gardes alentour retenaient la population tandis que les victimes étaient attachées aux pieux préparés pour elles. Cependant, au moment même où le bourreau s'avançait avec une torche allumée, un grand cri s'éleva, le bruit des sabots des chevaux se fit entendre à la porte, et, se retournant, tous virent un corps fort de soldats chevauchant à toute vitesse vers la place du marché.

"Fais ton travail, coquin, et vite !" criait un cavalier qui, le chapeau serré sur les yeux, s'était tenu au milieu de la foule, près des bûchers. « Ne tardez pas un instant, tirez sur les fagots !

Reconnaissant la voix, Gwennola se tourna et, de sa position horrible, regarda le visage de Guillaume de Coray .

"Venez les pédés !" cria-t-il encore impérativement à l'homme qui se tenait debout, avec une torche flamboyante, hésitant, regardant d'abord les figures changeantes de la population, puis les soldats qui s'avançaient au galop.

"Les Français ! les Français sont sur nous !" » a crié une voix dans la foule, et en un instant la panique a régné. Cependant la garde autour du bûcher s'approchait toujours, le bourreau hésitait encore, il n'était pas trop tard.

Le visage blanc et les regards furieux, de Coray , dont l'instinct rapide lui avait appris ce que signifiait la diversion, sauta à terre et, arrachant le brandon des mains du bourreau, se précipita en avant. Pendant un instant, il resta face à sa victime, la regardant avec une haine et une méchanceté déconcertées tandis qu'il se baissait pour enfoncer la torche enflammée dans les broussailles entassées autour d'elle ; mais alors même qu'il semblait que son dessein était accompli, un bras puissant intervint, et Job Alloadec , avec un serment, lui avait arraché la torche des mains et aurait jeté de Coray à terre si aucun des gardes n'était venu rapidement vers lui. son sauvetage. Mais l'occasion était passée, et de Coray savait que, pour le moment du moins, la sécurité résidait uniquement dans la fuite. Il avait vu que les soldats français, d'Estrailles à leur tête, étaient bien plus nombreux que les soldats de la garde municipale ; il avait également observé le changement d'humeur de la foule, et avait prévu que leur colère pourrait rapidement se retourner contre lui, le principal témoin pour obtenir la sentence contre les prétendues sorcières. C'est pourquoi, avec une discrétion honorable, le vaillant chevalier sauta sur le dos de son cheval, et, à force de quelques coups violents et de nombreuses malédictions, réussit à se dégager de la foule bouillonnante et à gagner en sécurité l'abri de la forêt.

Mais Gwennola n'avait aucune pensée à accorder à ses ennemis. Liée et impuissante qu'elle était, elle avait aperçu de loin un visage bronzé et rouge sous une visière relevée, avait entendu les cris qui s'élevaient de toutes parts et savait que la délivrance était bien venue.

Job Alloadec sanglotait à ses côtés tandis qu'il coupait les liens qui l'attachaient encore au cruel bûcher ; tandis que, tout près, elle sentait que Marie était déjà dans les bras de son amant. D'une manière hébétée, à moitié inconsciente, elle se demandait pourquoi Henri tardait, et même en le faisant, elle était consciente d'une grande forme chevaleresque à ses côtés, se sentit soulevée dans une étreinte étroite et entendit une voix murmurer son nom encore et encore. à son oreille : " Gwennola , Gwennola , tu es sauvée ! "

Oui, il était venu, cet amant fidèle – venu, par la Providence de Dieu, à temps pour la sauver de la mort qui semblait si inévitable, et même maintenant, alors qu'il la tenait dans ses bras, il se profilait encore trop dangereusement près. . La garnison de la petite ville aurait en effet pu se révéler un ennemi têtu sans la présence de Job Alloadec à la porte ; et d'Estrailles savait très bien le péril qu'il courait en arrachant à la mort des sorcières réputées, et que même ses propres hommes pourraient se retourner contre lui pour cela. Mais une chose était en sa faveur : les paysans avaient changé de leur humeur sauvage du matin et avaient d'abord accueilli les sauveteurs. C'était un appel au côté romantique de leur nature, mais un appel dont d'Estrailles savait qu'il ne durerait pas. Très vite, leur lent raisonnement allait donner à l'affaire un aspect différent. Que les ennemis de leur patrie leur arrachent ainsi sommairement leur proie légitime ne conviendrait pas à l'orgueil obstiné des Bretons. La brève pitié que la beauté de leurs victimes avait inspirée s'évanouirait au souvenir de leur vocation redoutée et de l'excitation agréable qu'ils avaient attendue de leurs souffrances. Il n'y avait donc pas de temps à perdre ; un bref baiser, un mot de joyeuse assurance, et Henri d'Estrailles avait élevé Gwennola sur le dos de son cheval, et se balançant en selle, se tourna pour se frayer un chemin à travers la foule, qui commençait déjà à murmurer comme une meute d'affamés. les loups peuvent hurler lorsqu'ils voient leurs proies portées en sécurité. Les exécrations murmurées contre les Français détestés s'élevèrent en une clameur , qui fut cependant en partie atténuée par le formidable groupe rassemblé autour de leur chef. A la porte, le capitaine breton des gardes les fit arrêter. Il ne comprenait pas ce qui s'était passé, le pauvre homme, tant cette intervention de la justice était si inattendue et si soudaine. Comment avait-il été possible que les portes aient été si facilement ouvertes ? Pourquoi ces Français voulaient-ils sauver une sorcière de son châtiment bien mérité ? Au total, l'esprit du capitaine Maurice d'Yvec était aussi chaotique que la foule derrière lui.

Cela s'expliquait facilement : la demoiselle et sa femme, que le capitaine français avait emmenées, n'étaient pas des sorcières ; ils étaient faussement accusés, comme sans doute monsieur le saurait bientôt. Cependant M. d'Estrailles avait ordre de conduire la demoiselle, ainsi que sa femme, à Rennes ; sûrement, Monsieur le Capitaine ne soulèverait aucune objection en apprenant que c'était l'ordre de Madame la Duchesse elle-même.

« Vive la Duchesse ! » C'était un cri que ces soldats bretons pouvaient comprendre. « Vive la Duchesse ! » et confusion pour ses ennemis ! Eh bien, c'était une chose des plus extraordinaires que la duchesse envoie des ennemis comme messagers pour sauver de l'incendie des sorcières réputées ; et pourtant... Le capitaine Maurice d'Yvec hésitait, mais il y avait un coin de tendresse dans ce cœur, qui n'était pas tout de silex gris breton, et peut-être la beauté de Gwennola de Méréac l'avait découvert, et peut-être aussi le vaillant capitaine. n'avait pas beaucoup d'amour pour le nouveau sieur de Mereac . De plus, le Sieur avait disparu inexplicablement ; et même s'il s'opposait lui-même à cet ennemi honnête et vaillant, il était probable que lui et ses soldats seraient en infériorité numérique et tués. Enfin l'hésitation prit fin, et Henri d'Estrailles quitta Martigue à cheval avec Gwennola de Mereac accrochée à son arc de selle et les terres sauvages devant eux, où le vent hurlait son accueil et la pluie leur battait au visage comme en riant de leur triomphe sur son élément rival. Mais qu'importent Henri ou Gwennola du vent ou de la pluie ? Derrière eux se trouvaient leurs ennemis, vaincus et vaincus, et devant eux, à travers les brumes du vent et de la pluie, brillait le soleil de l'amour et de la vie – l'amour, la vie et l'un l'autre.

" Fr avant ... à Rennes ! s'écria gaiement d'Estrailles en s'avançant, un bras autour de la taille fine de Gwennola . — À Rennes !

"À Rennes !" » répéta Jean Marcille , et il se baissa avec un rire joyeux pour embrasser les lèvres roses de la petite Marie, qui lui faisait la moue sous la capuche bien serrée autour de son visage. "A Rennes, petite chérie, où toi et moi nous marierons."

"Épouser!" murmura timidement Marie en se blottissant contre lui. — Comment sais -tu cela, grand insensé ? — peut-être que je n'ai pas du tout envie de me marier ; et quant à t'épouser ... — — Mais il ne lui laissa pas achever sa phrase.

# CHAPITRE XXIV

Retour à travers le vague pays des ombres de l'inconscience, retour une fois de plus à une réalisation encore plus vague et plus terrible de la vie – la vie toute entraînée dans une grande et hideuse contraction de douleur, où les pensées devinrent d'abord impossibles, jusqu'à ce que, les brouillards se dissipant, les souvenirs de le passé réclamait de nouvelles tortures de l'esprit. C'est ainsi que Guillaume de Coray reprit conscience et se retrouva allongé sur un canapé dans une chambre du château de Mereac . De quelle chambre il s'agissait, son cerveau fatigué refusait de réaliser : tout ce dont il était conscient était l'agonie qui traversait son corps à la première tentative de mouvement. Puis vint rapidement l'intuition infaillible qu'il s'agissait de la mort – la mort, terrible, implacable, inexorable, venue le réclamer alors qu'il n'était pas prêt, taché de péché, frappé de peur. Un frisson parcourut le corps frémissant et brisé, qui souffrait désormais moins que l'âme de l'homme. De toute évidence, ils se sont démarqués, ces péchés, des péchés hideux, en le traduisant devant le siège du jugement de Celui dont les yeux doivent nécessairement sonder profondément jusqu'au cœur du cœur. Était-ce tout noir à l'intérieur ? – tout noir, une culpabilité irrémédiable ? Au loin, dans les chambres secrètes de son cœur, vacillait une faible lumière ; c'était le sanctuaire intérieur, si longtemps vide, mais rempli maintenant de l'image, non de son Créateur, mais de sa créature. Gabrielle Laurent, l'humble paysanne d' Arteze , c'était elle seule qui avait trouvé ce sanctuaire et l'avait si étrangement rempli. Cruel, mauvais, traître envers tous, son amour pour elle avait été le seul point pur d'une vie sans vergogne. Pour elle, en effet, il aurait pu s'efforcer de devenir autre qu'il n'était, sans le murmure du diable qui le poussait à gagner pour elle par des moyens ignobles et méchants ce dont elle, si elle l'avait su, aurait reculé avec horreur. Ainsi les puissances du mal nous tordent à leur volonté, et Guillaume avait comploté sans penser à la perte de son âme, même s'il sentait naître en lui la naissance d'un pur amour. Et maintenant--? De nouveau, un frisson le parcourut. Il avait joué gros et il avait perdu. La mort était la punition. Dans la solitude, son âme perdue doit se faufiler vers sa perte, et même en s'en allant laisser derrière elle un souvenir de honte qui devrait être lu avec douleur et horreur par des yeux auxquels il s'était si soigneusement efforcé de cacher une histoire si horrible. Que penserait-elle de lui quand elle le connaîtrait pour ce qu'il était ? Que dirait-elle lorsqu'elle apprendrait que son noble amant n'était que le fantôme de son propre esprit pur, et que la chose qu'elle avait aimée était celle dont tous les hommes et toutes les femmes vrais et honnêtes devaient se détourner en frémissant ? Même dans la mort, cette pensée le tourmentait avant toutes les souffrances corporelles. Si seulement il avait pu lui expliquer, si seulement il avait pu lui dire que son amour était au moins vrai, si seulement il avait eu le temps. Mais il était trop tard, trop tard ; plus jamais il ne la reverrait comme il l'avait vue ce matin d'été, innocente et belle, assise là au soleil à côté de son rouet. Le destin qu'elle aurait pu lui tisser de ces mains tendres avait été brisé par son propre contact imprudent, et l'amour, la vie et l'espoir, cette vie et cet espoir plus purs dont il avait vaguement rêvé, s'étaient éteints dans l'obscurité totale de la mort et le péché.

Avec un gémissement, ses paupières vacillèrent et s'ouvrirent, regardant fixement l'obscurité tourbillonnante. Mais alors même que la vie semblait s'éloigner de lui dans une folle agonie de l'esprit et du corps, une main fut posée sur la sienne et un visage penché près de celui tordu et déformé par la mort. Était-ce le visage d'un ange venu le narguer dans ces derniers instants avec un regard sur le Paradis qu'il avait perdu ? Quelque part à proximité, il crut entendre une voix basse et monotone scander des prières, mais les mots se perdaient dans les sursauts tumultueux de son cerveau.

Puis soudain, la vision mentale et le souvenir devinrent clairs, avec cette clarté étrange et surnaturelle qui vient aux mourants et révèle le passé et le présent dans la lumière intense et mystérieuse du clair de lune d'été. Il se souvint de tout, réalisant qu'il gisait mourant dans la grande salle du château de Mereac . Il se rendit compte qu'il était étendu sur un canapé bas, près de la flamme du feu, même si la chaleur ne parvenait pas à réchauffer le froid de son corps ; comme dans un rêve, il voyait Pierre le fou accroupi à ses pieds, sanglotant comme s'il souffrait, alors qu'il s'agenouillait là. Il s'était souvent demandé ce qui avait poussé cet étrange et inquiétant garçon à lui témoigner une telle affection ; se demandait-il vaguement maintenant alors que ses yeux languissants fixaient le visage ratatiné du singe, perché sur l'épaule du garçon. Puis il se rendit compte qu'il y avait d'autres personnages autour de lui ; que tout près, le regardant dans un silence craintif et compatissant, se trouvaient sa sœur et Yvon de Mereac , Yvon de Mereac , l'homme dont il avait si souvent et si vainement cherché la vie. Il essaya de se demander pourquoi il l'avait recherché, essaya de se demander pourquoi il le regardait si curieusement : était-il esprit, ou chair et sang ? Il avait entendu dire qu'Yvon était mort, mais c'était un mensonge — son propre mensonge, peut-être ; mais il n'était pas mort, bien qu'il se fût tenu là si maigre, si pâle, si plein de reproches ; il était vivant, et c'était lui qui devait mourir, et non Yvon de Méréac . La voix chantante du prêtre était plus claire maintenant — était-ce là les prières pour les mourants qu'il disait ? Quelle moquerie c'était ! des prières pour une âme perdue, perdue au-delà de la rédemption ! Puis la main qui tenait la sienne se referma sur ses doigts froids dans une étreinte chaude et forte. À qui était-ce ? Une fois de plus, ses yeux tombèrent sur cet autre visage qui flottait devant son regard à moitié conscient.

« Gabrielle ! » C'était un cri d'angoisse, de supplication, de désespoir, même s'il dépassait à peine un murmure. Mais elle a compris, car il existe un langage de l'âme que seule une paire d'yeux autre que le nôtre peut lire.

"Guillaume !" dit-elle, et la douce prononciation de son nom sembla remuer en lui ce qu'il croyait déjà mort.

"Je t'aime", disaient les yeux qui regardaient les siens. "Oui, je sais tout, pauvre âme brisée et tachée de péché, et pourtant je t'aime, car l'amour vient de Dieu et ne change jamais."

Il regardait ces yeux, lisant tout leur message de pitié et de tendresse, jusqu'à ce que dans les siens naisse quelque chose de moins que du désespoir.

"Tu le sais , Gabrielle ?" murmura-t-il, et pour répondre, elle se pencha, embrassant les lèvres tremblantes.

À quelle vitesse le chaos sans voix s'est précipité dans son cerveau ! Des visages tournoyants, morts depuis longtemps, le regardaient tandis qu'ils passaient, des voix criaient à ses oreilles en évoquant les souvenirs d'anciens péchés ; et pourtant, à travers les brumes et les formes disparues, ces yeux tendres regardaient les siens ; et au-delà, au loin, une Voix Qui avait calmé cette autre tempête de vent et de vagues qui l'appelait doucement son nom.

Une âme perdue ! — une âme perdue ! A quoi ça servait d'appeler ? Il avait péché trop profondément pour autre chose que la damnation, rapide et terrible, une damnation vers laquelle il devait tourner ses yeux frémissants alors que la main de la Mort le réclamait. Et pourtant, ces yeux qui le regardaient lui transmettaient toujours leur message d'espoir. Elle, cet ange de pureté et de bonté, connaissait tous ses secrets coupables, et pourtant... elle l'aimait ; son baiser d'amour tendre et de pardon s'attardait toujours sur ses lèvres desséchées. Était-il donc si impossible qu'il obtienne un pardon plus grand que celui de la terre ? Ses yeux erraient involontairement du visage au-dessus de lui vers l'image représentée d'une figure, une figure couronnée d'épines, souffrant, mourant, une figure de l'amour incarné, aux bras largement étendus qui semblaient l'inviter à leur étreinte. La voix du père Ambroise s'élevait plus claire et plus douce, mais ce n'étaient pas les prières latines qui retenaient l'attention du mourant, mais une voix plus douce, plus claire que toutes , qui semblait apaiser la tempête de son âme.

Puis, dans un éclair, un autre souvenir lui revint. Gwennola de Mereac , la jeune fille à qui il avait tenté de faire du tort plus cruellement que son frère, la jeune fille innocente qui avait peut-être déjà subi la dernière agonie de la mort à cause de son péché et de sa trahison.

« Gwennola ? » » murmura-t-il faiblement, et la paix qui s'était emparée de lui sembla pour le moment ébranlée jusqu'à ses fondements alors qu'il écoutait la réponse.

C'est Diane qui a répondu. Se glissant du côté d'Yvon, elle s'agenouilla à côté de lui, le regardant joyeusement dans les yeux.

"Elle est en sécurité", murmura-t-elle avec un sanglot joyeux. qui racontait la grande joie que la délivrance lui avait apportée ; "elle est en sécurité!"

Guillaume de Coray ferma les yeux. Oui! elle était en sécurité, et les portes d'or de la miséricorde qu'il avait cru voir s'ouvrir lentement ne lui étaient pas fermées à cause de ce péché mortel. Alors les voix moqueuses et cruelles s'apaisèrent lentement, ces voix qui criaient à ses oreilles cette terrible sentence de mort éternelle. Et même si les douleurs corporelles devenaient de plus en plus atroces, il pouvait à nouveau sourire au beau visage si proche du sien.

"Pardonné?" murmura-t-il d'une voix faible mais émerveillée, tandis que, dans un dernier effort, il s'efforçait de joindre les mains en prière. "Pardonné?"

Il vit ses lèvres bouger également en prière, alors qu'ensemble ils se tournèrent vers le grand crucifix que le Père Ambroise tenait en l'air. Il faisait sombre pour le mourant – sombre et froid ; il n'a pas entendu les paroles d'absolution qui ont libéré son âme pénitente du fardeau de ses péchés ; il ne sentait pas le contact purificateur de l'huile sainte. Tout ce qu'il voyait, c'était la tête inclinée d'un Sauveur crucifié ; tout ce qu'il entendait, c'était la voix de la femme qu'il avait aimée avec un dévouement si étrange et si passionné, tandis que son âme s'enfonçait dans l'Inconnu, avec l'écho de ses paroles pour le guider dans son dernier voyage.

— Pour l'amour, mon Guillaume, pour l'amour !

# CHAPITRE XXV

Sombres et lugubres avaient été ces journées de novembre pour la jeune duchesse de Bretagne. Sa réponse provocatrice à son autoritaire suzerain avait amené les bannières de la France à la vue des murs du château de sa ville de Rennes, et grande avait été non seulement la terreur d'Anne elle-même, mais apparemment celle de ses conseillers et de ses dames .

Mais Charles avait semblé étrangement peu enclin à montrer des hostilités, mais avait plutôt envoyé une députation proposant un traité. Anne dut forcément y consentir, et, sous la dictée du roi, douze personnes furent désignées de chaque côté pour examiner les prétentions de chacun sur le duché de Bretagne. Entre-temps, la ville de Rennes est mise sous séquestre, aux mains des ducs d'Orléans et de Bourbon, pour être gouvernée pour le moment par le prince d'Orange. Le roi, ceci étant convenu, promit de retirer ses troupes et de laisser passage et sauf-conduit à la duchesse et aux ambassadeurs de Maximilien en Allemagne, où elle pourrait rejoindre le mari qui avait été trop impécunieux pour venir en personne chercher sa fiancée.

Tous les arrangements ainsi réglés, le roi avait ordonné à ses troupes de se retirer de Bretagne, et était, disait-on, lui-même retourné en Touraine, tandis que le duc d'Orléans, comme ambassadeur extraordinaire, était envoyé chez la duchesse pour confirmer le traité . et félicitez-la pour sa conclusion.

Tandis que ces événements d'intérêt historique occupaient l'esprit des principaux acteurs du destin de la Bretagne, les destins mineurs de Gwennola de Méréac et d'Henri d'Estrailles tremblaient dans les balances.

Chevaucher avec son épouse sauvée jusqu'à son château au bord de la Loire fut le premier mouvement du jeune chevalier ; mais il est une puissance plus forte encore que l'amour et le devoir qui l'appelaient inexorablement aux côtés de son maître. Le comte Dunois n'était pas un homme à qui il fallait désobéir à la légère, et Dunois lui avait ordonné de prendre la demoiselle de Méréac , s'il parvenait à la sauver de son sort menacé, pour la placer sous la garde de la duchesse Anne. Qu'en agissant ainsi, Dunois avait ses propres projets à l'œuvre, d'Estrailles n'en doutait pas, car Dunois était homme à tenir soigneusement dans sa main chaque fil de la fibre la plus fine qui pouvait favoriser le tissage de son projet chéri. Empêché par son énorme corpulence de suivre les traces guerrières de son vaillant père, il n'y avait aucun homme dans le royaume qui rendit plus service à Charles que François Dunois, comte de Longueville, et pour le moment le cœur de Dunois était fixé sur l'unification de son maître royal à l'héritière de Bretagne, ou, en d'autres termes, le rattachement du duché réfractaire par des liens indissolubles à son royaume parent.

Anne avait en effet accueilli dans sa petite cour persécutée une personne dont les périls et les malheurs avaient été, d'une autre manière, encore plus grands que les siens. Autrefois, Gwennola de Méréac avait souvent séjourné avec son père et son frère à la cour de François II, et la petite Anne avait appris à connaître et à aimer ce camarade de jeu qui était à peine de trois ans son aîné. C'est donc avec une oreille attentive et compatissante qu'elle écouta le récit de ses malheurs par Gwennola et promit que lorsque ses propres affaires lui donneraient du loisir, elle n'épargnerait pas la peine de laver la renommée de son beau sujet et de traduire en justice les malfaiteurs, sachant peu que la justice avait déjà été administré par une puissance supérieure à celle même de la duchesse de Bretagne.

Mais la protection bienveillante et généreuse d'Anne signifiait pour un temps une séparation d'avec son amant, et une telle séparation devait nécessairement être amère, puisque ni l'un ni l'autre ne savait quand ils se reverraient ; et Gwennola mêlait volontiers ses larmes à celles de Marie inconsolée, qui pleurait sans retenue à l'idée de se séparer de la fidèle Marcille . Mais le devoir était impératif, et il fallait qu'Henri d'Estrailles et Jean Marcille suivent les lys de France en retraite, jurant de revenir dès que possible.

L'éventualité se présenta en effet plus tôt que prévu, puisque Henri d'Estrailles , pour son infini plaisir, fut choisi pour accompagner lui-même le duc d'Orléans dans sa mission à Rennes. Une autre déception l'attendait car, à sa grande surprise, on lui ordonna de rester hors des murs de la ville pendant que Louis se rendait seul à son entretien.

La duchesse Anne reçut son ambassadeur mais froidement, avec toute la hauteur fière de celle qui se sent traitée injustement et tyranniquement. Quels qu'étaient ses sentiments, lorsque Louis d'Orléans, ignorant apparemment qu'il avait autrefois plaidé sa propre cause aux mêmes oreilles, la pressa avec toute l'éloquence persuasive dont il était si parfaitement maître qu'elle se soumette au désir du roi et aux souhaits de ses conseillers les plus fidèles en devenant reine de France, elle était extérieurement la même fille froide et inflexible qui avait refusé d'écouter les plaidoiries de Dunois et d'autres, pour finalement le renvoyer, d'un air hautain et indifférent, à son conseil, "qui", l'informa-t-elle, "étaient au courant de son plaisir."

Apparemment vaincu, Louis d'Orléans quitta la chambre de présence, mais non sans avoir humblement demandé, comme faveur particulière , que sa jeune servante puisse s'entretenir avec sa maîtresse, la demoiselle de Méréac . La demande fut accordée, et Louis poursuivit son chemin plus exalté que ce que son auditoire lui avait apparemment donné de raison.

Ce soir-là, deux entretiens eurent lieu dans le vieux château de Rennes, dont un seul est enregistré dans l'histoire, et même celui-là d'une manière si vague qu'elle laisse à jamais son contenu et sa suite enveloppés de mystère .

Henri d'Estrailles ne franchit pas seul les portes du château ; son compagnon non plus, dont le visage était en partie caché par un manteau, le fidèle Jean, dont la petite Marie attendait en vain la venue. C'est ainsi que, tout à coup, apparut devant Anne l'homme qu'elle s'était représenté comme un monstre de cruauté, celui qu'elle avait cru tendrement être dans la lointaine Touraine. Il s'agissait bien de Charles lui-même, ce roi doux et bienveillant que son peuple avait surnommé « le Petit Roy ». Ce n'est peut-être pas l'amant idéal pour courtiser une jeune fille belle mais réfractaire. Beau, Charles ne l'était certainement pas. Sa tête était grande, ainsi que son nez aquilin, avec de grands yeux proéminents, un menton rond et des fossettes, de fines lèvres plates, un corps comprimé et de longues jambes fines ; tandis que son discours lent, ses mouvements nerveux et sa bouche constamment ouverte ajoutaient à son apparence de sottise. Mais son grand charme résidait dans une voix singulièrement douce et dans une expression de douce amabilité qui séduisait instantanément le côté généreux de son entourage. Tel était le prétendant royal, tout le contraire de l'épouse qu'il cherchait si vainement. À peine plus qu'une enfant depuis des années, Anne avait déjà fait preuve d'un caractère plein d'entrain et résolu. D'apparence extérieure, elle était sans aucun doute belle, avec des yeux noirs, des sourcils bien marqués, un teint éblouissant, un menton fossette, de longs cheveux noirs et des traits fins. Sa démarche était majestueuse malgré une légère boiterie, et ses manières un peu hautaines ; mais malgré son orgueil et son amour de la vengeance, elle avait de nombreuses qualités belles et nobles, étant généreuse, véridique et fidèle à ses amis.

De ce qui s'est passé au cours de cet entretien secret, il n'est jamais ressorti grand-chose ; mais il semblerait que, bien qu'Anne ait pu s'adoucir à des sentiments plus bienveillants à l'égard de l'homme qu'elle avait autrefois haï, elle resta néanmoins ferme dans sa résolution d'envisager son mariage avec Maximilien comme étant contraignant, et Charles, forcément, dut se retirer aussi mal que lui. ses ambassadeurs. Mais le roi n'alla pas loin ; ses amis à Rennes étaient nombreux et puissants, sinon il n'aurait certainement jamais osé entrer dans une ville hostile pratiquement seul et déguisé.

Pendant ce temps, la deuxième interview était pleine de bonheur. Il y avait tant de choses à dire à Gwennola , tant de joie et d'allégresse, car un messager était arrivé de Mereac même, un messager qui n'était autre que le fidèle Job, qui avait vu sa jeune maîtresse s'éloigner à travers les brouillards et la pluie. ce jour d'hiver, à travers les terres balayées par le vent , loin des dangers et des périls qui l'avaient entourée, vers la sécurité. Et pourtant le fidèle Breton avait parfois douté même de cette sécurité, car son cœur jaloux s'était rebellé contre le fait que les protecteurs qui l'entouraient étaient des Français - car il faut du temps pour convaincre le caractère obstiné du Breton, dont les idées voyagent lentement et tout toute sa vie, Job Alloadec avait lu le « Français » comme « l'ennemi ». C'est pourquoi il avait été assez heureux de porter les messages et la lettre du père Ambroise à sa maîtresse, et de voir comment cela se passait pour elle et sa sœur, et s'ils étaient vraiment en sécurité sous la protection de la duchesse. Mais l'arrivée de Job avait moins d'importance pour Gwennola que la bonne nouvelle qu'il apportait. Son innocence a été prouvée. Diane avait avoué, et le cerveau coupable qui avait planifié tout le mal contre elle et son frère était toujours à l'écart de tels complots. Et puis, son frère allait mieux, bien mieux ; et bien que les fiançailles entre lui et Diane de Coray eussent été cimentées de nouveau par de nouveaux liens d'un dévouement plus profond et plus vrai, il n'y avait pourtant plus rien à craindre d'un tel amour. En effet, comme le disait le Père Ambroise, la malheureuse semblait trop désireuse de réparer le passé et de demander pardon à ceux qu'elle avait blessés. C'est ainsi que, grâce à son influence, Yvon avait donné son aval au mariage de sa sœur avec Henri d'Estrailles .

Comme les amants étaient heureux alors qu'ils étaient assis ensemble, chuchotant la joie et le bonheur que cette bonne nouvelle leur apportait à tous les deux ! Oui, le rêve était maintenant sur le point de se réaliser ; la tempête était passée et le soleil brillait sur le chemin de la jeunesse et de l'amour sans l'ombre d'un nuage entre les deux. Mais quand viendrait le moment où ils chevaucheraient ensemble, comme ils l'avaient si souvent fait en imagination, et verraient les murs gris du château d'Estrailles s'élever près des eaux riantes de la Loire ? Ah ! quand? Peut-être même plus tôt qu'elle ne le pensait : c'était possible. Seulement, avant de lui dire adieu, il lui murmura un conseil : si la duchesse réclamait son assistance pour un voyage soudain et inattendu, elle ne devait pas hésiter à s'y conformer, si étrange que cela puisse paraître ; c'était tout ce qu'il lui disait . peut dire. Et ainsi, avec de nouveaux vœux d'amour, ils se séparèrent, même si Gwennola ne se doutait pas que ni son amant ni son serviteur masqué n'allèrent cette nuit-là jusqu'aux murs de la ville.

Une députation de ses conseillers attendit le lendemain matin la jeune duchesse. Il semblerait qu'ils étaient remplis d'inquiétude ; en fait, un nouveau danger semblait être apparu. Qu'ils étaient au courant de l'entretien secret de la veille, ils n'ont fait aucune tentative de se cacher, plaidant que dans l'intérêt de leur duchesse ils avaient permis qu'il ait lieu. La trouvant inexorable à l'égard du mariage français, ils cédèrent apparemment à ses vœux, mais la pressèrent, en raison des dangers de sa situation, de faire au moins un compromis. Charles fut engagé, d'une manière ou d'une autre, dans des fiançailles ; et les conseillers laissèrent entendre qu'il y aurait peu de scrupules à prendre par la force ce qui n'était pas cédé à la demande. Il avait juré de faire d'Anne son épouse. Les armées de France n'étaient pas à grande distance ; Maximilien était loin. Ce qu'ils suggéraient, c'était qu'Anne devrait, en apparence, céder aux importunités du roi et se permettre d'être secrètement fiancée. Alors, ses soupçons apaisés, Anne s'enfuyait plus facilement de sa ville et s'enfuyait avec un petit cortège, comprenant les ambassadeurs de Maximilien, pour se mettre sous la protection de son mari. Une telle ruse et une telle duplicité convenaient peu à la nature directe d'Anne ; mais, en proie à des ennemis et à des difficultés, elle céda enfin, et le soir même, dans le plus grand secret, furent célébrées dans l'église Notre-Dame ces étranges et romantiques fiançailles du roi de France avec la duchesse de Bretagne. , en présence de la duchesse de Bourbon, du comte Dunois, de Philippe de Montauban et de Louis d'Orléans, qui vit ainsi se consommer le mariage qu'il avait tant désiré que redouté.

Les fiançailles terminées, Anne se retira en toute hâte dans son château, sans cérémonie, pour y attendre le développement des événements que lui promettaient si facilement son chancelier et son conseil.

Tout le monde avait fait comprendre à la jeune duchesse la stricte nécessité de rendre sa fuite secrète, si secrète même qu'elle n'avait été communiquée à personne ; en fait, le Chancelier lui a dit que les ambassadeurs eux-mêmes ne connaîtraient ses projets qu'au dernier moment.

Cependant, le moment venu, l'heure arriva, et, accompagnée de Gwennola de Mereac , Marie Alloadec et Madame de Laval, sa gouvernante, Anne s'enfuit de son château pour commencer un voyage dont elle ne pouvait que prévoir qu'il serait à la fois ardu et dangereux. ; et pourtant on nous dit, en détail, que la tenue de voyage de la duchesse était en drap de velours, garnie de cent trente-deux peaux de zibeline, tandis que son palfrei était orné de trois aunes de velours cramoisi !

Mais qui peut dire la colère et la terreur de cette malheureuse fille, pour découvrir avec quelle ruse elle avait été dupée, et comment, au lieu des ambassadeurs de Maximilien, l'homme qui montait à ses rênes, si étroitement masqué et déguisé, n'était autre qu'un homme. que le roi Charles lui-même !

Le matin était venu lorsque la duchesse fit la découverte fatale et comprit combien son cas était désespéré. Revenir, expliquer, serait inutile. Les fiançailles de minuit, combinées à la fuite secrète, apparaîtraient sous un jour impossible à expliquer aux ambassadeurs indignés du mari chez qui elle avait pensé se rendre. Pour la pleine d'entrain d'Anne, même la mort elle-même valait mieux que le déshonneur , et revenir à Rennes après une telle aventure donnerait sûrement lieu à d'innombrables suppositions et à de mauvaises paroles. De plus, à ses côtés se trouvait quelqu'un qui pouvait très bien plaider sa propre cause ; et même si elle pleurait et lui faisait des reproches, ainsi qu'aux nobles bretons qui l'entouraient, Anne dut forcément céder aux exigences de sa position. Et ainsi ils avancèrent, une étrange fête nuptiale : une mariée en pleurs et un marié divisés, peut-être, entre honte et triomphe ; tandis que derrière eux venaient les hommes qui avaient trahi leur maîtresse pour le bien de leur patrie ou pour quelque autre motif plus inavoué, parmi lesquels le chancelier de Montauban, le sieur de Pontbrient et le grand maître Coetquen . Une fête étrange en effet, mais au moins quatre membres de la compagnie n'y prêtèrent guère attention. Près de la bride de Gwennola de Mereac chevauchait Henri d'Estrailles , tandis qu'au fond Jean Marcille avait déjà découvert les yeux brillants de Marie Alloadec .

L'aube claire et fraîche d'une journée de décembre se levait à l'est, tandis qu'au loin se dressaient les tourelles grises de Langeais , où Anne de Bretagne devait devenir reine de France.

"Touraine ! Touraine !" murmura Henri d'Estrailles en baissant son beau visage sombre vers la blonde, qui rougissait si près de lui. "Bienvenue, ma fiancée, bienvenue à la maison !"

Le soleil s'est levé, illuminant un monde froid et triste. Devant eux, c'était la France et le bonheur ; mais surtout, brillante sans nuages et impérissable dans leurs cœurs, s'élevait l'étoile de l'amour. C'était sûrement sa bienvenue dans son cœur que murmura Henri d'Estrailles tandis que leurs lèvres se rencontraient dans un long baiser.